〈新 版〉

愛と友情のボストン

車いすから起こす新しい風

山崎泰広

藤原書店

新版に寄せて

私が『愛と友情のボストン』を集英社の依頼で書いたのは、大学三年生の時、一九八四年のことです。その後『愛と友情のボストン――そして、その後の十年』として、帰国後の活動について加筆して、文京書房から再版されたのが、一九九六年。初版から十二年目のことでした。

そして二〇〇八年、奇《く》しくも再版からまた十二年目、それだけ経っても、たくさんの読者の方々からのご要望がまだまだ途切れず、ちょうど出版することになった、車椅子とシーティングの本『運命じゃない！』がとりもった縁で、藤原書店から新版として出版されることになりました。

二十四年間、二〇代だった私が四〇代になった今もこの本が読み続けられていることを嬉しく思い、感謝しています。

この本を読んでいただくと、脊髄損傷《せきずいそんしょう》の障害を負って下半身麻痺《まひ》になり、車椅子の生活となった十代の若者が、多くの人々の友情と愛情に支えられて楽しく生活しているのが分かります。同年代の若者と同じように青春を謳歌《おうか》したり、悩んだりしつつ「ふつうの生活」を送っているのです。アメリカで生活していた時は、このふつうの生活が当たり前だと思っていました。しかし二十三年前に帰国した日本では、そのどれもが充分とは言えませんでした。

日本で生活を続ける中で、アメリカでのふつうの生活を思い出した時、それを可能にしたことが三つあると気付きました。

1 **体に残された機能を最大限に発揮させてくれる、優れた道具**

2 **自由な活動を可能にしてくれる、バリアフリーな環境**

3 **周囲の人々の障害者に対する正しい理解**

アメリカでは、この三つによって自分が障害者であることも考えずに六年半生活できたのです。しかし二十三年前に帰国した日本にはそのどれもが充分ではありませんでした。

「それを変えたい!」

「最低でもアメリカのレベルまで持って行きたい!」

その気持ちが帰国後の私の仕事や活動につながったと考えています。

私にとって最も大切な道具は、車椅子です。体に合わせた車椅子を使うことで、一日中疲れることなく、また痛みを感じることなく生活することができます。褥瘡《じょくそう》を予防してくれるクッションや、快適な座り心地と機能を最大限に発揮することを可能にしてくれるシーティング・システム。そのような優れた「道具」があるからこそ、一日中全力で活動することが可能なのです。

一日中、最低でも十八時間。長い時には朝五時から夜中の二時、三時まで二十時間以上も車椅子に座ったままで快適に活動できるようになると、外に出て活動したいという意欲が強くなります。その時に必要なのが、街と建物のバリアフリーな環境です。車椅子の障害者は、「移動障害者」と呼ばれることがあります。移動に関する障壁があるから、障害を感じるのです。でも、アメリカのように、どこに行くにもバリアがなければ、障害は感じません。だから私は、自分が障害者であると感じていなかったのでしょう。

さらに私が自分の障害を感じなかったのは、周囲の人々の、障害を持った人への考え方のおかげです。車椅子に乗っていれば、一目見て障害者です。でもアメリカの人たちは、外見ではなく、その人の本質で判断してくれました。私の場合は、「高校生」、「学生」、「日本人」、「スキューバダイバー」などとして接していて、「後で考えてみたら車椅子だったね」と、障害については、その人が何であるかの次に来るのです。

こう考えると、私はとても幸せな環境にいたことが分かります。同時期に日本で障害を負った人の方がよっぽど大変で、よっぽど苦労したと思います。本当なら、その人たちのお話を聞いた方が、ためになるかもしれません。しかし、私のアメリカでの「ふつうな生活」を見ていただければ、「道具」と「バリアフリー」と「正しい考え方」があれば、日本もそうなれる。日本の障害を持った方たちも楽しくふつうの生活が送れると理解いただけるでしょう。それが伝えられたら嬉しいです。

日本を変えたいという一心で、帰国後は優れた道具を世界中から持ってきて提供する会社をつくり、自治体や省庁のバリアフリーやユニバーサルデザインのお手伝いをし、障害者向けのスポーツ誌を出版したり、全国で講演をしたりして、できるかぎり多くの方の考え方を変えられれば、と活動してきました。

帰国してもうすぐ二十五年。日本もずいぶん変わってきました。しかし、まだまだやるべき仕事があると感じています。これからも、この本を書いた時の目標に向かって進んでいきたいと思います。

二〇〇八年五月

山崎 泰広

泰広君に教えられたこと──まえがきにかえて

三浦朱門

私は長い間、青春は暗いものだ、と思っていた。

私の青春は戦時中だった。生活物資は年々少なくなって行くし、社会や学校の締め付けは厳《きび》しくなる。電車の中で英語の本を読んでいると、まるで車内暴力をしたかのように、乗客から敵国の本を読むとは何ごとかと非難され、そして人々からは非難の目で眺《なが》められたのである。

いやな時代だった。街角に米国の大統領や英国の首相の人形が置かれていて、それを木銃《もくじゅう》で突かなければ通れない、といったこともあった。そんなことをして戦争に勝てると思う日本という社会が嫌《いや》で、いっそどこか外の国に避難したくなったほどである。私一人が覚めていた、とは自惚《うぬぼ》れはしない。しかし多くの人はそういう時代の流れに身をまかせていた。愚かな人間の愚かな行為に付き合わされているという感じがして、毎日が鬱陶《うっとう》しかった。

せめて学校でも、我々に理解があればよかったが、学校がまた生徒を締め付けることしか考えていなかった。私は先生との折り合いが悪かったし、とても勉強などする気にはなれなかった。

そしてごく親しい友人と悪い時代に生まれあわせたことを嘆きあいながら、仕方がないから文学部にでもいって、うんと浮世離れした学問でもやろうか、などと相談していた。私は将来どんなことがあっても、若い時が楽しかったなどというまいと心に誓った。腹の底から教師を軽蔑したし、体制を呪《のろ》うことに自分のささやかな誇りを満足させていたのである。

泰広君の本の解説を書くのに、まず私事を書いてしまったのは、青春というものが、私と彼とで全く違う色に塗《ぬ》られているからである。つまり私のような青春を送った者には、ここに書かれているような、明るく、いきいきした日々というのはほとんど信じられないのである。勿論《もちろん》、彼の学生生活の明るさは、その物質生活の豊かさにある、と言ってしまうのは簡単だが、それは本質に迫った解釈とは言い難い。何故《なぜ》なら彼は下半身が動かないという重度の身体障害者なのである。

一般に十代の若者で、脊髄《せきずい》損傷のために、腰から下が動かなくなったら、どのような反応を示すだろう。まず、絶望的になり、人生を生きる上での積極的な努力を一切やめて、こうなったのも、社会が悪いとか、そのきっかけを作った誰々から慰謝料をとろう、とかいった、非生産的な怨恨《えんこん》に身を焼きながら生きることになりそうだ。

彼は障害を自覚して間もなく会った神父から、手が動くことは何と素晴らしいことか、と教えられる。だから、そのような身体になってもなお、神に感謝することができると知ったのであった。この部分を読むと、私は恥ずかしい。戦時中に自分一人が覚めているつもりで、世間を呪い、人を侮蔑《ぶべつ》していた私は傲慢《ごうまん》であり、心が狭かったことを思い知らされる。私が青春は暗い、と信じたのは、青春そのものが暗かったのではなくて、私の心が暗かったのである。

この本の面白さはいろいろとあるが、その代表的な要素を上げるなら、第一に、彼が障害者であることを、まるで、普通の人が近眼である、といった程度のことにしか受け取っていない点である。誰だって目が悪くて、眼鏡が無ければ黒板の字が読めないといったことで、世を呪ったりはしない。それは眼鏡を使えば矯正《きょうせい》しうるからである。同様に泰広君は車椅子で自分の不自由さを矯正すれば、もう普通の生きかたができる、と思っているようだ。

同居している女子学生が掃除や炊事が下手で熱心でないことを書いた部分でも、それを民族的偏見などに結びつけないのは当然としても、彼女は育ちが良いからだ、と好意的に解釈するし、そのために台所の床が汚れるのだが、それでも彼女は無責任だなどと、いささかも非難がましいことは考えない。そして自分も床は拭《ふ》きにくいし、とひたすら困っている。それはどこかユーモラスで、私は読んでいて笑ってしまった。

日本では車椅子の障害者が床を拭くのが下手だ、と言ったのを笑ったりしたら、それこそ差別だとかいって叱《しか》られるであろう。それが彼の場合は闊達《かったつ》というかのびやかというべきか、障害者であることをいたわる必要がない、いや、障害者であることを忘れさせる自然さがある。彼は休暇で日本に帰ってきたことがあって、私も会いに行ったのだが、彼があまりにも見事に車椅子を操《あやつ》るので、私もやってみたくなって、車椅子にのせろ、と頼んだ。その乗り移りの際に、彼の足が邪魔で、

「この足をどけてくれない？」
と言ってから、彼の足が動かないことを思いだしたのである。彼はニヤニヤしていたから、私も謝《あやま》るほどのことではないと、ニヤニヤしてごまかしてしまった。

英語で障害があることをハンディキャップがある、という。不利な条件をもっている、といった意味である。私たちは不利な条件をもっている人に対する労《いた》わりは必要だが、それは決して慈善とか、弱い者への共感からではない。寧《むし》ろ、彼らの能力を社会的にも利用しないと社会的な損失だからである。視力がどんなに弱くとも、その人に学者としての才能があるなら、眼鏡をかけて頑張ってもらうのが社会にとっては得なのだ。日本の障害者対策にはこういった社会経済の見地が欠如しているように思う。

少なくとも泰広君を見ていると、彼は肉体的には車椅子に坐っているが、精神的には立っている。そして一般の人より遙《はる》かに高い所から見下ろしている、という感じがするのである。

＊　＊　＊

山崎泰広君はアメリカ留学中の事故で、車椅子生活を余儀なくされるようになった。彼が障害をものともせず、一人で自炊生活をしながら留学を続け、ついに大学を卒業したと聞いて、私は大いに感心した。しかし、その時の私には、まだ彼のすごさがよくわかっていなかった。

休暇で帰国した彼に話して、彼がアメリカで読んで面白かったという「リッチー」というノンフィクション――ヤクに溺れてしまった愛児を父親が殺してしまう――を一緒に翻訳して出版した。彼は気概のある若者だけれども、社会に出て働くことは困難であろうから、書斎でできる仕事、たとえば翻訳などが差し当たりの仕事としてよいのではないか、と思ってその仕事を紹介するつもりだったのである。

彼が大学を出て帰国して出版したのが本書である。これを読んで、私は自分が彼の長所に全く気づいていなかったことを思い知らされた。彼は自分が背負いこんだ障害に、少しもめげてなどいなかったのである。

この本の中で入院中、訪問してくれた神父から、負傷したことによって、できなくなったことを数えるより、まだ自分にはこれだけのことができる、と肯定的に考えろ、と教えられる部分がある。

これは極めて宗教的であると同時に、アメリカ的積極性を示している。そして泰広君はアメリカに留学し、初志を貫徹しただけあって、このアメリカ的精神を素直に受け入れたのであった。

彼は大学を卒業して帰国すると就職したが、やがて自立して事業を始めた。会社は今日も盛業中であるが、その理由は私見によれば、社長の不屈の精神と明るさ、そして車椅子からの、普通の人に比べると一段低い視点を、フルに利用しているからである。

彼のこの視点は事業に利用されているばかりではない。彼は近ごろ講演をし、原稿を書き、ついに日本初の身体障害者のスポーツ誌を創刊、編集長を務めている。また行政のために障害者の立場を主張する仕事もこなしているが、彼は障害者に有利なことを要求するばかりではない。自分も障害者である立場から、健常者なら遠慮して言えないこと、障害者からすれば耳の痛いことを発言する。また返す刀で健常者の障害についての偏見を批判する。

この本は、アメリカ留学の記録として読んでも、一つの青春を語っていて楽しいが、また障害とは何か、これをどう扱うか、という問題についての入門書でもあろう。

〈新版〉愛と友情のボストン

もくじ

第二章　ボストン・カレッジ……159

〈新版〉

愛と友情のボストン

車いすから起こす新しい風

第一章　ボストン大学病院

僕、マーク

僕の名前は、山崎・マーク・泰広。（マークとはアメリカに於ける呼び名。僕は日本人である）ボストン・カレッジ三年に在学中。趣味は音楽、水泳、スキューバ・ダイビング。身長、体重は……なんていうと、まるでお見合い写真の添《そ》え書きみたいになってしまうから、自分のことは後にまわしておいて、まず僕の住んでいるところの説明からはじめよう。

ボストンのダウンタウンから西に向かってコモンウェルス・アベニューという道路がのびている。（ちなみに東に行けば、大西洋に落っこちる）その道を車で二、三十分走ったところに小さいけれど緑の樹々にかこまれた閑静《かんせい》な住宅街がある。街の名はアーバンデール。これが僕のホーム・タウンなのだ。

とんがった屋根、小さなレンガの煙突、ニューイングランド特有のどこにでも見られる平凡でちっぽけな家だが、ガレージが家とくっついているので、チョット見には実際よりずっと大きく見える。この不思議な設計は、この家の前の持ち主が足の不自由な奥さんのために、屋外に出なくても車にのれるよう配慮したものだという。

冬には雪の多いこの地方なのに、ガレージは戸外に離れのように建てられているのが普通なので、僕はどれだけこの愛妻家の恩恵をこうむったことだろう。

そしてもうひとつ、この家の大きな特徴は、ガレージと家の間のキッチンドアから、前庭にどんと突き出す手すりつきスロープである。スロープは、外からは見えないガレージのなかにも造られている。なぜこの家には、やたらとスロープがあるのか。

それは何をかくそう、この家の主人が車椅子に乗っているからである。この家の主人、つまり僕が、なぜ、車椅子に乗っているか。これについてはいずれ説明するとして、まず僕の家の住人を紹介しよう。

一年に一度のわりあいで東京から父、母、弟などが、それぞれ一、二週間ほど過ごしていくこともあるが、普段は猫のチャチャと、その息子チャップと僕の三人（？）である。

（チャップには〝ケ〟と名付けられた兄弟がいて、せっかく一対でケチャップになっていたのに、残念ながら、友人にもらわれていってしまったのだ）

僕は、この家から車で十分ほどのウェストンという街にあるウェストン・ハイスクールを卒業後、コモンウェルス・アベニューをボストンに向かってやはり車で十分のところにあるボストン・カレッジの経営学部で、マーケティングとコンピューターサイエンスの二科を同時専攻している。（日本では知名度が低く、カレッジと聞くと短大かと思う人も多いのだが、東部では歴史を持つれっきとした四年制の大学である。ボストン・マラソンの時、日本のテレビで「東部の誇《ほこ》る名門校の図書室の塔が

見えてきました……」などと紹介されていたハートブレイク・ヒルの頂上にある学校である）

一応ひとり暮らしだから、炊事、洗濯、掃除、すべて自分でやらなければならない。猫の手も借りたいテストの時期だって、うちの猫どもは二匹とも自己主張ばかり強く、何一つ手伝ってはくれない。

忙《いそが》しい時には、スープ、野菜いため、焼き肉などを同時に作りながらガスレンジの前で食べるという、恐怖の〝鍋《なべ》～口〟直送ディナーという方法も発明したが、ひとり暮らしも四年になれば、何やらせたってちょっとした腕前になるものである。

それに、アメリカではガールフレンドが、いとも気安く、

「じゃあ、今週はマークのところで……」

などと夕食を食べにやってくるという、日本ではあまり考えられない事態が起こるため、料理に関しては特に上達が早かったようである。

僕が〝車椅子のひとり暮らし〟ということで、日本の人はすぐに、

「どんなに大変でしょうね」

などというが、とんでもない。そりゃあ、ハンディキャップがあるってことは、確かに不自由な面だってないわけじゃないけれど、実はメリットの方がはるかに多いのだ。

それに、僕は、人間だれだってハンディを持っているはずだと思っている。僕のようにたまたま見えるところにハンディを持つ者より、見えない部分、つまり頭の中や心の中にハンディを持つ者の方

が、よっぽど不幸だと思っているからだ。

母などがボストンに来ると、

「あぁ、言葉がわからない。道がわからない。車の運転が出来ない。私のほうが、ずっとハンディキャップが多いじゃないの」

と、いつもわめいているし、僕の友達の中には、短足、O脚、内股、へんぺい、という自分の足のため親を呪《のろ》い、僕の足よりよっぽど重度障害だと嘆いている奴だっている。

そんなことよりひとり暮らしで困るのは、朝起きの件である。朝は、生まれてこのかたずっと苦手なのだ。

このごろはやりのピーッ、ピーッと電子音の鳴る目覚まし時計では、シンセサイザーに慣れた僕を起こすことは出来ない。だから、ジリジリリリと不粋《ぶすい》な音をたてる、とびきり旧式なヤツを二個、ベッドの左右にステレオ式にセットしてあるのだ。

そのけたたましい音で跳《は》ね起きると、前の晩、車椅子の上にならべておいた靴下、ジーンズ、シャツをすばやく身につけ、車椅子に飛び移り、洗面所に五分、フレッシュのオレンジ・ジュース一杯の朝食（?）をとり、ひざの上に飛び乗ってくる二匹の猫に餌《えさ》をやり、三十分ぴったりでガレージのバンにヒラリと（と言いたいが、それはちょっと無理。リフト付きのバンだからスルスルと、と言うべきか）乗りこむ。

四年前この生活を始めたころには、少なくとも出かける一時間前に起きたものだったけれど、一分でも長く寝ていたい気持ちと、〝慣れ〟というのはおそろしいもので、三十分も短縮されてきたのである。

学校までの十分、交通法規をギリギリの線で守りながらぶっとばして行く。大学のゲートを入ると、元《もと》鉄道会社の重役で現在は守衛のおじさん（今でも時々、大きな会議に出席するので休暇をとる。なぜか僕を気にいってくれて、いつも愛想がいい）と挨拶《あいさつ》をかわし、定位置に駐車させる。

アメリカには、ハンディキャップ・プレートと呼ばれる、車椅子の絵のついたナンバープレートがあるが、これを付けているとどこのハンディキャップ・パーキングスペースにでも駐車できるし、パーキングメーターがあっても無料という特権がある。

大学での僕の駐車場所も、ハンディキャップ・ナンバーの車として、学校から特別のステッカーをもらった者だけが使用できるところなのだ。だから、教室の多いメインキャンパスから遠く離れた駐車場を使わなければならない友人たちは、いつも僕を羨《うらや》ましがっている。

キャンパスの中では、ほとんど何の不自由もない。どのビルディングにもスロープがありエレベーターもあるから、どの教室に行くのも簡単だ。キャンパスは、かなりの広さだが、講義を選んで登録する時に、授業時間、場所によって自由に選択できるから、今まで、たとえば雪の多い冬にだってトラブルにあったためしがない。

この車椅子でのアクセサビリティ（使い勝手のよさ）も、僕がボストン・カレッジを選んだ理由の一つで、入試前にしらべてみたこの地域の大学の中で、最もよかったように思う。

夕方、学校から帰ってガレージのドアを開けると、音を聞きつけた猫たちは義理堅く御主人サマのお迎えに現れ、われがちに僕の膝《ひざ》に飛び乗る。なんたって車椅子なら、いつだってスタンバイというわけで、彼らにとっては便利なのだろうが、このごろではだんだん横着になってきて、猫の分際で家の中の移動に御主人サマの膝を利用するのである。

日本の大学と違って、毎日盛りだくさんの宿題、リーディングなどかなりの量をこなさなければならないから大変である。しかし、夜行性の僕は、夕食後を学習時間と決めている。

それまではギターを弾《ひ》いたりレコードを聴いたり、バスケットやビリヤードなどを楽しむことにしているのだが、今日は来客があるので予定変更だ。

カウンセラーのクレアが、彼女の患者（というよりはおとくいさん。車椅子は病気じゃないから）を連れてくるというのだ。クレアは僕のＯＴ、そしてガールフレンドではない。僕が一九七九年ボストン大学病院に入院していた時から現在にいたるまでの、僕のカウンセラー、それにもまして、最も素晴らしい友人の一人なのである。

クレアは僕のことを、みごと社会復帰した〝天才的模範車椅子〟だとして、誰かが落ちこんでいたり、退院をひかえて不安を感じていたりすると、すぐにこの家にひっぱってきて〝住み易い家〟と〝模範車椅子〟の日常を見せるのだと言う。なんて噂《うわさ》をすれば何とやらで、クレアが来たようだ。

スロープの上まで出てみるとクレアの車から、僕と同じ年くらいの青年がトランスファー・ボードを使って、車椅子に移ろうとしているところだった。

ボストンの家

ボストンの家（冬）

トランスファー・ボードというのは、ニスを塗《ぬ》って滑《すべ》りよくした幅二十センチ長さ五十センチくらいの薄い板で、車椅子の生活に不慣れな人や、腕だけで自分の体を支える力のない人などが、車椅子から車のシートまたはベッドやトイレに移る時に、橋のようにして体を支えるのに使うものである。

一生懸命トランスファー・ボードの上をすべって車椅子に移っている青年と、その後ろで全く手を貸さずに見守っているクレアを見ながら、僕は、五年前の自分を思い出していた。いつになったら板なしで移動が出来るようになるんだろうと、何度思ったことだったろう。そんな時、いつも励《はげ》ましてくれた先生、それがクレアだったのである。

ジェリー

一九七九年四月一日。怪我《けが》をしてから約四十日後、僕は、お世話になったグリーンフィールドの郡立病院から、救急車で、ボストン大学病院のＳＣＩ（脊髄《せきずい》損傷部門リハビリテーション）センターに運ばれた。

手続きをする間、救急用入口を入ったところに、ストレッチャーに乗せられたまま僕は、一時間余りひとりぼっちで待たされた。アメリカに来て一年半、都心を離れたボーディング・スクール（全寮制学校）だけで過ごしてきた僕にとって、そこの空気は、あまり芳《かんば》しいものではなかった。

脇を通りすぎていく黒人、なまりでわかる南米系の人々、そしてあきらかに低階層だと思われる白人。僕は白い天井を見つめながら、グリーンフィールドを出る時、看護婦さんたちが頬《ほお》ずりしながら言ってくれた言葉を思い出していた。

「あそこはここと違って全部四人部屋だし、今までみたいにちょっとたのめば何でもすぐにしてくれるなんてことはないのよ。とても厳《きび》しいそうよ。でも、あそこのリハビリテーションを終わらせれば、完全に自立できるんだから頑張ってね」

正直いってその時は、期待よりも不安の方が大きかったし、それに、四月一日ということもあって僕の上に起こっているすべてのことがエイプリルフールの冗談のように思えてならなかった。

やがて僕は、Ｆビルディングの五階にあるＳＣＩ（脊髄損傷部門）に運ばれた。たまたまそこしか空《あ》いていなかったという事で、二人部屋のベッドに移されたが、きれいなフロアや壁、明るい看護婦さんたちの様子に、僕はちょっと安心した。

僕のルームメートは、ジェリーという三十代のおじさんで、部屋に入ってきたとたん、

“Hey Kid! I am Jerry.”「よう、坊主！　オレはジェリーだ」

と言うなり、車椅子からベッドに飛び移り、慣れた手つきでダイヤルをまわし、

「おう、○○レースは四―六。それから……」

と二分ほど話すと、また車椅子に飛び乗り、僕を見るとニッとわらって、

「俺は、もうすぐ退院だぜ。お前も頑張れよ。ここは、ちと厳しいけどな」

そう言いながら近付いてきて、毛むくじゃらの手を出すと握手をして出ていった。

何ともはや、あわただしいヤツである。だけど、陽気な人でよかった。それにしても、いつになったら僕も、あんなふうに身軽に動けるようになるんだろう、なんて思いながら首をまわすと、ジェリーのベッドの横にかけてあるスケジュール表が見えた。

彼のスケジュール表には、ＰＴ、ＯＴ、そしてＳＷという字が、いろいろなところに書きいれられてあった。そういえば、彼は出て行く時「またこれからＰＴだよ」と、だれかに言ってたっけ。いったい何なのだろう、と僕は思った。

しばらくして、僕のスケジュール表を持ってきてくれた看護婦さんが、ＰＴはフィジカル・セラピ（理学療法）、ＯＴはオキュペーショナル・セラピ（作業療法）、そしてＳＷはソーシャル・ワーカーとのアポイントメントを意味するものだということを教えてくれた。

話を聞いているうちに、僕も次第にやる気満々になってきたのだが、第一週のスケジュール表には大きくエクザミネーション（検査）と書かれているだけなのだ。思わず、

「早くセラピ（療法）にはいりたいのに」

と文句をいったら、

「あなた、背骨のほかに頭蓋骨《ずがいこつ》も割ったのよ。あと一週間ぐらい我慢しなさい」

と怒られてしまった。

僕のリハビリテーション第一日目は、こんな具合に過ぎていったわけだが、思っていたよりずっと明るい雰囲気が、不安を完全に吹きけしてしまい、夜寝る時には、何か新しいことが始まるんだとい

う期待が、僕の心をいっぱいにしていた。それは不思議なことに、昔、初めてボーイスカウトのキャンプに行った時の最初の晩に、シュラフの中で感じたものにさえ似ていた。

第一週目は、とても長く感じられた。

つい二ヵ月ほど前までは勉強やスポーツ（特に水球ではちょっとしたヒーローだったのだ）などで朝から晩までじっとしていることなんかなかった僕にとって、（そりゃあ勉強の時は机のまえに座ってはいるが、それだって頭の中はフル回転だったもの）ベッドにただ仰向《あおむ》けという姿勢を強《し》いられる生活はつらかった。

一日の中での変化といえば、検査に行くことだけ。だから、僕のプライマリーＰＴ（専属フィジカル・セラピスト）であるジェニファーがやってくる時間が、待ちどおしくてならなかった。

ここでは四〜五人のＰＴがそれぞれ五〜六人の患者を受け持っているのだが、僕の場合、本格的なＰＴに入るまで、足の筋肉が固まらないように行うレンジ・モーションという足の運動を、ジェニファーが担当してくれていたのだ。

この運動、母の話によると、グリーンフィールドの病院で、僕がまだ意識が回復しないころから始められていたそうである。（僕は、怪我をしたあと十日ほど、意識がはっきりしていなかった）仰向けの状態で足をのばしたまま、九十度の角度まであげる運動の時など、母は、

「まだ背骨のためのギブスもとれていないのに、こんなことをして大丈夫かしら」

と、心配になったというが、ジェニファーは、最初の日によく説明してくれた。

「マーク、これは、あなたの自立、そして自活のための第一歩なのよ。足が固まって動かなくなったら、自分で足を移動する時にだって、二倍も三倍もの力がいるし、大変なのよ。

それに、マーク。いつかは医学の進歩で絶対に、また歩ける日が来るんだから、その日のためにも足を柔らかく保っておかないと、せっかくの医学の進歩が何の役にもたたなくなっちゃうじゃないの」

「なぁるほど、そうかぁ」

と僕はひどく素直に納得したが、このことは、その後も何度となくPTやドクターたち、そして患者の間でも言われ、この言葉が僕のリハビリテーションで最初に習ったこととなった。（こういった考え方に、日本では出会ったことがない。あるのはただ〝絶望〟と〝気安め〟だけのように見える）

ところで、ジェニファーのことだが、彼女は二十？歳で、サンディ・ブロンド（金髪に茶色のまじった）の長い髪をポニーテールにしたとても可愛いひとだ。すごく小柄なのに、僕の足の運動をする時など、どこからこんな力が出るのだろうと思うほどの腕力を持っている。

双生児《そうせいじ》のお姉さんがいて、小学校の体育の先生だといっていた。こんな双子《ふたご》がピンポンパンのお姉さんだったら、大人でもテレビを見るだろうなぁ、なんて馬鹿なことを考えていると、ジェニファーは、脚気《かっけ》の検査に使うような物を出してきて言った。

「じゃあ、これからマッスル・テストをするから……」

僕の足を、その道具で叩《たた》いたり、ひっかいたりして、どのくらい筋肉が使えるか、どこまで感じる

ことが出来るかをジェニファーがしらべはじめたとき、僕は自分の足を見ながら、

（ちょっと細くなったかな）

などと思っていた。水泳や水球のせいで太かった足も、動かなくなってしまったのだから筋肉が落ちるのはあたりまえだが、

（もう、動かなくなっちゃったんだ）

という気持ちよりも、

（これで前からはきたかった細いジーンズがはけるぞ）

という考えが頭に浮かんだのには、我ながら呆《あき》れてしまったが、これもファーザー・ローチのおかげだと、僕はしみじみ思ったのである。

ファーザー・ローチ

ファーザー・ローチとの出会いは、僕がまだグリーンフィールド郡立病院にいた時のことである。僕はこの〝出会い〟を一生忘れないだろう。

事故の数日後だったろうか。僕は意識がまだ完全に回復しておらず、サーキュラー・ベッドという二本の円形のレールの中にはさまったベッドに寝かされていた。身動き出来ぬ患者が床ずれしないように、半回転させることの出来るベッドである。

ぼんやりした意識の中で見えるのは、母の顔など、ごく近くにあるものだけだったが、ある日、僕の目にうつったのはアメリカ人らしい男の人の顔と、その人の組まれた手だった。じきに、それは見えなくなってしまったが、次の日も、またその次の日も、ある時は上にある時は下に、その顔と手は見えるのである。

しだいに意識がもどるにつれて、その人の着ているものなどから、その人が神父さまであり、僕のために祈ってくれていることがわかってきた。

その時の気持ちといったら、ギャグマンガなどによくでてくる「ガーン！」というやつ、まさしくあれだった。

僕は生まれてこの方、お祈りといえば自分のためにしかしたことがない。

「どうか……してください」

「どうか……させてください」

「……なりますように」

というたぐいのものばかりである。

僕は、心の底からそう思ったのである。神とか宗教に全く関心を持たなかった僕にとって、これは

(あぁ、人のために祈るって、なんて素晴らしいことなんだろう！)

全く新しい経験だった。

意識が完全にもどったとき、僕は、まず母にたずねた。

「ねぇ、ここに神父さまが、毎日こなかった？」

「そうよ。毎日毎日、あなたのためにお祈りしてくださったのよ。あなたのベッドが下を向いている時には床に寝ころんで、あなたの顔を見ながら、ほんとうにいい方ね」

床に寝て……僕のために、お祈りを……。

そして、その日、ついに僕はその神父さまファーザー・ローチと話すことが出来たのだ。

ファーザー・ローチは、もじゃもじゃ頭に立派な髭《ひげ》をたくわえた体格のいい――母いわく神父さまというより、一見、船乗り風の――かたで、とても優しい真っ青な目をしていた。

僕が、彼のしてくれたことにお礼を言うと、まるで自分の行為があたりまえというように笑った。

そして僕が、人のために祈るという行為に感動したこと、それからできれば僕もキリスト教になりたいとおもっていることを言うと、

「そうか、そうか」

と、これにも優しく微笑《ほほえ》んで答えた。

「でも、キリスト教になるのに、そんなに簡単になってはいけないよ。ねぇ、ハンサム！（彼は、いつも僕をそう呼んだ）君はバイブルを読んだことがあるかい？」

「学校の宗教のクラスで、ちょとだけ」

「じゃあ、私が君にバイブルをあげるから読んでごらん」

それから、ファーザー・ローチは、僕の意識の回復をとても嬉《うれ》しいと言い、

「お祈りをさせてくれるかい」

　と聞いた。僕はいそいで答えた。

「僕もいっしょに！」

「よし。じゃあ、ここで祈ろうか」

　そう言うと、彼は、目を閉じて大きな掌《てのひら》を僕の額《ひたい》にのせた。その時になって僕は、初めて気がついたのだ。お祈りなんて何一つ知らないってことに。

「僕、ひとつもお祈りを知らないんです」

「いいんだよ。どういう文句をとなえるかがお祈りじゃないんだからね。神様に感謝することが出来れば、それがどんな言い方だって、何語であったっていいんだよ」

「そうか」とうなずいてはみたものの、急に何に対しての感謝をしたらよいのかと戸惑《とまど》っていると、ファーザー・ローチは、僕の目を見つめて言った。

「たとえば、君には何の障害もない手がある。脳だって完全だね。それから、今日はどんな日だった？　いい日だったかい。どんな人に会ったかね。楽しかったかい？　ほーら、いろんなことに感謝出来るじゃないか」

「あっ、そうか」

　今度の「そうか」は本当にわかった「そうか」だった。

　そして、ふたりのお祈りは始まった。声にださないお祈りだったが、僕のお祈りはなぜか英語だった。

"Our Father, Thank you very much for every thing you saved on my body.
Our Father, Thank you very much for the good day you gave me as today.
Our Father, Thank you very much for all the good people you put around me."

このお祈りはいまも、僕の寝る前のお祈りの一部分になっているが、この数行の言葉がどれだけ僕を励《はげ》ましてくれたかわからない。

怪我《けが》をして以来、僕が意気消沈したことがないと言うと、なかなか信じてくれない人が多いけれど、ファーザー・ローチとの出会いと、その日から始めたお祈りのお蔭で、僕は、ほんとうに一度も絶望的になったことなどないのである。

失ったものに対して悩んだり後悔したりするより、残されたものに感謝するのだと教えてくださったファーザー・ローチの言葉が、僕の考え方を根本から変えてしまったのだ。

僕は思う。初めて出会った神父さまがファーザー・ローチで本当によかったと。もし、彼が「信じなさい」とか「祈りなさい。祈る人のみが救われるのです」などと言っていたら、きっと僕は「祈ったって、動く足は返ってこないよ」なんて反発していたにちがいない。

ファーザー・ローチが、底ぬけに明るくユーモラスで、どこにでもいそうな優しいおじさんだったから、そしてひとことも信じろなんて言わなかったから、僕は信じたのかもしれない。

あまり神父さまらしくないので、次の日に会った時、

「やぁ。マーク！　今一番なにがほしいかい？」

と聞かれたとたんに思わず叫んでしまったほどだ。

「でっかいペパローニ・ピザ！　チーズたっぷりの熱いやつ！」

そして、もちろん、ファーザー・ローチは、次の晩、どうやって看護婦さんの目をかすめたのか、

「ハロー！　ハンサム。御機嫌《ごきげん》いかが」

なんておどけながら、大きなピザを片手に飛びこんできたのだった。

クレア

ボストンに来て五日目に、母は日本へ帰った。

グリーンフィールドにいた時には、ラッキーなことに、僕の手術をしてくださった救急室のお医者さま、ドクター・モーガンの奥様が、その街ただひとりの日本人で、母の面倒を、通訳から宿泊までなにもかもみてくださったのだが、ボストンでは全くのひとりになってしまうし、日本の祖母や父、弟のこともあるので、ひとまず帰国することになったのである。

車椅子に乗れる日に立ち会えないことを残念がっていたけれど、僕が事故のことをあっさり受け止め、少しもめげていないので安心したようだった。

「僕は、ちっとも不幸なんかじゃないんだからね。日本に帰ってからメソメソしたりしちゃいやだ

よ。今までより、もっと明るくしていてね。そうしないと、あの人は不幸な息子を持っているからだって言われるもの。そんなの僕が迷惑だから」

母は明るく笑って部屋をでていった。

ベッドの上で、もう飛行機は出るころかなぁと思っていた時だった。ドアをノックする音といっしょに男の人が顔を出した。

「ハーイ。君がマーク・ヤマズ……ヤマザス……ヤマ……」

「ヤマザキですよ」

僕が答えると、その人は急に声をはりあげ、

「ジャ、ジャーン！　ただ今、君の車椅子が到着しましたぁ」

と言って、車椅子をひっぱって入ってきた。

「乗ってみるかい？」

「まだ、僕、乗っちゃいけないんだ」

「じゃぁ、ここに置いていくからね。それから、僕は毎週ここに来るから何かあったら言ってくれ。じゃあまた」

（うーん、なかなかのもんだぞ）

僕は、すっかり嬉《うれ》しくなった。なるべく車椅子らしくない車椅子を、と車椅子のスポーツ誌から選んで頼んであったのだが、スポーツ・チェアというだけあって、なかなかスポーティな造りである。

しかし、乗るのはあと二、三日お預けだ。

その二、三日の間に新しいことが、いくつか始まった。ジェニファーは、今までやってくれていたレンジ・モーションを、僕自身にさせるようになった。これは、もう〝くせ〟のようにして毎朝やらなければ、足が固まってしまうというのが彼女の口癖《くちぐせ》だった。

それに加えて、鉄アレーを使った腕の運動も日課のひとつになった。

つい二ヵ月ほど前に、水球の試合で鮮《あざ》やかにゴールを決めた右腕も、使わなかったせいでほんの数ポンドのアレーにさえ、へこたれそうだったが、

「これから先、あなたの腕は、腕でもあり足でもあるんだから」

と言うジェニファーの言葉に、ファイトを燃やさずにいられなかった。

クレアに会ったのもこのころだった。僕のセラピにやって来たのだが、いままで看護婦さんが手伝ってくれていた洋服の脱ぎ着も、僕が手には障害がないことがわかると、クレアはかなり厳《きび》しくなんでも自分でやらせるようにしむけた。シャツの方はたいした苦労もなかったが、問題はズボン、そしてソックスには本当にてこずった。

「まるでタコかイカだね。僕の足は」

といってクレアを笑わせたのを覚えている。

一度このセラピが始まると、ＯＴ、ＰＴはもちろんのこと、看護婦さんも、もう二度と僕に手を貸そうとはしなくなった。最初は、ちょっと冷たいなぁと思ったけれど、クレアに、手に障害がありな

がら器具を使って、いとも簡単にズボンやソックスをはく人を見せられてから、甘えた気持ちはふっとんでしまった。

『僕なんか、まだまだいい方じゃないか』というのが、このころからいつも僕の心の中にある思いになった。
二、三日たって、とうとう車椅子に乗る日がやってきた。車椅子に乗せてもらうと僕は嬉《うれ》しさのあまり、すぐにそこいらじゅうを走りはじめた。するとクレアとジェニファーが僕をつかまえていった。
「マーク。走る前に覚えることがあるでしょう」

「えっ、なにを？」

「ばかねぇ。これから誰があなたを車椅子に乗せてくれるの？」

いま二人がかりで簡単に車椅子に乗せてもらった僕は、なんとなくいつも誰かが手伝ってくれるような気分になっていたのである。

ジェニファーは僕を、レック・ルームとよばれている大きな部屋へ連れていった。僕は目を見はった。器具を使って字を書く練習をしている人、口でタイプを打つ練習をしている人、天井から下げたロープを車椅子の背もたれに付けて、ウィリー（前輪上げ）を覚えようとしている人、足にブレース（足をのばしたまま固定する器具）をつけてパラレルバー（平行棒）で歩く練習をする人、ベッドぐらいの高さのマットの上でバーベルを挙げている人、パンチング・ボールを叩《たた》いている人、そしても

初めて車椅子に乗った日

病院の仲間たち

ちろん、一番大切な車椅子の乗り降りを練習している人がいた。

マットと車椅子の間にトランスファー・ボードを渡して、移動の練習をしている人など、様々な人たちがいて、セラピという言葉があまりピンとこなかった僕には、その部屋がなんだかアスレチック・クラブのように思えた。ステレオから流れるロック・ミュージック、近代的なインテリア、なにもかも明るかったからだ。

ただひとつ違っているのは、ここで訓練している人のすべてが、バック・ブレース（脊髄《せきずい》損傷の人用の取りはずし可能のギブス）またはネック・ブレース（首の骨折用のギブス）をつけていることで、みんな、まだそれぞれの事故から二、三ヵ月しかたっていないことを示していた。

ジェニファーにせきたてられて、僕も皆の仲間に入り、まずトランスファー・ボードを使っての練習を始めたが、なんせ腕に力がない。ジェニファーもそう感じたらしく、僕をマットの上に移し、背中を壁につけて座り、足をのばしたまま手の力で腰を上げてみるようにといった。これは、何とか出来たが、二、三回やると疲れてしまう。

ジェニファーは、次にプッシュアップ・バーを二つ渡すと、

「やっぱり、まず、これからね。これがちゃんと出来なければ何もできないから」

「何？　これ」

「腕の力をつける運動のための器具よ。ほら、あそこを見て」

彼女は、マットの反対側を指差していった。

「あそこに、いろんな高さのがあるでしょう。低いのから始めていくのだけれど、腕の力で腰を持ち上げる練習よ。最初は、まず二十回くらいからね」

さっそく、僕は両手でプッシュアップ・バーのハンドルを握り、腕をのばして腰をマットから二十センチほど持ち上げてみた。

「なんだ。けっこう簡単じゃん」

とかなんとか言ったものの、十回をすぎるともう駄目になりそうだった。でも、いまこそスポーツで鍛《きた》えた根性で、と僕は頑張った。

「十一……十二……十三」

みんなが見ている。ジェニファーがニコニコ笑いながら数えている。

「十四……十五……十六……」

身体に力が入る。

「十七……十八……十九……」

『ブーッ！』

とたんに〝オナラ〟が出てしまった。まわりじゅうの人たちがどっと笑った。パラレル・バーで練習をしてた奴なんか、そのままずっこけた。僕は照れかくしに叫んだ。

「あぁ惜《お》しかったなぁ。あと一回だったのに、セラピ終了のブザーが鳴っちゃった！」

また、みんながどっと笑った。

それで本当に今日のセラピは終わりになった。さっきの〝事件〟のせいで、みんなが僕のまわりに寄ってきて話をしだした。

いやあ、ひょんなことで友達は出来るものである。

マーク・クレッグ

その日、となりで僕と同じ運動をしていたのがマーク・クレッグだった。ウエスト・バージニアから来たというのだが、もっと南からのように思える、強い南部なまりの持ち主だった。

彼は僕に聞いた。

「お前どうして怪我《けが》したの？」

「バカみたいなんだけど、学校の寮の二階の窓から吹き抜けの地下まで落っこちてね」

「なんで、また……」

「スキー旅行から帰って来たら、暖房がきき過ぎで暑かったんで、皆で窓を開けて並んで腰かけたとたん、僕だけがバランス崩して仰向けに落っこちたんだ」

僕が答えると、マーク・クレッグのやつ、あっさり言いやがった。

「そりゃあ、ほんとバカだな」

「じゃ、君はどうして怪我したのさ」

「いやぁ。ひどいもんさ」

クレッグは、話しはじめた。

「オレ、夏休みに林檎《りんご》農園で箱詰めのアルバイトやってたんだよ。それで、ある日、山積みになった林檎の木箱にレッテルを貼《は》ってたんだ。そこへ、新米《しんまい》のアルバイトが、急にフォークリフトをバックさせてきた。

オレ、もろ、林檎箱とフォークリフトの間にはさまってさ。その上、そのバカがさ。今度はあわててフォークリフトを前進させたもんだから、山積みの林檎箱、全部くずれ落ちてきたんだよ。オレの上にだぜ。それだけならまだいいよ。

オレの悲鳴を聞いて、林檎園のバカども『マーク・クレッグがいない』って、くずれた林檎箱の上を、あわてて走りまくったのさ。オレの上をだぜ。ひどいじゃないか。今は直ったけれど、背骨だけじゃなくて手も足も、あっちこっちの骨がメチャクチャに折れちまったってわけなんだ」

思わず僕は吹き出した。林檎箱の下敷きになったマーク・クレッグの上を、大勢の人が走り回っているところを想像したら、気の毒だけれど、あんまりひどい話すぎて、何ともマンガ的に思えたのである。彼の話ぶりが、やったら明るかったからかもしれない。

「ちぇっ。ひどい野郎だなぁ。笑いやがって」

クレッグは、わざと怒ってみせたが、僕が、

「やぁ、ごめんごめん。しかし、ひどい話だね」

と言うと、彼は笑いながら言った。

「もっと面白い話、聞かせてやろうか？」

「うん」

マーク・クレッグは、テーブルのひとつで煙草《たばこ》を吸っていたアラビア人風の男に声をかけた。

「おーい。ジャバー。こいつにお前の事故の話してやってよ」

「あぁ、いいよ」

その男は、なまりのある英語で答えると、車椅子をこちらに向けた。すごくあいきょうのある顔をほころばせながら近づいてくると、手をさしだして言った。

「僕、ジャバー。よろしくね」

「僕、マーク・ヤマザキ。オリジナリー　フロム　ジャパン」

「ほう！　ニッポン」

ちょっと驚いてから、彼は話しはじめた。

「僕、こう見えてもエジプト空軍の隊長なんだよ。事故の日は何となくついてなくてね。僕の戦闘機の調子が悪くて緊急着陸したんだ。そしたら、急に僕のシートがイジェクトされた。びっくりしたなんてもんじゃないよ。いきなり放り出されて、こうなってしまったというわけさ」

こんな奇抜《きばつ》な、まるで007の映画みたいな事故があっていいものだろうか。あんまりおかしい話に呆《あき》れ返っていると、ジャバーがしみじみと言った。

「だけど、僕も君もマーク・クレッグも死ななかった。これはめっけものだと思わないか。生きてたってことは」

お互いに顔を見合わせてあいづちをうったとき、マーク・クレッグが言った。

「そう、We've got to make best out of it.（頑張れば、何とかなるさ！）だね」

これだけで止《や》めときゃ、二人とも「こいつ、なかなか良いこと言うぞ」と感心するところだったのに、彼は、調子に乗って続けた。

「だけど、ジャバー。お前さん、もうじき退院だろ。だいじょうぶかい？　エジプトへ帰って砂漠《さばく》の上じゃ、車椅子、たいへんだぜ」

この一言のために二人は、大騒ぎになってしまった。

「エジプトは砂漠だけじゃないんだ。ナメルナ」

とか、

「ラクダに踏まれろ！」

「お前こそ南部の底無し沼に沈んでしまえ」

どうなることかと思ったが、折良《おりよ》く運ばれてきたランチによって、ののしり合いはやっと中断された。

ランチは、大きなカートで運ばれてきて、セラピの人たちが天井から下ろしてくれる丸テーブルで食べるのだが、ここでまた、僕は驚くことになった。

さっきまで、口でタイプを打つ練習をしていた人が、テーブルまで電動車椅子を口で操作しながらやってきたのである。そこで僕は、素朴な疑問を持ったのだ。

（さっき、この人は口にくわえた小さなスティックでタイプを打っていたが、もし、彼が口にスプーンを持った場合、どうやって食べるのだろう）

しかしこの謎《なぞ》も、俗に〝あやつり人形〟と呼ばれる器具を持ってきたクレアによって、すぐに解かれた。クレアは、その器具を彼の車椅子のうしろに置くと、そこからのびた紐《ひも》の先を、彼の手のサポーターに取り付け、紐の反対側にある重りを調節して、手がテーブルと顔の間にくるようにした。そして、右の手にスプーンを付け、重りによってほとんど無重力状態になった手を使って、彼はランチを見事に一人で食べたのだった。

びっくりしている僕を見ると、彼は、

「マリオネットみたいだろ」

と言い、おどけた顔をしながら手を上下させてみた。

「でもね。こんなのに頼ってたんじゃレストランにも行けないからね。なんとか腕をもっと強くして、これなしで食べれるようになろうとしてるんだよ。最初は人に頼った。今はこの機械に頼っている。でも、そのうちきっと自分だけを頼るようにするさ」

早起きジャック

「まだ寝とるのか。朝だぞ！　気持ちのいい朝だぞ！　八時だぞ。朝メシの時間だぞ！」

わっ何だ。何だ。うるさいなぁ。きのうは初めて車椅子に乗って、初めて運動したもので疲れていたのに、みんなと話をして夜ふかししてしまったのだから、眠たくてたまらない。顔の上で大声でわめくのは誰だろう。枕に沈んだ顔から半開きの目で声のする方を見ると、白髪《しらが》の男の顔があった。

〝早起きジャック〟だ。こいつは朝からついてない。

〝早起きジャック〟というのは、六十歳くらいの看護夫さんだ。そのシャキッとした姿勢と軍曹《ぐんそう》みたいな声で、患者を完全に予定通りに動かすことで知られていた。だから皆、彼がいい人だということはわかっていても、休みの専属看護婦の代わりに、彼が一日ナースをつとめるのを敬遠しがちだった。

「朝御飯なんか、いらない」

と言う僕に、朝食を食べなければ一日のスタミナがつかないといい、九時までに着替えをすませ、歯を磨《みが》き顔を洗ってレック・ルームに行くことなどを指図しながら、手際《てぎわ》よくボディ・ブレースをつけて出て行った。僕は、まだこれをつけなければ、起き上がってはいけないのだ。

着替えをした僕が車椅子を見ると、椅子の背中にトランスファー・ボードが立てかけてあった。

「やれやれ、自分だけでやれっていうのか」

僕は、ひとりごとを言いながらベッドを車椅子の高さに下ろし、ボードを使って移動をはじめた。きのうの午後、ジェニファーとクレアに特訓をうけたけれど、一人ではちょっと怖《こわ》かった。それでもなんとか車椅子に移ることが出来たが、

「やった！」

と思った瞬間、

僕の身体は、左前にグラリと重心をくずした。

「わぁーっ」

と、急に誰かが僕の腕をつかんだ。見ると、それはジャックだった。

「ワッハッハ。本当は、ずっとここで見てたんだよ。いやぁ、上出来、上出来」

ずっと様子を見ていたというのである。ちょっとばかり胸がじーんとしたけれど、僕はわざとわめいた。

「まったくぅ。僕が本当に落ちたらどうするんだよぉ。ジャック、クビになっちゃうぞ。だから、その罰として今日の僕の洗顔と歯磨《みが》き、免除！」

言うが早いか車椅子でレック・ルームに一目散《いちもくさん》。ジャックが、歯ブラシ片手に追いかけてくる。

「つかまるもんか。車椅子に乗ったらこっちのものさ」

ところが運悪くエレベーターのドアがあいて、朝食を乗せたカートが出てきたのだ。

「ガシャーン！」

大衝突である。幸運にも車椅子からは落ちなかったけれど、もちろんジャックに捕まった。

「この、カミカゼめ！」

ということで、僕は食堂のおばさんに謝《あやま》った後、結局歯を磨かせられ、朝食には遅れるし、その上〝カミカゼ〟なんていうニックネームまでもらってしまった。やっぱり〝早起きジャック〟がナースの日には、ろくなことがないようだ。

ミスター&ミセス・パッシンダ

今までのベッドの生活と違ったところといえば、まず第一に自分でやることがやたらふえたこと、逆にいえば、まわりの人が手を貸してくれることが、極端に減ったことだろう。

頼まなくても着替えは手伝ってもらえ、ベルを鳴らせばナースが来、コーラといえばコーラがすぐに運ばれ、トイレやシャワーに行くのも手伝ってもらえたのは、もう遠い昔のこととなってしまったのである。

でも、退院したジェリーの後に入ってきたルーム・メートで、手にも障害のあるキース（彼は、退院後一年目の検査のための入院）に何でも自分でやられてしまうと、さすがに文句《もんく》もいえない。

一日のスケジュールも、かなりびっしりとチャートをうめ、PT、OTに加え、ホイールチェア・

モビリティー（車椅子の扱い方、操作の仕方）のクラス、ソーシャル・ワーカーとのミーティングなどが始まり、ドライビング（運転指導員が来て指導してくれるクラス）も近々予定に入ることになったので、毎日が、とても充実したものになってきていた。

ホイールチェア・モビリティーでは、まず車椅子でのドアの開け閉めからはじまったが、僕はすぐにこなして、次の段階に移ることができた。

そして、待望のウィリー（前輪を上げて後輪だけで動くこと）の練習である。これが出来ないと歩道に上がることが出来ないのだ。

まず最初は、天井からさがっているロープを車椅子の背につけて、もし誤《あやま》って後ろに倒れても途中で止まるようにして練習を始めたが、食事の後などに、ウィリー長続きコンテストをしている退院まぎわの人たちを、羨《うらや》ましく眺《なが》めたものだった。

車の運転については、僕は、すでにテキサスのライセンスだけは持っていたが、今度は手だけ使って運転しなければならないので、それには特別なパーミッションがいるという。それならテキサスのは捨てて、新しくマサチューセッツのライセンスをとったらということになった。

僕としても、テキサスのライセンスでボストンを運転する自信はない。テキサスのだだっぴろい四車線も六車線もある道と、ごみごみしたボストンのダウンタウンでは、あまりにも違いすぎる。

ちょっと話はそれるけれど、僕がテキサスのライセンスをとったときの話をしておこうと思う。

あれは一九七八年の夏のこと、僕は、ヒューストンにいる親友のマーク・パッシンダを訪ねたのだった。もちろん、僕の脚が健在だったころの話である。

二週間ほどやっかいになったのだが、その時、パッシンダが車の免許をとりにいくけれど、一緒に試験を受けないか、とさそってくれた。なんの準備もしていなかったので、ちょっとためらったけれど「まあ一回やってみるか」という調子で、翌朝ミセス・パッシンダに連れられて試験場に行った。

しかし、なんせ一夜づけ勉強の受験生である。

「よかったわね。今すぐ、受けられるそうよ」

とミセス・パッシンダに言われて、僕は急におじけづいた。

「えーっ。でも、僕は、まだ自信ないよ」

「大丈夫よ。あなたが心配するのは、ドライビングに関する特殊な単語でしょう。知識はあるんだから。私、そう思ったから英語が読めないって大げさにいったら、係員がマン・ツー・マンでオーラル（口語）での試験を受けさせてくれるそうよ。がんばってね！」

何て気のつく人なんだろう。ミセス・パッシンダにポンと肩を叩《たた》かれた僕は、渡された紙を持ち、黒人の試験官のあとについて小部屋にはいっていった。

試験官と二人になると、いかにも人の良さそうなその黒人が口をひらいた。

「君、どのくらい英語、しゃべれるの？」

ここでペラペラしゃべってしまったら負けだぞ、と思ったから、

「ベリイ……ベリイ……リトル」

なんて、わざとたどたどしくveryのVをしっかりBの発音で、それも一字一字ゆっくりと答えると、おじさん、しかたなさそうに「ＯＫ」と言って試験用紙に何かを書きこんでいたが、

「いいかい。まず、一問目いくよ」

と言うと、ポケットからマルボロ一箱とジッポのライターをとりだした。

「よし。よく見てろよ。ここが交差点で、この赤い車が（と言ってマルボロを動かし）こっちからこうくる。信号は黄色だった。右の道から銀の車（と言ってジッポのライター登場）がこうくる。さて、赤い車はどうしたらいい？」

これじゃまるで幼稚園のテストじゃないか。僕は、思わず吹き出しそうになったが真面目な顔で答えた。

「えーと、赤い車は、信号が黄色だから止まるべきだ。黄色の信号では、本当に安全な時以外、または、もう交差点の中にいる時以外は止まらなくてはならない」

ちょっとスラスラしゃべりすぎたかな、と思ったが、試験官のおじさんはニコニコして、

「正解！」

と叫び、次の質問に移った。

こんな調子だから、僕が、百点満点で合格したのはアッタリマエなのであるが、

「よし。それじゃドライビング・テストにいこうか」

と言われた時には、さすがにあわててしまった。知っているのは理屈だけなのである。なんとか三

日待ってくれるように頼みこんだ。

なんせ、車なんぞ全くといってもいいくらい触《さわ》ったことのない僕が、三日で何とかしようというのである。その夜からミスター・パッシンダの特訓が始まった。

ミスター・パッシンダの車は世にもバカでかいクライスラーのニューヨーカーというヤツで、オートマチックだからいいかと思って借りたのだが、百メートル走ったところで早くも挫折《ざせつ》した。スリーポイント・ターン（方向転換）を失敗して、どっかの家のドライブウェイの大木の幹の表面を、えぐりとってしまったのである。

ミスター・パッシンダは、あわてて奥さんのカローラのステーションワゴンにかえたが、彼の提案で今度は、多くのティーンエイジャーが父親に教わる時にやるように、店じまいをした後のショッピング・センターの巨大な駐車場を利用することになった。

ミスター・パッシンダのお蔭でシフトの車もどうやら運転出来るようになったが、なんとも辛抱強い人で、僕は本当に幸せだった。

ところがまことに不幸せだったのはテストの日で、その日、僕にあたったのは、ものすごく神経質そうでおまけにブスの女性試験官で、（最初、アメリカの女性はみんな美人に見えたものだったが、このころになるとブスと美人の区別がつくようになっていた）彼女は、僕が止まっていた大型トラックをよけようとしてセンターラインを越えたことと、シフトがスムーズじゃないことに文句をつけ、ギリギリで落としたのだ。

気を落としていた僕を見て、親切なミスター・パッシンダは、二、三日後にもう一度アポイントをとってくれた。今度こそ絶対に落ちられないぞ！　僕はモーレツがんばった。

そして、なんとかスムーズに運転できるようになったのに、テストの前日、とんだハプニングがおこってしまった。

当時、アメフトとレスリングで身体を鍛《きた》えあげていた僕は、勢いあまってカローラのハンドブレーキを引き抜いてしまったのである。なんとかひっつけようとしたけれど、これはあとのまつりだ。

わーい、どうしよう。木の幹をえぐったニューヨーカーの方は、修理にだしてしまっているし……重《かさ》ね重《がさ》ねの失敗にあやまりつづけている僕を見て、ミスター・パッシンダ（あぁ、何て親切な人なんだ！）は叫んだ。

「そうだ！　レンタカーという手があったぞ」

車を傷つけ、ブレーキをぶっこわした上そんなことまでしてもらっては、と遠慮したが、そこはアメリカ、日本のように本音とたてまえはないのである。やると言ったら本当にやってしまうのだ。なんとその日のうちに、真っ黒のトランザム・ファイアーバードが届いてしまった。げっ！　コロナくらいでいいのに。これはちょっとやりすぎじゃないかなぁ。

次の日、猛暑の中、クーラーのギンギンにきいたトランザムで乗り込んだ僕を待っていたのは、なんとペーパー（？）テストの時のあの黒人のおじさんだ。バンザーイ！

彼は、汗を拭《ふ》きながら車に乗ると、

「おー、こりゃ天国だ」

そして、カーステレオを止めようとする僕の手を制止しながら言った。

「さ、リラックスしていこうか」

ここまで言えば、この後、僕が首尾《しゅび》よく免許を手にいれたことは書くまでもないだろうし、なぜいさぎよくテキサス免許を捨てる気になったか納得してもらえるだろう。

ジェニファー

さて、メチャメチャ話は飛んだが、たしかまだ病院のことについて話していたはずだった。そう、僕のリハビリは進み、上半身の動きはかんぺきというところまできていた。もう一ヵ月ほどでPTは終了し、あとは自分でやるレンジ・モーションとウェイト・トレーニングだけになっていた。

ここの重量上げのバーベルは、ちょっと変わっていてウェイトの両端に自転車のタイヤがついている。これは、僕らがマットの上に置かれたバーベルの下をくぐりこんで、これを持ち上げるためなのだ。

僕が三十キロを上げて喜んでいると、PTのジェニファーは、

「まだまだよ。マーク。あなたの体重は六十キロなんだから」

と言うのだ。僕がポカンとしていると、彼女は説明してくれた。

「あなたは、これから何をするにも自分の腕でやらなきゃならないのよ。たとえば、車椅子からソファーや車の座席に移るのもね。それには自分の体重分のウェイトぐらい上げられなきゃ駄目《だめ》でしょう。あと半分！　がんばってね」

げげっ。この倍かよー。でも、僕の横でやってるもうすぐ退院の女の子、ちゃんと自分の体重を上げられるようになってるんだからなぁ。やるっきゃないな。

僕は、彼女を横目で見ながら十ポンドのウェイトをつけて、また練習をつづけたのだった。

カレン

リハビリテーションに来てから一ヵ月ほどたち、僕のスケジュール表にはＳＷ（ソーシャル・ワーカー）やＡＣ（アフターケア）の文字が多くなってきていた。

ＳＷのカレンは、僕との初めてのミーティングの時、まず学校のことを聞いた。

「マーク。学校には戻るんでしょう？」

「もちろんだよ。僕、高校なかばなんだから」

「じゃあ、まず一緒に学校さがしをはじめなくちゃね。ところで、あなた日本の学校に行くことは全く考えていないの？」

僕は、この時、ちょっと心にズキッとくるものを感じた。アメリカにきて約一年半、皆から日本は良い国だと言われ、またどんなことを聞かれても日本人として胸をはって答えられたし、そのたびに〝進んでる日本〟を皆にしゃべりまくってきたのに。

ここへきて僕は、はじめて〝進んでない日本〟について話さなければならなくなってしまったのだ。僕の話を聞いたカレンは目を丸くして言った。

「まさか！　日本は、何もかも発達した国で医学だってトップレベルの一角にあるはずよ」

「アメリカでは、学校でもどこでも車椅子の人を特別視するのではなく、施設を使い易くする事で誰にでも問題なく使えるようになってると聞いたけど、日本では何かといえば『車椅子用なになに』というものをやたらにつくって、いまだに特別扱《あつか》いらしいんだ。国民性の違いなのかなぁ。しようがないね。今のところは」

僕は、話をやっとアメリカの高校進学のほうに戻した。

「だから、日本の学校のことは考えなくていいよ。だってもともと、僕はアメリカの大学を出るためにアメリカに来たんだからね」

「わかったわ。いくつかこの辺の高校をさがしてみるわ」

カレンは答えた。

「でも、絶対にいい学校で、大学への進学率のいいとこじゃなきゃいやだよ」

「わかってるわよ。あなたの前の学校の成績を見れば」

とカレンはニコッとわらって前の学校から送られてきた資料にまた目をやり、「フットボール部、レスリング部、ヨット部、水球部、イヤーブック（卒業アルバム）カメラマン、その上、オナー・スチューデント（優等生）、まあこれならどこの学校にでも入れると思うわよ」

と言ってくれたが、僕としてはそんなことを言われると、最近では考えてみることもなかった〝昔やっていたスポーツ〟のことを思い出させられて急に自信がなくなり、

「えー。でも、もうできないものばっかりだなあ」

と言うと、

「何言ってんのよ。この中の多くは車椅子でもやっている人はたくさんいるし、たとえ同じことは出来なくたって、これだけのことをやってきた人なら、これからだってもっといろんなことをやるに決まっているわよ。マークなら」

と言われてしまった。

うーん。なっとく、なっとく、というわけでミーティングを終えた僕は、次に予定されていたPTに行ったのだが、その日のウェイト・トレーニングには何となく熱がはいってしまった。

重量上げの重さも、あと二十ポンドで自分の体重。もう少しで目標達成である。

次の週、やっとマスターした車椅子のウィリー（前輪を上げて走る方法）でリハビリテーション中走り回っていると、

「こらこら、カミカゼ！　スローダウン、スローダウン」

と叫ぶ声がする。カレンだった。もうリサーチの結果が出たというのだ。スペシャル・ミーティン

グということなので、カレンの後を彼女のオフィスまで急ぐ。

カレンは椅子に座るとニッコリと笑って、

「マーク！　I have a good news and a bad news. Which do you want to hear first？」

と言った。

アメリカ人のよく使うフレーズで、読んで字のごとく、良い知らせもあるけれど悪い知らせもある。どっちから聞きたい？　ということである。

「うーん。じゃあ悪いヤツから」

カレンは「ＯＫ！」と首をふってから話しはじめた。

「バッドニュースの方はね。グレーターボストン地区では、私立の高校はほとんど車椅子の設備がないということ。あなたも行ってたからわかると思うけれど、寮制の学校は、すべてをアクセサブルに(適用しやすく)するのは難しいのね。でもね。これはグッドニュースのひとつだけれど、ローレンス・アカデミーっていうところが、あなたに、ものすごく関心をもって来ないかと言ってきているの。これは私立よ」

「それで、そこはアクセサブルなの？」

「昔は違ったらしいけれど、いろいろ改造して大丈夫だから見にこいって言ってるの。

それからこれ。調べてみたのだけれど、ここに書き出した四つの高校。公立だけどね。アメリカの高校の中のトップレベルよ。その上、あなたも知っての通り、公立の学校は必ずアクセサブルにしなきゃいけないことになっているでしょ。法律で」

たしかにそうだけれど、公立はいろいろ問題があると聞いたこともあり、あまり気乗りしなかった。しかし、とにかく公立の中で一番ハイレベルのウェストン・ハイスクールとローレンス・アカデミーに、ツアー（校内を案内してもらうこと）とインタビューに行くことに決めた。

カレンが、その予約をとってくれる約束をしてミーティングは終わったが、また学校に戻れると思うとなんだかキラキラしてくる僕だった。

ジムさん

数日後、僕はアフターケアのジムさんと一緒にクレアの車で、ボストンから北へ四十分ほどのところにあるローレンス・アカデミーを訪れた。

ジムさんというのは三十歳くらいのとても優しそうな人で、ボストン・カレッジの看護学部を出た後、ボストン・ユニバーシティでリハビリテーションの修士をとったという。名刺の最後のPHDとかRN（看護資格取得者）とかBSなんていういかめしい肩書きとはちがって、実にきさくな人なので、すぐに打ち解けてしまった。

カレンは、僕の退院後の生活について調べたり相談に乗ってくれる人だが、実際の活動は、このジムさんとクレアの二人によって行われるのである。二人とも文字通りの行動派で僕がためらったりす

恩人の一人、ジムさんと

ＯＴでもあり、親友にもなったクレアと

ると、いつだって。

"Come on, you can do it!"

といって、いつのまにか僕を行動派の仲間に入れてしまうのだった。

さて、ローレンス・アカデミーのことだが、校長と話してみるとものすごく好意的で、スカラーシップ（奨学金）の話まで出るほどだったが、学校内を案内してもらううちに二つの問題があることがわかった。

電話で聞いた時、校舎がアクセサブルだといったのは、以前は階段であったところをそのままスロープに改造したということで、傾斜がかなり急なのである。これでは人に押してもらわないかぎり、かなり難しいだろうというクレアに、今度は僕の方が、

「いやぁ、腕が強くなれば大丈夫」

と言ったのだが、その元気も、この学校へ来たいという希望も、体育館に行ったとたんに消えてしまった。体育館が全くアクセサブルではなかったのだ。

事故の前、ありとあらゆるスポーツをやっていた僕にとって、カレンが言ったようにこれからもスポーツは健康のためにもレクリエーションとしても、絶対に不可欠なものと思っていたし、またスポーツをする日をどれだけ待ちこがれていたかわからないというのに……。

急に気持ちがしょぼんとなり、校長にはちょっと考えさせてくれと言って学校を出たが、ここが僕のリストからはずされたことを、ジムさんもクレアもすでに察していた。

「まだ学校はいくつもあるさ」

と、ジムさんは僕をなぐさめ、二人は帰り道ステーキ・ハウスに寄って、ごちそうしてくれた。

昔から、お腹《なか》さえいっぱいになれば機嫌《きげん》がよくなる僕（日本にいた時、ボーイスカウトで僕の班にいたメンバーなら熟知の事実であるが）、デザートを食べるころには、もうこころは次に行く学校への期待でいっぱいになっていた。

ガーランド校長

二、三日たって、ボストンから西へ三十分ほどのところにあるウェストン・ハイスクールに向かった。今回はジムさんと二人である。ジムさんの運転する車が学校に近付き、校舎が見えてくると、僕の頭にふっと浮かぶものがあった。
それは三年前に知り合った友人テッド・ガグリアーノが通っていたサンフランシスコのハイスクールのことだった。

サンフランシスコ・ヨットクラブでの日米親善少年レースに日本チームキャプテンとして参加した時に、僕のホストファミリーだった家の息子がテッドで、そのとき彼がつれていってくれたのが、僕の初めて見たアメリカの学校だったのである。

思いおこせば、あの時ちょうど帰省中だったテッドのお姉さんが、自分の行っているハーバード大学やボストンのことを話してくれて、それが僕に〝アメリカ留学〟という夢を描かせるもとになったのだった。

その一年前、生まれて初めて大病（髄膜炎）をして、半年も闘病《とうびょう》生活を強《し》いられ、中学を一年よけいにやるはめになったとき、どうせ遅れるのなら何か人と違ったことを見つけ、何か人と違ったことをやるぞと思ったのだが、テッドのお姉さんの話はその何かを思わせたものだった……やっぱりボストンに縁があったんだなぁ。

そんなことを思い出しながらついた学校では、体育館の前の芝生《しばふ》でハイスクール・バンドが練習をしていた。その夜行われる学校劇のミュージカルのためだということで、アップテンポのジャズを演奏しており、すっかり聞きいっていた僕らだったが、

「あっそうだ、アポイントメント！」

はっと我に返り、野球のチームがグラウンドに走って行く脇《わき》をすりぬけて、正面玄関から校舎にはいっていった。

外見も中も、私立学校の古めかしいイギリス風の校舎とはまるで違った近代的なものだった。僕は、広い廊下を校長室にむかった。

セクレタリーは、僕らの用件を聞くと、

「ミスター・ガーランドがお待ちですわ」

と微笑《ほほえ》みながら、彼の部屋へ通してくれた。

ミスター・ガーランドはとても親切な人で、自《みず》らツアーガイド（校内案内）をひきうけて、学校じゅうを案内してくれた。

カレンから聞いてはいたものの、この学校のあまりのアクセサビリティの良さに僕はもう、唖然《あぜん》というか有頂天《うちょうてん》というか（この二つを同時にできるわけはないのだが）、とにかく、

「ワンダフル！　エクセレント！　グレイト！」

の言葉しか出てこない僕に、ミスター・ガーランドは笑いながら、

「これは、もうあたりまえのことで、公立の学校は法律で義務づけられているのですよ」

と、カレンと同じようなことをいった。

この前の学校を見て以来（いくらアクセサブルといったって不便なことは多くて、結局だれかの手を借りなきゃならないんだろうなぁ）と思いこんでいたのだが、そんな思いが頭の中でこっぱみじんになって、地球の外へ飛んでいくのを感じたほどだった。

エレベーターで二階の図書館を見、僕のお待ちかねのプールを最後に、ミスター・ガーランドの部屋へ戻った。それから今度は、ジムさんに席をはずしてもらって二人だけでの話になった。

彼はまずウェストン・高校《ハイ》についての説明をしはじめたが、僕は、この高校の勉強のレベルの高さに驚いてしまった。そして、

「もし、君が入学できたら、たぶん君のいる間にこの学校はアメリカ一のパブリック・スクールとして認められることになるでしょう」

と言う言葉に、またまたここへ来たい気持ちが倍増した。なんだって一番というのは気分のいいことだもの。

三十分ほどの面接の後、僕はミスター・ガーランドに感謝の気持ちを伝え、すぐに必要な書類（前の学校での成績や課外活動についての評価などの書類）を送ることを約束し、彼は、それが着き次第、なるべく早く職員ならびに評議員の会議を開いて、結果をしらせると言ってくれた。

言いわすれたが、このボストン郊外の町ウェストンというところは、実業家、医師、弁護士などの裕福な人々が多く住み、未だに二エーカーゾーン法（一軒の家が二エーカー以上の土地を所有すること、一エーカーは約四千平方メートル）によって秩序が保たれている町、つまりプールやテニスコート付きのどでかい家ばっかりの町なのである。

二エーカーの土地つき家屋なんて、アリゾナの砂漠かアラスカのツンドラ地帯なら僕にだって買えるかもしれないけれど、アメリカじゃ買えるわけがない。僕に残された道は越境入学だけなのだが、ウェストン・ハイはめったなことでは越境を認めないというのである。それが不安だったが、ミスター・ガーランドは面接の最中に、すごく感激して、

"I'll do my best for you."（僕にやれるだけのことはやってみるよ）

と力強く叫び、別れる時にも同じ言葉を繰り返しはげましてくれたのだ。

帰りの車の中でも、ジムさんが、

"I'll keep my fingers cross for you!"

と右手の人差し指と中指を交差させてニッコリ笑ってくれた。これはなにもジムさんが「エンガチョ切った！」をやった訳ではなく、アメリカでは「君のチャンスを支持しているよ」といった意味なのである。

すでに嬉《うれ》しい味方が二人もできたのだが、ウェストン・ハイに入りたい希望が高まりすぎた僕にとって、結果のでるまでの日々の何と長く感じられたことだろう。

ダンス・コンテスト

そのころになると、僕のリハビリもかなり終わりに近付いており、重量上げのほうは、自分の体重にあともうちょっとというところまできていたし、OTはすべて終了し、クレアや彼女の部下の人たちの教えるホイールチェアー・モビリティーが始まっていた。

これは病院の中や外で、自分ひとりでのドアの開け閉めや、歩道など段差のあるところの登り降り（これはウィリーをして行う）から最後には車椅子でのエスカレーターの登り降りなどまで教えるクラスで、とても実践的なものだった。

また、自分自身での健康管理が教えられ、嬉しいことには水泳と自動車の運転（ハンドコントロールによるもの）の指導まで始まったのである。

水泳は週一回。一度泳ぐとボディ・ブレース（背骨が完全になおるまでのギブス）が濡《ぬ》れてしまうので、それが乾くまでベッドの上で仰向けに寝ていなきゃならないのが嫌《いや》だったが、それをぬかせば、いまや水泳は週一番の楽しいイベントになったのだ。

これらのリハビリに加え、今まではやってもらっていた洗濯《せんたく》も自分でやらなければならないことになった。僕は、同じ年のリーという女の子と一緒に、三つものエレベーターを乗り換えたところにあるリハビリテーションのランドリーまで、洗濯待ちのひまつぶし用にバックギャモン（ゲームの一種）を洗濯袋にほうりこんでは、せっせと通ったものだった。

クインジー・マーケットやブーズ・クルーズに行ったのもこのころだ。

ダウンタウン近くのボストン・ハーバーぞいにあるクインジー・マーケットへは、"RIDE"と呼ばれる車椅子リフト付きタクシーで、マーク・クレッグやクレアなど十人ほどで行った。まずイタリア系の店『ベティーズ・イエロー・ロールスロイス』（店の名どおりオーナーのベティさんの黄色いロールスロイスが店の前に止めてあり、ここが駐車禁止区域なので毎日もらうチケットが壁じゅうに貼《は》ってあるのが印象的だった）でメインコースをたらふく食べた後、クインジー・マーケット名物の食べ歩きコーナーでピザからシーフードまでを食いまくった。

だから帰りの車の中ではさすがに腹一杯。「ベルトをゆるめたい気分」になったが、ボディ・ブレースはベッドに寝ている時だけしか外《はず》すことを許されていなかったから、もう苦しくて苦しくて運転手をどれだけせかしたことだったろう。

ブーズ・クルーズというのはスラングで、ボストン・ハーバーを回るボートでのクルーズのことをいい、この船でジャズやロックの生バンドに合わせてダンスをし、酒（ブース）を飲んで大騒ぎするところからきている。

Ｆ5（Ｆビルディングの五階にある脊髄《せきずい》損傷部門のリハビリテーションは病院内ではこう呼ばれていた）でこのブーズ・クルーズをすることになったのは、前に述べた"RIDE"のような車椅子用のバンを、Ｆ5用に購入するお金を集めるためで、病院の内外に貼《は》られたポスターには、ブーズ・クルーズの説明と、ダンス・コンテストのことが書かれてあった。

ダンス・コンテスト？　あぁ、あれか、と僕は思った。僕がまだ日本にいたころ、両親がハンディキャップのある人たちとダンスをするグループに所属していて、よくダンス・パーティの写真を見せてもらったことがあるのだが、車椅子の人を母などがくるくる回したりひっぱったりという感じのものので、まぁ、それはそれでいいことだなぁと思ってはいたけれど、ディスコ・ダンスが得意だった僕にとっては、ちょっと耐えられないことだと思った。

だからクレアが、

「マークも行くんでしょ。ブーズ・クルーズ」

と聞いてきたときも、

「あぁ、多分ね」

と気のない返事をしたのだが、その気持ちも数日後には、一八〇度コロリと変わってしまったのである。

それは僕がテレビで野球を見ていたときだった。看護婦さんが飛び込んできて、

「マーク。チャンネル4、チャンネル4！」

と叫ぶのだ。しぶしぶ4チャンネルにかえると、なんと画面では、まるでジョン・トラボルタのような格好をした車椅子の黒人が、ディスコ・ダンスを踊っているではないか。僕の目は画面に釘付《くぎづ》けになった。

彼は、片手だけで車椅子を支えウィリーしながら、もう一方の手を空中でリズムに合わせて様々なインプレッションを作り、車椅子を前後左右、上下にと自由自在に踊っているのである。前輪を上げたままの車椅子をくるくる回したかと思うと着地して、今度は上半身だけでマリオネットやロボットのような動きをすると、またウィリーのダンスに戻っていく。このすべての動きが信じられないほどスムーズに、リズミカルに行われていたのである。

ダンスが終わるやいなや、僕は看護婦さんに聞いた。

「ねぇ。もしかしたら今度のブーズ・クルーズのダンス・コンテストって、こういう奴《やっ》が出るの？」

ＹＥＳの三文字だけが僕の聞きたかった答えで、それが彼女の口からでた次の瞬間には部屋を飛び出し、静まりかえったレック・ルームでラジオをディスコの局に合わせていた僕だった。

最初はなかなか難しかったが、ブーズ・クルーズまでの一週間の間に、五、六回仰向けに転倒したものの、何とかあのテレビのようなダンスが出来るようになったのである。

そしてブーズ・クルーズの日、船に乗り込んだ僕はダンスが始まるのを今か今かと待っていた。し

ギブスのまま、ダンスのレッスン

免許取得

かしダンスが始まったとたん僕は息をのんだ。

ものすごい奴がいたからだ。そいつは、この間のテレビのダンスなんてものじゃない。パートナーのきれいな女の人とあの黒人よりもっと上手に踊り、それどころか急に真後ろに倒れたかと思うと、地面すれすれのところでパートナーが車椅子を止めてもとに戻したりするのだが、それがちゃんとリズムに乗っているのである。

（だーめだ。こりゃ。さぁて、甲板《かんぱん》に出て海でも見てくるか）

と思った僕の前に、急に看護婦さんのアデールが顔を出して言った。

「ヘーイ！　マーク。踊らない？」

アデールが、とてもきれいな人だったことが、僕に思わず「シュア！」と言わせてしまったのだ。覚悟《かくご》をきめて僕はアデールとフロアにでた。

それから十分ほど踊り続けたが、僕のダンスもかなりスムーズにいった。へとへとになったけれど、スロー（チーク）ダンスで彼女を膝《ひざ》の上に乗せて、右手で車椅子を少しずつ左右に動かしながら左手で彼女の肩をだいて踊ったとき「やっぱりダンスは快感！」と思わずにはいられなかった。

ダンス・コンテストの結果は、もちろんさっきのすごい奴が優勝し、二位は車椅子ではない普通のカップル、そしてなんと三位に僕が入賞してしまったのである。賞品はちっちゃなものだったが、その嬉しさといったらなかった。日本に国際電話をかけて報告してしまったほどである。

このダンス、その後も何かあるたびにけっこう役に立ち、これが僕に、

「やっぱり何だってやれば出来るんだ――Nothing is impossible！」
というモットーを持たせる原因のひとつになったのである。

コンピューターのジェリー

一九七九年のこのころは、ちょうどパーソナル・コンピューターが出てきたときだった。アメリカに来た時からガーディアン（アメリカでの親代わり）をやっていただいている本庄《ほんじょう》先生（マサチューセッツ工科大学教授でウッズホール海洋研究所所長）が、病院の生活で勉強から遠ざかっていて頭がにぶってはと、ラジオシャックＴＲＳ―80というパソコン・ブームの草分け的コンピューターをわざわざ届けてくださったのである。

僕は、たちまちこのコンピューターのとりこになってしまった。リハビリのない時は、いつもカチカチとキーボードを叩《たた》いてはプログラムを作り、今から考えればＩＦ文だけのたあいもないものを看護婦さんたちに見せては喜んでいたのだった。

ある日、ジムさんがやってきて、キーボードを叩いている僕をみて言った。

「やっぱりマークのとこしかないいな」

「えっ、なにが？」

「いや、今度ね。ジェリーっていうクアド（クアドロポリジックの略で手にも足にも障害のある頸椎《けいつい》損傷者のこと）が、二、三日定期検診のために入ってくるんだけど、ジェリー、すごくコンピューターにくわしいんだよ。マークはこの通りだし気が合うと思ってさ」

「そりゃいいや、おとといキースが退院しちゃって、僕もちょうどルームメートがほしいと思っていたところだもの」

ということで、つぎの日、運転の教習から帰ってくると、僕の隣《となり》のベッドにそのジェリーらしき人が横になっており、僕を見つけるとすぐに話しかけてきた。

「君がマークか。コンピューターに興味があるらしいね」

「うん、そうだよ」

僕は、はじめまして、と手をのばしかけて（あっ、そうだ。この人は手にも障害があるんだっけ）と一瞬ためらったのだが、僕が彼の片手をとって握手をすると笑いながら、

「しっかりした握手がその人の人格を表わすって言うけれど、おれは、こんなフニャフニャした性格じゃないから、よろしく」

と言った。僕は思わず声をだして笑ってしまった。彼はすぐに話をコンピューターに戻し、

「TRS—80か。ちょっといじらせてくれるかい」

「もちろんさ」

僕はジェリーの電動ベッドを起こして、サイドテーブルに乗っていたコンピューターを彼の前に持っていってスイッチを入れた。

「悪いけれど、もう一個頼みがあるんだ。僕のアタッシュケースの中に小さな箱が入っているから、中身を出してくれないか」

「シュア！」

といって箱をだし開けてみると、なかにはプラスチックの指のサックらしいものと、口でくわえるようになった棒がはいっていた。ジェリーに指示されるままに、そのプラスチックのサックを彼の指につけ、棒をくわえさせると、彼はおそろしい速さでキーボードを叩《たた》き始めた。

僕が何時間もかかって作るようなプログラムを、またたくまに作ってみせるジェリーを見ながら、僕は、いつもクレアやジムさんたちが言っている言葉を、いま一度しみじみと実感するのだった。

『マーク。私たちやボランティアの人たちのゴールはね、どこまでもずるずると障害者を手助けしていくことじゃないのよ。ひとりひとり違った個人のリミットを見つけて、どこまでのヘルプがあれば、そこからは自分でやっていけるかということを判断することにあるのよ』

ジェリーは、テキサスにある有名なコンピューター会社のチーフ・デザイナー兼プログラマーだそうで、何人もの健常者《けんじょうじゃ》を使っているという。どんな障害があろうと実力さえあれば上にたてる能力主義のアメリカ。残念ながらやっぱりこういう点ではアメリカは進んでいるんだなぁ、と思わずにはいられない。

スコット・ポーター

ジェリーとの二日間は大変おもしろくコンピューターのことだけではなく、ずいぶんためになることが多かったのだが、次にルーム・メートとして入ってきた奴ときたら、あまりためになるとはいえず、どちらかといえば、僕を楽しみの材料にしていたとしか思えなかった。

この南部なまりのオッサンが、やはり南部から来たマーク・クレッグと意気投合したことはいうまでもないが、その二人に、身長二メートル、体重百キロの体に、腰までの髪をうしろで束《たば》ねたひげもじゃらのスコット・ポーターが加わって、F5の極悪《ごくあく》トリオと呼ばれるようになっていた。

彼らにまつわる話はいくらでもあるが、F5の人たちが忘れられないのは〝ウォーター・ファイト〟事件だろう。

これはある晩、マーク・クレッグが水でパンパンにふくらませたゴム手袋を、看護婦さん用のトイレのドアの上に乗せ、ドアを開けた看護婦さんの頭にモロ落ちてくるように細工《さいく》したことから始まったものだった。

被害者の看護婦さんは、極悪トリオにはただ怒っただけじゃ効《き》きめがないってことを知っていたから、ハムラビ法典《ほうてん》にしたがって〝目には目を〟の作戦をとることにしたのである。

彼女は針のついていない注射器をもってくると、水をいっぱい入れ、マーク・クレッグたちめがけてふきかけ始めたのだ。

それに対抗したのがマーク・クレッグたちの水手袋爆弾で、スコットはいつのまに作ったのか十や二十もの爆弾を、看護婦さんめがけてぶっつけだしたのである。気がつくと、巻きぞえをくった他の看護婦さんたち、それに僕まで加わって大変な騒ぎになっていた。中にはバケツまで持ちだすヤツさえいて、そのすさまじさといったらなかった。

おかげで参加者全員は厳重な処分をうけて、そのころやっと許可されたウイークエンドの外出も、全員禁止になってしまったのだ。

もっとも、その処分にちゃんと従っていたのは僕と数人だけで、マーク・クレッグたちは、お尻の床ずれで入院していたポールという奴が酒を飲みたいというと、セルフ・プロペルド・ストレッチャー（床ずれのため仰向けになれない患者用ストレッチャーで、前輪が車椅子用のタイヤになっているので、うつ伏せになったまま自分で動かせる）に乗ったままのポールを連れて、三ブロックも離れたダウンタウンの酒屋へ酒を買いに行き、またもや大目玉を食っていた。この辺はダウンタウンでも、かなりあぶないところである。

僕もこの三人組にはひどいめにあったことがある。それでもなぜか憎めない奴らなのだが……ある日、その三人が廊下で立ち話（車椅子の場合も立ち話っていうのかな？）をしていたので、何となく話に加わったまではよかったのだが、そのあまりにスラングの多い会話についていけなくなって、部屋へ戻ろうとした時、スコット・ポーターに呼びとめられた。

「おい、マーク。お前、ジャキッチて何だか知ってるか」

僕が「ジャケット？」と聞くとスコットは笑って言った。

「違う、違う。お前、まだ食ったことないのか？」

「ないよ」

「じゃあ、そこのキッチンに看護婦がいるから、あったためたヤツをひとつもらってこいよ」

ニヤニヤしている彼らの顔に、何かがあるのを察すればよかったのだが、素直にキッチンに行った僕は、そこにいた看護婦さんに、

「ねぇ。食べたいものがあるんだけど、ジャキッチあったためてくれる？」

すぐさま答えは返ってきた。

「バカッ。なんて下品なこと言うの！」

すると、ドアの蔭からスコットが大声で笑いながら叫んだ。

「まあ、許してやってよ。こいつ、意味知らないんだから。ガハハハハ」

「まぁ、またあんたたちなのね。マークに変なこと教えるんじゃないの！」

あっけにとられている僕に、マーク・クレッグは言った。

「マーク。よく聞けよ。ジャキッチ……ジョック・イッチ……ジョックって何だ？」

「えっ。スポーツやる人のことでしょ」

「そう。じゃあイッチは？」

「かゆいこと」

「その通り！　じゃあ、それがいっしょになると？」

「えーと、スポーツマン、かゆい、かゆいスポーツマン、スポーツマンがかゆいって……まさか、あの股間《こかん》にできる……」

「ガハハハハ、そうそう、それだよ」

げっ、なんてひどい奴らだ。あんなものあったためて食べたいなんて言わせやがって。とんでもない連中だ。ようし、僕だって、やられっぱなしで終わらせるわけはない。

それからちょっとして、何か簡単な手術をしたスコットが、やっとベッドのままレック・ルームにやってこられるようになった時、僕は復讐《ふくしゅう》を決行した。

スコットは、もうピンピンしていたけれど、仰向けにじっと寝ていなければならず、まだ起きあがることはできなかったから、ベッドをほんの少し起こした状態のまま、腹ペコでランチを待っていたのである。

僕は、まず自分のランチを持ってスコットのそばに行って声をかけた。

「さぁ。いっしょに楽しいランチを食べようか」

自分のランチ・トレイをそばのテーブルに置いた僕は、

「ハーイ。ランチ二人前。ポーター様へお届け！」

と大きな声で言いながらスコットのランチを運ぶと、メインディッシュの皿をとり出して、仰向け

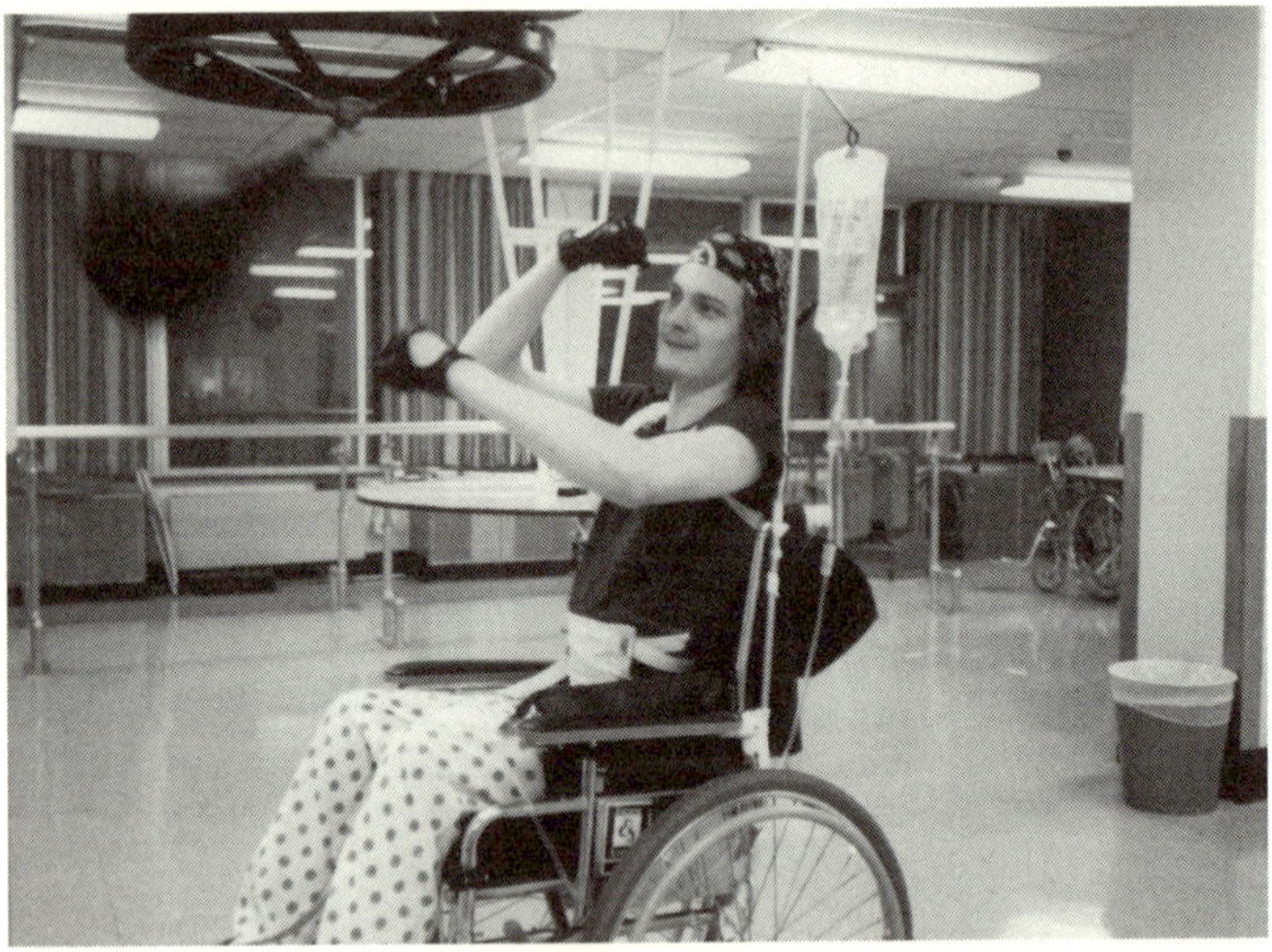

点滴しながら、パンチングボールするマーク・クレッグ

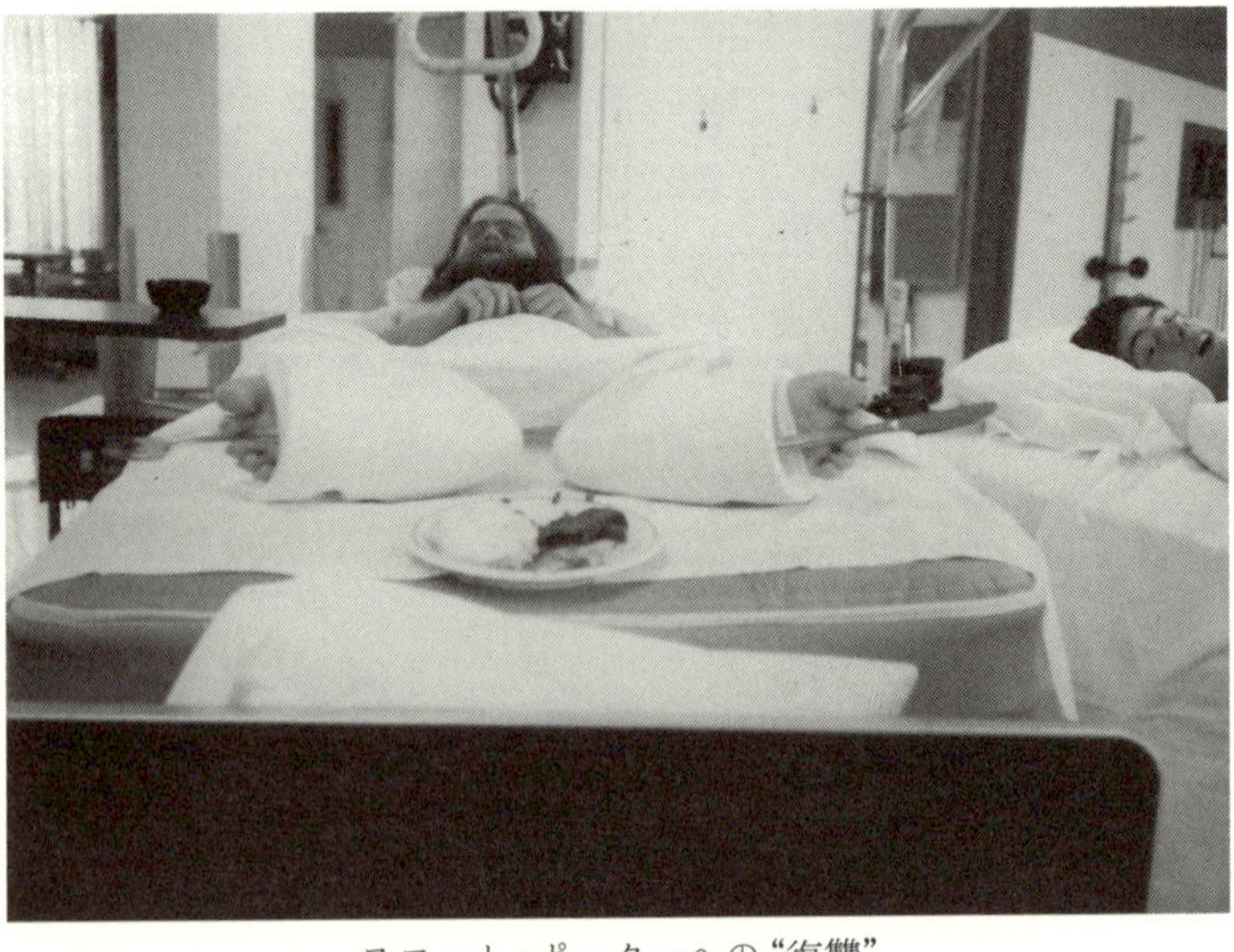

スコット・ポーターへの"復讐"

に寝た彼の足の間に置いたのである。

「おい、こいつ。冗談はやめてくれ。おれは腹ペコなんだ」

わめくスコットを無視して僕は、

「あぁ、そうか。ナイフとフォークがなきゃ食えないもんな」

とひとりごとをいいながら、ナイフを彼の右足の親指と人差し指の間に、フォークを左足の指にはさむと、さっさとテーブルにつき、自分のランチを食べはじめた。

まさに手も足も出ないスコットを見て、患者たちは大笑い。いつも彼にてこずっている看護婦さんたちは、僕にやんやの拍手喝采《はくしゅかっさい》をあびせかけた。

こんなところがあっても、と言うべきか、あったからと言うべきか、僕たちはその後よき友人同士になったのである。

父の言葉

朝早くベッドサイドの電話が鳴った。朝に弱い僕がしぶしぶ起きて受話器をとると、本庄先生のはずんだ声が聞こえてきた。

「マーク！　はいったよ。合格だ。ウェストン・ハイが入学許可の電話をしてきたんだよ！」

僕の眠気は一気にふっとんだ。あまりの嬉《うれ》しさに声も出なかった。僕は、ただ本庄先生の言葉に聞きいっていた。

「会議は、昨日の夜十一時近くまでかかったそうだが、結局、最後は満場一致で越境入学を認めたというんだ。ガーランドさんという校長先生が、自《みずか》ら電話してきてくれたよ。そのうち君のところにも入学許可の通知がいくだろうが、まずはおめでとう。やったな。マーク！　新しいスタートだ。がんばれよ！」

何と温《あたた》かく力強い先生の言葉だったことだろう。僕は、しどろもどろの言葉にありったけの嬉しさをこめ、

「これからも、きっとがんばります」

と先生に誓い、電話をきった。

感慨無量《かんがいむりよう》っていうのはこういうことをいうのだろうか。しかし、ぐずぐずしてはいられない。一刻も早く日本の父母に伝えなければ。僕はもう一度、電話に飛びついた。ニュースを聞いた両親の喜びも大変なものだった。

やっと僕が興奮状態から脱して、落ち着きを取り戻したところへ、カレンがやってきた。

「もう聞いたようね。おめでとう！　さあ、私の仕事はあとひとつ、あなたの住むところを見つけることだけ」

「あっ、そうだ。そういうことがあったんだね。それで何かニュースはある？」

カレンは、ウェストンのとなり町に、コンドミニアム（日本でいうマンション）やアパート、そし

て手ごろな家が二、三軒あるけれど、もっとくわしく調べようと言ってくれた。彼女の言うにはアパートやコンドは月五百ドル以上で、その上、車椅子用に改造することが難しい。もし、頭金のお金があれば家を買った方が、これから高校の残りと大学、大学院まで行きたがっている僕にとっては、かえって安上がりではないかとのことで、それに家なら後で売ることもできるとつけ加えて言った。僕の退院の日が迫っているため、どの方法をとるか判断をはやく下《くだ》してくれという彼女に、僕は父と相談するからと、二、三日の猶予《ゆうよ》をもらった。

僕自身としては、アパートで苦労している友達のことも知っていたから、家の方がいいとは思ったけれど、なにぶんにも家は高いものである。この事故で、保険が使えなかった分、多額のお金を父に使わせてしまった僕としては、家のことまで頼むわけにはいかないという気持ちが、かなり強かったのである。

そんなわけで、タイムリミットぎりぎりになってから電話したのだったが、父の答えは僕を圧倒し、感激させるものだった。

「何を迷っているんだ。君が頑張ってアメリカで一流の教育を受けてくることが、僕らの最初の約束だったじゃないか。その目的を達するためには、今ここでお金を惜《お》しもうとは思わない。だって、その金は、ただ消えてなくなっていくものじゃないんだ。それは、僕たちの〝夢〟に対する投資なんだよ」

この父の言葉が、どれだけ僕を喜ばせ、勇気を与え、希望を持たせてくれたか、文字で表現するのは難しい。しかし、それは僕の心に刻《きざ》まれ、いま一度、自分の進むべき道をはっきり自覚させてくれたのだった。

つぎの日から、カレンは、僕の家探しのために飛び回ってくれたが、またもやラッキーなニュースが転《ころ》がりこんできたのである。

リハビリテーションの患者に、デビーという女の子がいた。彼女はボストン・カレッジのコンピューター科の三年生で、卒業間際に車の事故にあい両足の機能をなくしてしまった人だった。

ボストン・カレッジは、僕の行きたい大学のひとつだったこともあり、デビーからよく学校の話を聞いたりして、仲がよかったのだが、ある日、僕が家を探していることを言うと、

「それはグッド・タイミングだわ。うちのお母さん、不動産業者なのよ。私のために車椅子用に改造しやすい家に引っ越そうとしていたんだけど、私、ダラスのコンピューターの会社に入社が決まったの。だから、買おうとしていた家がいらなくなったってわけ」

こんなにタイミングの良い話があるだろうか。おまけにその家は、ウェストン・ハイから車で十分ほどのところにあるというのだ。僕は、カレンが探してきた家のリストの中にその一軒を加え、二、三日中にそれらを見にいくことにした。

そしてその日、僕はジムさんとクレアの三人で、まず最初にウェストンのとなり町ウォルサムの家を見にいった。崖《がけ》の上の大きなベランダと、ガラス窓の多いことが特徴のその家は、モダンないい家だったが、車椅子のための改造がちょっと難しそうだった。

次に行ったのがデビー一家が買う予定だった家で、やはりウェストンのとなり町のアーバンデールにあった。さすがに不動産業者のミセス・ブールが、自分の車椅子の娘のためにと思ったはずである。たった一つの問題は、玄関と勝手口の三段のステップだけで、家の中はとても使い易くなっていた。けっこう広い裏庭までついているにもかかわらず、東京だったら小さなマンションさえ買えないような値段も、僕には魅力的だった。

僕以上にジムさんやクレアが気に入って、もうこれしかないということになり、他を見るのはやめて、さっさと病院にもどってしまったのだった。

こうして僕の社会復帰（なんだか暗い響きをもつイヤな言葉だが、他に適当なものがないからやむをえず使うことにする）への道は最終コーナーを曲がり、車椅子用に改造されたダッジのバンをオーダーして、あとは退院を待つだけとなった。

僕と同じころ入院した患者たち、というよりも今や良き友人たちは、僕が二ヵ月半という記録的な早さで退院するのを、ちょっと妬《ねた》んでいたみたいだったが、みんな名残《なご》りを惜《お》しんでくれた。中でも、よくバックギャモンをして遊んだリーと、やはりとても気の合った頸損のロバートは、それぞれ僕と同じように高校にもどり、そのあと大学というコースをとるため、“We've got to keep in touch!”（連絡し合おうね）と固い握手をかわした。

ジムさんやクレアたちは、ここから新しい生活にむかって飛びたっていく僕を、卒業生を見守る先生、あるいは親のように心から祝福してくれたのだった。

本庄夫妻

退院二日前、日本から両親がきてくれた。さっそく引っ越しの用意が始まったが、とりあえず生活できる最小限度のものをそろえるだけでも大変なことで、コップ一個から大きな家具まで、いくつものデパートやショッピング・センターをかけずり回らなければならなかった。

本庄先生御夫妻がまる二日、汗だくになって手伝ってくださらなかったら、退院してすぐに入居なんてとても無理だっただろう。

そして一九七九年六月十九日、快晴の空の下、僕のアーバンデールの家での生活がスタートしたのである。

続々と届いてくる家具や食器を見ながら、退院の実感をかみしめ、はしゃぎまわっていた僕だったが、父も母も本当に楽しそうで、四ヶ月前の事故以来、心配をかけまくってきた親不孝を、やっとほんのすこーしだけ挽回《ばんかい》できたような気がして、それが何より嬉しかった。この家でしっかりがんばって、もっともっと喜んでもらえるようにならなくちゃ、僕は心の中で何度もくりかえしていた。

引っ越しといったって、アメリカで金髪の出前持ちが自転車で、隣近所《となり》に〝引っ越しそば〟をくばってまわる習慣があるわけじゃなし、だからまずは両隣に、挨拶《あいさつ》にだけまわった。右隣は白髪の老人のひとりぐらし、左隣は若い医師夫妻で、かわいい女の子がふたりとムク犬、それにタヌキみたいなデブ猫という家族構成だった。（前は一方通行の道路で、その向うはグリーンベルト。そしてそのさきはボストンからつづくコモンウェルス・アベニューの道路なので、お向かいさんとはいまだに話したことがない）

一週間の間になんとか形をととのえ、本庄御夫妻から教えていただいて、アメリカの習慣だというオープン・ハウス・パーティをひらくことにした。日本の新築披露《ひろう》のように堅苦しいものではなく、簡単なものだったけれど、お世話になった先生がたや看護婦さん、ジムさんやクレア、カレンはじめリハビリの人たち、本庄先生の親友の佐藤先生（ケープ・コッドで病院長をしておられる）御一家、本庄先生のお嬢さんのユキちゃん、デビーとその両親も加わり、けっこう賑《にぎ》やかで楽しい集まりになった。

本庄先生の奥様が焼いてくださった特大のローストビーフ、佐藤先生の奥様がひとかかえもありそうな西瓜《すいか》の輪切りに盛りあげてきてくださったフルーツ・サラダ、それに母の作った焼鳥やテリヤキ・ステーキは、大好評だった。

第二章　ウェストン・ハイスクール

佐藤先生の奥様

もう一応ウェストン・ハイの生徒なのだから、夏休みといっていいのだろうか。九月の始業を前にして七、八月はかなり忙《いそが》しくあわただしいものになった。

父や母が次々に日本に帰ると、入れ代わりに弟や友達が遊びにきたり、前の学校の友人たちや先生、ファーザー・ローチやグリーンフィールドの病院の看護婦さんまで、千客万来《せんきゃくばんらい》といった感じだった。（大怪我《ケガ》をしてたったの四ヵ月後だったのだから、今思えばよくまあ平気でやれたものだと我ながら、呆《あき》れてしまう）その間を縫《ぬ》って僕は車の免許をとり、ハウス・メートをさがした。僕にとっては不用の二階の部屋を貸そうというわけで、最初の借り手は日本から留学してきた女の子ときまった。

「ひぇー。オンナの子といっしょに住むのぉ？」

と弟など騒いでいたが、アメリカでは全く関係のない男女が、ただ経済上の理由だけでひとつの家に住むというのはざらで、（ちなみにジムさんもそうだ）その上、母の、

「やっぱり女の子のほうがきれいに使うから」

という意見で決定したのだ。（その後の下宿人を統計的にみると、女の子の方がきれいというの

は、あまりあてにはならないことがわかったのだが）

その忙しさの中で、読みはじめた本があった。これは、学校の先生である佐藤先生の奥様が、オープン・ハウス・パーティの時にくださった二冊の本のうちの一冊で、『キャッチャー・イン・ザ・ライ』（「ライ麦畑でつかまえて」）という題だった。もう一冊はジェームス・ジョイスの千ページもある『ユリシーズ』で、見ただけでめげてしまったので、まずは薄い方からと読みはじめたのだ。これは、主人公がかつての僕と同じように全寮制の学校生活をしていることもあり、共感を覚えることも多かったせいか、とても感動した。内容がこんなに身近なものなら、僕にでも翻訳できるのではないかと、さっそく問い合わせてみると、とっくに翻訳されていてがっくり。

それからも、いい本を見つけると翻訳したいなと思い、そのたびにいろいろな日本語版も読んでみたのだが、たいていの場合、子供や若者の言葉が、文法的には正しいけれど生きた日常の会話になっていないなぁと思うものが多く、この気持ちが僕に、いつか翻訳してみようという夢をもたせることになったのである。

ミスター・ハリス

夏休みも終わりに近付いたころ、僕はもう一度ウェストン・ハイに呼ばれていった。コースを選ぶためである。その時に紹介されたのが、ガイダンス・カウンセラーのミスター・ハリスという黒人の先生だった。彼が僕のコース選択から進学に至るまでの指導をしてくれるということだったが、実のところ僕はミスター・ハリスに会って本当にびっくりしてしまったのだ。

アメリカに来てすでに二年も過ごしていた僕なのに、まだ日本にいた時の観念が抜けていなかったのだろうか。多くの日本人がそうであるように黒人というと、ダンサーやスポーツ選手、またはソウルシンガー（まったく関係ないが、僕はスティービー・ワンダーの大ファンなのである）、そんな世界でしか活躍していないのではないかというヒドイ偏見《へんけん》を持っていたのである。

しかし、ミスター・ハリスの精悍《せいかん》なマスク、温かく人をつつむような目の輝き、知的で品格のある話しぶりに僕の偏見はたちまちふっとんでしまい、すっかり魅《み》せられてしまったのだった。

数学、物理、英語（いや国語というべきか）、歴史、スペイン語、それに美術が僕の選んだ科目だった。体育は免除（参加出来るものには参加も可）、そしてスペイン語は、ガーランド校長との約束通り、教室を一階に移してもらえるという。

入学前最後のミーティングは終わり、学校の中をもう一度見て回った。いやあ、まさに、「はーやく来い来い、九月三日！」である。

ロブ・マギー

そのころ、突然あらわれたのが前の学校の上級生ロブ・マギーだった。

全寮制の学校では寮ごと、あるいはフロアーごとにスチューデント・リーダーと呼ばれる生徒がいるのだが、彼は僕のフロアーのリーダーで、当時髪が長くうす汚《ぎたな》いジーンズをはいてた僕に、ニッピーなんてひどいニックネームをつけた奴《やつ》である。ちょっと聞くと日本人に対する最も侮蔑《ぶべつ》的な呼び名ニップに聞こえるけれど、じつはニッポン人のヒッピーというロブの造語なのである。だが、ロブは実にいい奴ですぐに意気投合してしまった。高校を出るとミシガン州の一流大学に合格したロブだったが、会ったとたん高校時代に戻ってしまい、寮の喫煙室（高校に喫煙室のあることに注目！）に集まって、おならを燃やして出る炎と食べ物の関係について実験したことなど、五〜六時間も話はつきなかった。

そして、驚いたことに彼はウェストンの住人であり、僕のウェストン・ハイ入学のニュースを知って、訪ねてきたというのである。なんと彼の妹がウェストン・ハイの九年生（小学校から通じて数える）に進むところだったという。

その上、昔から女の子にもてていた彼は、この夏知り合ったという女の子で、僕と同学年になる生徒を紹介してくれたのだ。持つべきものは友達である。それにしてもちょっと出来過ぎだなあと思ったが、それだけではなかった。ロブとの会話の中で発見したことがもう一つあったのだ。

僕が初めてアメリカに来たのは、ロード・アイランド州にある学校のサマー・スクールで（この学校の先生であるアンサム神父のすすめで、僕はアメリカ留学の決心をしたのである）、その時のルーム・メートがフィリップ・ヤングだったが、そのフィリップがウェストン・ハイにいるというのだ。

サマー・スクールの時、課外活動だったすべてのスポーツで僕とトップを争った奴。野球、バスケット、ヨット、水泳、そしてテニスだけはど素人《しろうと》だった僕に一からおしえてくれた奴。それがフィリップだったのだ。

短い夏の生活だけで親友になったフィリップ。彼の両親がウィークエンドに僕を招いてくれた家が、そう、今思い起こせばウェストンという名の町だったわけ。

大学教授だという彼の父親が、

「ボストンの大学を選ぶならこの二校がお勧めだよ」

と案内してくれたのがハーバードとボストン・カレッジだったことなども、今、僕の頭に鮮明に思い出されてきた。なんという運命のいたずら！　劇画だったら、僕の頭上に「ガーン」の三文字が太い字体で書かれるところだろう。

そして待ちに待ったウェストン・ハイ第一日目。　僕は真っ先にフィリップを探した。ホーム・ルームの皆は、この学校に来た初めての日本人ということもあって、けっこう気軽に話しかけてきた。それをいいことに僕は、お互いの自己紹介がすむとすぐに、

「フィリップ・ヤングって知ってるかい？」

と聞いてまわったのだが、返ってきた答えは、

「知っているよ。でも、スポーツで引っぱられて、どっかの私立高校に転校したらしぃよ」

とか、

「今学期は、ここに戻ってくるかどうかわからないよ」

というのがほとんどで、はっきりしたことが何もわからず、がっかりしてしまった。

でも、そうこうするうちに、思いがけないほどたくさんの友達ができはじめたのだ。たとえばメチャクチャ車好きのマイクとは特に話が合い、友達になったと思ったら、彼の紹介でディビッド、その友達のビルというように、まるで鼠算式《ねずみさんしき》にふえていくのである。

はじめの内は、とても覚えきれなくて〝一番でかくて海に関することなら何でもござれのディビッド〟とか〝秀才だけれど、反核を過激なほど支持しているのがバリー〟とかいちいちメモった紙を車椅子のバッグにしのばせたほどだった。

アメリカの公立のハイスクールというと、幼稚園から十年も一緒などという奴はザラで、編入生は仲間に入りにくいものなのだが、アメリカ人は人と違う奴を好む。人と違うことがスペシャル。だから面白いと言うのだ。これも日本人であることと車椅子のメリットか？

ロブから紹介された女の子アドリーもとてもいい子で、その上ものすごく可愛いのに感激。いやはや何ともまったくホントに幸せいっぱいのスタートであった。

〝リッチー〟

朝食のメニューがオレンジ・ジュース一杯というのはこのころからのもので、一時間目の授業に間に合うためには、二時間前つまり六時半起床が要求されていた僕が、どんどん時間を短縮していくことが出来たのは、「物事を手際よくやればやるほど長く寝ていられる」という朝寝坊だけが持つ哲学によるものだった。

車に飛び乗って十分、学校には正門の右と裏門の左に駐車場があるのだが、校長のミスター・ガーランドの特別のはからいで、校舎の真ん前ちょうどカフェテリアの入口の横に僕専用のパーキング・スポットがつくられ、車を降りればすぐにドアという最高の立地条件になっていた。

しかし、この場所がカフェテリアの大きなガラス窓の前にあるので、最初のころは、僕の車がカフェテリアめがけて突っこんで来るのかと思って、窓側のテーブルで朝食をとっていた生徒が、トーストをくわえたまま飛びのいたりなんてことも多かった。

だが一週間もすると、僕の姿を認めると生徒が、誰ともなくドアを開けてくれるまでになった。

月、水、金は一時間目が英語。英語と言っても、様々なクラスから好きなタイプの英語の授業を選ぶことが出来る。僕は前の学校でも、様々な文化の相違を本やフィルム、演劇を通して学ぶコースをとったことがあるが、今度のは“Current Communication”というコースで、これは親子間または友達間などの様々な関係を論ずるものだった。

どこの学校にもあるような英語のコースもあったのだが、アメリカにきて一年目に、いきなりシェークスピア等の古典をやらされ、頭がおかしくなりそうになった経験があり、その時、「興味を持ちヤル気さえ出せば、すこしくらい難しくてもヘッチャラ」というモットーが生まれたので、今度もあえてこういったコースを選んだのである。

最初にもらった本が“Richie”という本だった。ペーパーバックで約四百ページもあるものを、三週間でやると聞いて、皆さすがにうんざりしていた。

ところで、ペーパーバックとは知ってのとおり紙表紙のソフトカバー本のことだが、僕はアメリカに来るまでそれを知らず、ビートルズの〝ペーパーバック・ライター〟という歌をデパートの紙袋を作っている人の歌かと思っていたのだ。

話はそれたが、授業中の発言が成績を左右するアメリカの学校。ちょっとでも読むのが遅れると、クラスでのディスカッションに入れなくなってしまうのである。

明後日までに六十ページといわれた日、三分の一ほどしか読めなかった僕は、次の日、美術で一緒のミッシーという女の子に聞いてみた。

「ねぇ、ミッシー。どうだった？〝リッチー〟の感想は」

「最初はねぇ、ちょっと退屈だったけれど、読んでみるとけっこう面白そうよ」

帰って、さっそく読み始めたけれど、最初はほんとうに面白くない。しかし、次の授業での宿題になったその後の六十ページを読んでいるうちに、僕は本の中に完全にひきこまれ、何と次のクラスまでには四百ページを一気に最後まで読み上げてしまったのである。

自分でもびっくりするほどの速さだったが、たしかにその本は面白かったのだ。

そして、親子の断絶、家庭内暴力、そしてドラッグ（麻薬類）におぼれていく少年リッチーを描いたこの物語を、そういった問題が起りつつある日本の人たちに読ませたい、と思わずにはいられなくなってしまったのである。ようし、今度こそ翻訳するぞ！

僕は、すぐに母と連絡を取り、著作権のこと、出版してくれそうな出版社を探してもらうことなど、頼みこんだ。それほど〝リッチー〟に引き込まれてしまったのである。

ダンス・パーティ

昔なら〝ウエストサイド・ストーリー〟最近の映画では〝グリース〟や〝フットルース〟などでわかるように、アメリカのハイスクールといえば、ダンス・パーティはつきもので「次のウィークエンドはダンス・パーティ」という噂《うわさ》が流れたり、ポスターを見つけたりすると、ウキウキしだすのがアメリカのティーン・エージャーである。

夕方五時ごろ、やっとの思いで貸してもらった両親の車をガールフレンドの家の前につけ、頭かき頭かき彼女の親とリビングルームで緊張の立ち話。今か今かとドレスアップした彼女が二階から降りてくるのを待つ。なんていうのはアメリカの映画やテレビで使い古されたシーンだが、まだそれほどのガールフレンドもなく、ダンスにしたってリハビリの時はうまくいったものの、なんたってここでは車椅子は僕一人。

ウェストン・ハイ最初のダンス・パーティに行くことは、さすがの僕にも簡単には決断できなかった。

どうしようかなぁ。考えること数日間。でも、ガールフレンドができるチャンスもダンス・パーティが一番なのだ。

「決めた。やっぱり行こ！」

結局パーティ開始約一時間後。僕は、入場券とひきかえに手に支払い済みのスタンプを押してもらい、会場のカフェテリアにはいっていった。生バンドが〝トップ・トゥエンティ〟っぽい曲を演奏していて、四十組ほどのカップルがそれに合わせて踊っていた。

言い忘れたが、こういったダンス・パーティの踊りは、ディスコやブラック系とはかぎらない。ロックもあれば古いロックンロールやリズム・アンド・ブルースまであり、踊れそうな曲ならなんでもやってしまうのである。

踊っていない生徒は、壁にもたれて話をしたり、飲物を飲んだりしているのだが、はじめて行ったダンス・パーティで気をつけなければならないのは、うっかり誰かのガールフレンドをさそってしまうことなので、そのへんに注意しながら、僕はパートナーをさがした。知っている奴《やつ》や女の子が声をかけてくれたが、カップルばかり。

やっと一人でいるクラスの女の子を見つけ、ウィリーで踊りだした僕を見て、まわりではビックリしている奴、後ろに倒れやしないかとヒヤヒヤしている者など、ちょっとした騒ぎだったが、二曲目にはいると周囲も慣れたし、僕も人目が気にならなくなり、ダンスの人なみに溶けこんで、けっこう気楽に踊れるようになった。しかし、僕のダンスは人の二倍は疲れるので、もうこの曲でやめようと思っている時、ちょうどバンドの休憩の時間になった。

するとトランペッターが僕の側へ飛んできて、いきなり首ったまを抱《かか》えて叫んだ。

「こんなすごいダンス。はじめて見たぜ。いやぁ、すごかったよ」

ベーシストもやってきて言った。

「へーイ。あんた。最高のノリじゃん！　おれも初めてさ、車椅子のダンスは。これからもがんばってくれよ。Keep Rockin'!」

嬉《うれ》しいことを言ってくれるじゃないか。こんなふうに思ったことを率直に言ってくれるアメリカ人が、僕は大好きだ。だから僕も素直に喜んじゃうことにした。

先生や友達にもほめられ、おまけに次のダンスまでには、ヘザーという女の子が話しかけてきて、パートナーも決まり、すっかり気をよくした僕だった。現金なもので、それからは疲れも忘れ、思いきりダンスを楽しむことができた。

外の雨と人の熱気でしめった床で、仰向けに転倒して周《まわ》りの生徒をびっくりさせるというハプニングもおきたが、そこはリハビリで鍛《きた》えた腕前、というより女の子の前だったせいか、いつもの倍のスピードで元《もと》に戻ったら、同級のブライアンに言われてしまった。

「おい、マーク。お前、ほんとうに車椅子なのかよ。ダンスで女の子にもてるために車椅子で来てるんじゃないの！」

次々にパートナーが決まる僕に、やけっぱちに言う奴もいた。

「ちえっ。今度からオレも車椅子で来ようっと！」

エドモンド

エドモンドという友達が出来た。彼は黒人で根っからのひょうきん者。一緒にいてとにかくあきない奴だった。

ウェストンの町のようにほとんど黒人の住人がいないところでは、ハイスクールに黒人の生徒がいなくなってしまうので、他の地区から有能な黒人生徒をバスで送り迎えして州で決められたパーセンテージを保つという方法をとっていたが、エドモンドと彼の弟は数少ない、いや多分たった一組の黒人生徒兄弟だったのだ。

はじめそんな制度も、彼がウェストンの住人だということも知らなかったころのことだ。ある日の放課後、エドモンドと一緒に校舎から出てくると、門の前にスクール・バスが何台も止まっている。

行く先によって生徒たちはそれぞれのバスに乗って行くのだが、

「じゃあ、また明日！」

といって白人ばかりのバスに飛び乗ったエドモンドを見て、僕はあわてて大声で怒鳴《どな》ってしまった。そのむこうに黒人だけが乗っているバスが見えたからである。

「おい、エド。違うんじゃないのか。あっちだろう。お前のバスは！」

とたんにバスの中から爆笑が起こった。間違いをおしえられた僕は、真赤になってしまったが、エドモンドは、そんなことは全く気にせず、

「ひぇー、すいませんだ。御主人さま！　クンタ・キンテ（そのころベストセラーになった〝ルーツ〟の主人公）床に座りますから、このバスに乗せてくだせえ。おねげぇしますだ」

と、黒人奴隷《どれい》の真似《まね》をしてふざけてみせたのだった。

陸上部（トラック&フィールド）にはいったのも彼のお蔭で、体を鍛《きた》えたいと言っていた僕をコーチのところへ連れていってくれ、いつの間にか一緒に練習するようになっていたのである。コーチも協力的で、皆が森の中など走っている時は、別のトレーニングをさせるなど配慮してくれた。久し振りの汗が嬉しくてたまらない僕だった。

アメリカの高校では、（小・中・大学もそうだが）スポーツは秋冬春の三シーズン制で、日本のように一年中おなじスポーツだけで通すということはないから、いろいろと可能性を試《ため》すことができるのである。

だから、ボストンのプロ・バスケットボール（NBA）選手ダニー・エインジは、大学卒業後大リーグで野球をやってから、やっぱりバスケットの方が向いているといって転向し、NBAの花形プレーヤーになったし、ニューヨーク・ヤンキースのディビッド・ウィンフィールドのように大リーグ、NBAバスケ、それからNFL（プロのアメフト）と三つのチームからドラフトで指名されるなどと

エドモンド

親友ディビッドと彼の愛車

いうこともあるのだ。

陸上のシーズンが終わると、僕は次にやるスポーツを探していた。バスケットにしようか水泳にしようか。

バスケットは家のガレージにつけた練習用バスケットで十分練習ができるからと、水泳に決めたが、これはこのころにはすでに大親友になっていたディビッドが助けてくれた。

だいたい海に関することならなんでもござれのディビッド。ヨット、水泳、スキューバ・ダイビングなんでもこなす彼と、ヨット、水泳、水球をやってきた僕と気が合わないはずがないのである。

水泳部員だった彼がコーチに話してくれたが、まずは一度、部の練習のあと泳ぎに来いということになった。

そしてその日、ディビッドは部練のあと居残ってコーチを紹介してくれた。何をどう助けたらいいんだろうという二人に、まず最初は一人でと、僕はプールの階段のてすりに両手をかけ、「イチニのサン！」でドボーンと飛び込んで泳ぎはじめた。飛び込んだ僕の耳にもうひとつドボーンという音が聞こえたが、気にせず泳ぎ続けていると、目の前に突然コーチが顔を出した。そして彼は言った。

「びっくりさせるなよ。おれ、お前が落っこちたのかと思って洋服着たまま飛び込んじゃったぜ。ウン、けっこう泳げるじゃないか。いいぞ。おれがコーチしてやるよ」

ということで、練習は週三回、部練終わったあとコーチがマン・ツー・マンでやってくれることになり、バンバンザイ！

ディビッドも毎回僕につきあってくれた。コーチの練習はかなりきつく、アップの四百メートルから始まり、二十五メートルダッシュを何本、から五十何本、百何本と、怪我《けが》する前の水泳部や水球部の練習を思い出させる激しさだった。が、陸上部の時にも増して練習日が待ち遠しくてならない毎日だった。

ダグ・テュアート

冬休みにはいるちょっと前だったろうか。ハウス・メートが変わった。今までは食費を分担していたが、今度からは月決めで貸すことにしたのだ。その方がお互いに気が楽でもあった。

新しいハウス・メートは、知人の紹介のダグという二十二、三の大工さん。なんとも便利な下宿人で、僕が頼めば何でも直してくれる。その上、彼は自動車整備の資格もあり、僕の車の調子が悪い時など、その辺《へん》の修理屋なんかよりはるかに早く安くうまく直してくれる。こんなふうに何でもやっちゃう人のことをハンディマンと呼ぶが、ダグこそ本当のハンディマンだった。

このハンディマンは料理もうまく、いつも二人の料理に差がつきすぎる。特にガールフレンドたちを呼んだ時など、技術の差は決定的となり、それが僕の料理への挑戦のきっかけとなったのである。

男女同権をめざす国アメリカ、独り暮らしの男たちがガールフレンドを招いて自分の作った料理をご馳走《ちそう》するなんていうのはごく普通のことで、日本の亭主関白的交際など存在しないのだ。

三ヵ月ほどで僕の料理はメキメキ上達した。ダグと、母が日本から送ってくれた〝お嫁に行っても困らないおかず百選〟という料理本のお蔭である。

ところで、ダグと最初に会った時、彼はピシッとスポーツジャケットを着ていたのだが、それはその時かぎり、あとはいつも真っ黒けだった。仕事で疲れて帰ってきた時でも、友達が車の調子が悪いなどと行って乗りつければ、すぐに車の下にもぐりこんで直してしまうなんて具合だからあたりまえなのだが、それにしても彼がいつも油とおがくずだらけだったのを覚えている。

そんなダグの両親、テュアート夫妻から食事に招かれたのは、クリスマス・バケーションのある日だったが、会ってびっくり、ダグのお父さんは大学の物理の教授、お母さんは宝石デザイナーだったのである。

もし日本で、これほど両親とかけ離れた仕事をしていたら、人は〝落ちこぼれ〟とか〝出来の悪い息子〟などと彼を呼ぶだろう。けれどテュアート夫妻はダグを誇《ほこ》りにしていた。

テュアート氏に言わせるとこうなる。

「私はダグに、私のように教授になれといったことはないし、大学をでて会社に勤めるだろうなんてことは、これっぽっちも思ったことはなかったね。ダグは小さいころから手先が器用だったもの。家のものだけじゃない。頼まれれば隣《となり》近所の人のものまで直して喜んでいたよ。

高校のころには、もう今の仕事場を手に入れて、車を直したり家具を作ったりで、今じゃ私より稼《かせ》いでいるんじゃないかな？

でもマーク。ダグの夢を知っているかい？　ソーラーなんだよ。いまあやっていろんなことをしているのも、将来、友達と家庭用ソーラー発電機を製造して取り付ける会社を作るためなんだよ。今水道屋やっているボブという友人が水道関係を、ステレオ修理屋のビルが電気関係、そしてダグが設計、製作というふうにしたいらしいよ」

あぁ、それで設計を学ぶために夜学に行きだしたのか。ぼくにもテュアート氏の話はよくわかり、ダグの夢をなんとか成功させたいと思わずにはいられなかった。こういうのをアメリカン・ドリームっていうんだろうな。

ダグは、半年後、仕事などの関係上、僕の家をでることになったが、次に会った時にはシステム・キッチンの設計、製造そして取り付けの仕事で売れっ子になっていた。

僕の家のキッチンも、彼の手で改造してもらった。いまやダグは、家も二、三軒建てたし、ソーラーの方もかなり現実化してきており、彼に会うたびに僕も負けてはいられないと思うのだった。

アルメイダ先生

僕にとって何もかも初めてだらけの一年は、かなり忙《いそが》しいものだったが、大変楽しい一年でもあった。

母など僕が車椅子になったとき、「これでこの子も少しは落ち着いて私の心配も少なくなるにちがいない」と思ったそうだが、あとからあとから以前にもまして様々なことをはじめる僕に呆《あき》れかえり、ついに「まあ、見ていて面白いからいいけど……」と半《なか》ば楽しみ、半ばあきらめ気分の傍観者になってしまった。

新しく始めたものの中にスペイン語があり、これは僕を完全にとりこにしてしまった。発音がほとんど日本語と同じで、僕には英語を学んだ時より早くなじむことができた。発音のせいか日本語との同音語も多いので、僕はそれを使って先生のミスター・サマコをおちょくったりしたものだった。

黒板に英語で"COW OR BED"と書いてミスター・サマコに質問する。

「これ、スペイン語では何ていいますか?」

「あぁ、これはバカ　オ　カマです」

「えっ?　馬鹿オカマ!」

あらかじめ日本語の意味を教えておいたクラスメートは、ここで大爆笑となったのだった。

こんなことばかりやっていたわけではないが、何しろスペイン語が気にいりまくった僕は、夏休みの間にスペイン語を、特に会話を上達させたいものだと思った。

アメリカ大陸のアメリカより南の半分は、ほとんどの国がスペイン語だから、スペイン人に会う機会も少なくはない。それに、前の学校などでは中南米系の奴《やつ》らがかたまって(中南米からの留学生はすぐに同じ言葉を話す人間とばかりくっつくので有名)自分たちばかりでペラペラしゃべって周囲の者をイライラさせたが、悪口言われたってわからないのだから、不愉快なものだった。

アルメイダ先生と母

ハイスクール当時、子供達への講演

そんなわけで、僕はカウンセラーのミスター・ハリスに頼んで、スペイン語のサマー・スクールをいくつか探してもらった。その中にケンブリッジ・スクールという私立高校の先生がプライベート・レッスンをしてやってもいいという話があった。僕はすぐさまその話に飛びついた。

その先生が、ウォルター・デ・アルメイダというブラジル人だったので僕は驚いた。

「えー？　先生、ブラジルって、ポルトガル語をしゃべる数少ない南米の国でしょう？」

「大丈夫、まかせなさい。僕はニューヨークのチェイス・マンハッタン銀行で翻訳として働くまでの数年、ずっと南米人のところにいたんだから」

まぁ一応、ここの学校の外国語科のヘッドなんだから大丈夫だろうと、半信半疑《はんしんはんぎ》ではじめたが、まもなくこの人の凄《すご》さを思い知らされることになった。

アルメイダ先生は、他の教師に会うと相手によって言葉を使いわけるのである。さっきまで、フランス語の先生とフランス語で話していたと思えば、こんどはドイツ語、そして英語へと。おまけにイタリア語も出来るので、自国語を入れて五カ国語ペラペラということになるのである。同じラテン系の言葉とはいえスゴイものはスゴイ。

その上、この先生、探究心旺盛《おうせい》で一カ月のレッスンが終わったころ、日本語を教えろと言いだした。教えてくれれば二カ月目のレッスン料はいらないと言うのである。

結局、アルメイダ先生の強引な押しに負け、二人の奇妙な会話教室が誕生したのである。お互いに英語を使ってはいけない。スペイン語と日本語だけで通すこと。それが約束だった。ここで生まれて初めて僕は日本語の難しさを思い知らされることになったのである。

いままでにも、友達などに日本語を教えた経験がないわけではなかったが、それは単語や簡単なセンテンスだけ。（だいたい日本人のティーン・エージャーで、日本語の文法が完全に使いこなせる奴が何人いるだろう）いざ日本語を全く知らない人に教えようとして、我が母国語が思っていたよりはるかに複雑であり、例外だらけだということが身にしみてわかった。何段階もの敬語、男と女によっての語尾の違い、こんなに難解な言語に、生まれたときからなじんでいて、本当にラッキーだったと思わざるをえない。

アルメイダ先生は自分の名前を〝うおるたあ〟と日本語的に発音し、僕のことを〝マルコ〟（スペイン語のマーク）または〝やすひろ〟と呼び、まもなく僕らの関係は子弟から、彼の一番好きな日本語のひとつである〝ともだち〟になっていた。二人の授業は会話中心だから、半日を先生の家か僕の家で過ごし、外出もできるだけ行動を共にするようにした。

余談だが、僕はスペイン語のアルファベットで面白いことに気づいた。スペイン語では〝W〟を〝べ　ダブレ〟という。〝Vがふたつ〟という意味である。してみると、英語の〝W〟（ダブリュ）はダブルのユウということなのじゃないかな。筆記体で書けばまさにUがふたつくっついている。VとUの違いはあるけれど同じような発想をするものだと実に興味深かった。

ところでアルメイダ先生だが、彼はセミプロのカメラマンでもあったから、僕の家の地下にダグが作ってくれた現像室で、僕の写真の先生にもなった。

彼は何でも僕に挑戦させたがったが、中でも一番メチャクチャだったのは、彼が息子と一緒に自転車で訪ねてきた時のことだった。いざ帰るという時になって、アルメイダ先生は僕に、先生の家まで一緒に来いと言いだしたのである。それも車椅子で。

一、二キロならすぐに承知しただろうが、十五キロ近い行程というのは、さすがの僕もちょっとしりごみしたくなる距離である。

しかし、何とかかんとか言いながらも一時間後には、先生の家のキッチンでへばって水を飲みまくっていた僕だった。お蔭でこの後どんなロードレースに出るのも怖《こわ》くなくなったのである。

ある日、アルメイダ先生は勉強の後、ラジオから流れるサルサのリズムにあわせて僕の知らないブラジルのパーカッション楽器を弾《ひ》いていた。帰り支度をしていると急に音楽がとぎれ、僕は呼びとめられた。

「やすひろ。オレ、日本に行こうと思っているんだ。真剣にね」

「え〜!」

あんまり唐突《とうとつ》でびっくりしたが、話を聞いてみると彼には三つの理由があった。

まず第一に、日本語のとりこになってしまった自分(これはセンセイであった僕も少なからず影響しているという)が納得いくまで日本語をならってみたい。

次に、犯罪や暴力の多いアメリカに疲れたこと。

三番目として、自分は日本の哲学ともいえる義理、人情、礼儀などが非常に気にいっている。サム

ライに憧《あこが》れている。（ちなみにアルメイダ先生は三船敏郎の大ファン。驚くべきことに彼のサムライ映画はみんな見ていた）

僕は、必死で今の日本について説明した。先生の憧れている日本のサムライ精神など現代の日本人、特に若者たちの間では忘れられている、先生は日本に夢を描きすぎている、などと何とか説得しようとしたが、先生の決心は固かった。日本に行って、自分の知っているどの言語でもいいから教え、暇《ひま》な時には日本の美しさを写真に撮《と》るのだという彼の気持ちは頑《がん》として変わらない。

僕は、先生が安定した私立校の語学部長の座を捨て、奥さんにも仕事をやめさせて日本に行くという、普通の人ならとても考えられないような人生の賭《かけ》をしようとしていることに責任を感じた。〝日本大好き〟になるきっかけを作った張本人としては本当に頭を痛めてしまったのである。

しかし、どこまでも楽天的なアルメイダ先生は、来年は教師をやめて寮長としてだけ学校に留まり、ハーバードで日本語のクラスをとり、ボストン大で外国人のための英会話教師の資格をとるのだという。

ここまできたら僕はただアルメイダ先生の成功を祈るばかりである。

三浦朱門先生

夏のさ中の大忙《おおいそが》しの時に、日本から吉報《きっぽう》が届いた。母に頼んでおいた〝リッチー〟の翻訳が実現することになったのである。

僕が全くネームバリューのない学生であること、その上翻訳初体験であることなどで、とても見込みがないと諦《あきら》めかけていたので本当に嬉《うれ》しかった。

僕の夢の実現のために力を貸してくださったのは、母の友人でもある三浦朱門《みうらしゅもん》先生だった。先生が監修、共訳という条件で、集英社がこの話をすすめてくれたのだった。

ちょうど日本でもこの話のように家庭内暴力や親子の断絶が問題になりはじめており、いいタイミングでもあったけれど、それにもまして僕はアメリカの恐さ、ドラッグの恐さを、日本の若者たちや、あまりにも簡単に子供をアメリカにやる親たちに知ってほしかったのだ。

僕自身は、日本人との付き合いはほとんどなかったが、話に聞くと、ドラッグに侵《おか》されて学校から学校を転々とし、しまいには、学校に行っていると親に偽《いつわ》って、学費をすべてドラッグにつぎこんでいる日本人留学生（?）も少なくないという。だから、どうしても翻訳したかったのである。

ところで、アメリカでは酒類もドラッグと同類と考えられているので、酒飲みの僕にとっては大変迷惑な話で、うっかりすると僕までドラッギー（ドラッグ常用者）の仲間入りをさせられかねない。僕から見ると、アメリカは煙草と酒にはやたら厳《きび》しいくせに、ドラッグに対しては呑気《のんき》すぎるような気がする。

嫌煙《けんえん》運動や飲酒反対の動きも激しく、人がどう思おうと〝自分は自分〟のアメリカ人はいいけれど、一応まわりを気にするように育っている日本人の僕としては、何となく肩身のせまい思いをすることもあった。

しかし、ことドラッグに関しては禁止運動の話も聞かないし、テレビでもその恐ろしさを警告するCMなど流れたのを見たこともない。僕がそう言うと、友人は、

「ドラッグの始まりはタバコからだからさ」

なんてぬかす。

「でも、酒やタバコは法律で許されてるじゃないか」

と言ったら、

「だからそんなものは、すべて違法にすりゃいいのさ」

なんて言うラディカルな奴《やつ》もいるから、僕も負けずに反発する。

「だけど、一九二〇年代の禁酒法実施の時に、酒を飲めない奴らがドラッグを広めたっていう説もあるぜ」

結局いつも水掛《みずか》け論になってしまいイライラするのがオチなのだ。

僕は、日本のように酒とドラッグの間に太い一線をひいて、酒類にはけっこう寛大《かんだい》だがドラッグには断然厳しいというやり方のほうが、ずっと健全だと思っている。アメリカの酒とドラッグの混同は、確実に社会を悪い方向へ導いているとしか思えない。

それにもうひとつ恐ろしいのは、どんな人間がドラッグをやっているのか、見かけでは全くわからないということだ。

僕が事故にあった高校でのルーム・メートは、大変な大秀才だった。ところが、彼はドラッグの常習者だったのである。だんだんエスカレートしていく彼の行動に我慢《がまん》できなくなり、巻きぞえをくうのも嫌《いや》だから、寮長に頼みこんで別の寮に移してもらった。

そうしたら、その寮で車椅子になるような大事故に会ってしまったのだから、人生なんて皮肉なもので……いやまあそれはそれとして、そのルーム・メートがいまやアイビーリーグに進んだというのだから、まったくもうわからないものである。

コカインやヘロインはともかくとして、マリファナぐらいならたいした害はないだろう、という安易な気持ちが一番危なく……そうそう〝リッチー〟の話をしてたんだっけ。

つまり〝リッチー〟の場合もそんなふうに軽いドラッグから始まり、やがて悲惨《ひさん》な破局をむかえる一人の若者の破滅《はめつ》を描いているのである。

ところで翻訳の話、母などはとても心配して、

「勉強だけでも大変な忙しさなのに、引き受けちゃって出来るの？　本当に大丈夫？」

何度も念を押したけれど、僕はすでに計画をたてていた。

四年（八・四制なので日本の高三）の二学期には、シニア・プロジェクトといって、何でも自分で計画したプロジェクトを個人的にやることが出来る時間があるので、その時間と夏休みを使おうと考えていたのだ。というわけで、僕は集英社とメデタク約束を交《か》わした。

山崎泰広、今までの人生で一番の大仕事である。♬チャン♬チャン

スティーブ

僕の家は家賃がべらぼうに安いせいかダグの次のハウス・メートを捜すのも全く苦労はなく、友達の紹介でスティーブという学生が入ってくることになった。

このスティーブ、紹介者の友達が下宿している家の息子なのだが、ここでまた僕は風変わりなアメリカ人に会うことになった。それは彼の父親である。

彼は政府筋の偉《えら》い人で大金持ちなのだが、息子たちにめっぽう厳《きび》しく、小遣いなどは自分で稼《かせ》ぐべきだ、十八歳過ぎても親の家に住むなら家賃を払え、という日本では考えられないような信念の持ち主なのだった。僕のところに来たのも家賃の安さが大きな理由になっていたのである。

スティーブと一緒に暮らしていると、この人は家にはお金があるのに、何だってここまで苦労しなきゃならないんだろうと、そのころたいした不自由もなく暮らしていた僕は、なんども考えさせられたものだった。

大学の四年なのに、クラス・メートより五つも年上のスティーブだったが、僕とはとても話があった。土曜日など真面目な話からバカ話まで夜を徹して語りあい、ビール片手に夜明けをむかえたこともたびたびだった。

政治の話がよく出るのは、彼の大学での専攻だから当たり前で、ニュースや新聞をしっかり読んでいないと話についていけない。彼と話したくてニュースを懸命に追ったことも多く、お蔭で僕は大人ともけっこう知的な会話ができるようになったのだと思う。

政治じゃなけりゃ女の子の話というのは、どこの国でも酒を飲んだ時の常識だろうか。僕とスティーブも女の子の話をよくしたが、彼は自分をもうトシだと思っていたのか、かなり真剣に結婚を考えていた。〝バージンで遊んでいない女の人〟というのが彼の絶対条件だが、

「キョウビそんな女の人がアメリカにいるのかい？」

と皆に聞かれちゃうのだとくさっていた。僕もふざけ半分に聞いてみたら、スティーブは真顔で答えた。

「だから、なるべく若い女の子と付き合うようにしてるんだ」

口だけではなく、本当に八歳くらい年下と付き合っていたのだから驚きだ。

「僕たち男は、いざ結婚となったら自分の過去は棚《たな》にあげて、スティーブみたいに『やっぱりバージン』なんて身勝手な夢を追いつづけるのかな？」

クラス・メートとのパーティでそれが話題になったが、数学同好会のクリスなんか、

「ウーン。男がみんなそんな考えを持つとすると、この方程式には必ず〝あまり〟が出てしまうぞ。問題はこの〝あまり〟がどこへ行くかということだ」

と、腕を組んで真面目（？）に考えていた。

スティーブ

ボストン・カレッジにて

ボストン・カレッジ

九月になって僕の高校最後の年が始まった。日本だったら受験、受験で目の色をかえている時期だろうが、アメリカではいまさらじたばたしたって手おくれである。アメリカの場合は、高校での成績が大学受入れの条件として大きく考えられるからだ。

なかでも三年と四年の一学期が最も重要になってくる。もうひとつは課外活動で、これはクラブ活動や委員会に加えて学校外での活動、仕事などが考慮される。

最後はSATという全国共通テスト（これは数学と英語）、そして一流大学ではアチーブメントテストが必要条件となる。好きな科目を選べるところもあるが、大学によっては指定してくるところもあるから、まず大学を選ぶことが先決となってくる。

僕の選択は、もうとっくに決まっていた。

第一志望は、ボストン・カレッジだった。

あのフィリップのお父さんに連れていってもらった、美しいキャンパスを持った大学。あの時はカレッジ＝単科大学のイメージを持っていたのだが、それはあくまで名称であって（慶応義塾大学というようなもので、慶応は塾ではない）総合大学だということもわかったし、いろいろな人からボストン・カレッジの経営学部が良いということを聞いたりするうちに、いつかBC（ボストン・カレッジをボストンの人たちはこう呼ぶ）に入ることが僕の夢になっていったのだった。

本庄先生もＢＣが良いと言われた。科学者であり教育者でもある先生がおっしゃるには、あまり大きな大学だと、たしかに有名な先生もいるが、人数が多いだけにその先生に教わるチャンスは少なく、たとえ機会があっても一教室二百人などという、スキンシップのない教育になってしまう。だから最近はＢＣサイズの大学に人気が集まっているのだということだった。

また、ある雑誌は『これからの大学』と題して、これから伸びていくのはイエズス会系の大学であると書いていた。そこに幾《いく》つかあげられた世界の大学のリストの中に、ＢＣがはいっていたのも、僕の決心をよりいっそう固めることになった。

そして最後のダメ押しは、僕がアメリカで会った素晴らしい人たちだった。

グリーンフィールドのローチ神父はＢＣの神学科、ジムさんが看護学部、そして僕の高校生活を楽しく有意義なものにしてくれたカウンセラーのミスター・ハリスが教育学部ときたら、僕の第一希望になったわけもわかるだろう。

結局僕はＢＣとハーバード、そしてスベリ止めにＢＵ（ボストン・ユニバーシティのこと）とノース・イースタン大学を受けることに決め、その準備をはじめた。

ＢＵもノース・イースタンもいい大学だが、両方ともマンモス校であること、ダウンタウンにあるのでキャンパスらしきものがほとんどないこと、そして両校ともランゲージ・スクールがあるので、日本人がやたら多いことなどから、本当はあまり行きたくはなく、本命の二校に何とか入りたいと思っていた。

　そのころになるとウェストン・ハイには、いろいろな大学から学校案内をする人がきて、大学の説明をしたり生徒からの質問に答えたりしていたが、ハーバードからきた人に会って話をしているうちに、僕は大変な発見をしたのである。ハーバードにはビジネスの学部がなかったのだ。ハーバードのビジネス・スクールは有名だが、それは大学院なのだ。しかし、学部でビジネスに一番近いのは経済で、そりゃあハーバードの経済学部といったらスゴイけれど、僕の勉強したいマーケティングやマネージメントがなかったことは、ハーバードへの魅力半減といったところだった。

　となると、僕としては絶対入りたいボストン・カレッジ。成績の方は昨年の優秀賞があるから、今学期もその調子でいけばＯＫ。

　次にＳＡＴとアチーブメントだが、これらは一発勝負ではないから、何回か受けることにして申し込みをした。ＳＡＴの方は英語と数学だが、アチーブメントの方はこのふたつの他にスペイン語を受けることにした。

　願書の提出に加えて、面接を受けておかなければならないのだが、ある日、ディビッドの家に遊びにいっていると、彼のお母さんが、

「面接は早い方がいいのよ。そうだわ。ディビッド、あんたもついでに行ってきなさい」

と、さっさと二人分の予約を次の週にとってしまった。

ディビッドが海を死ぬほど愛していることは前にも言ったが、彼は船長を養成するマサチューセッ

ツ・マリタイム・アカデミーや、メイン・マリタイムなどの商船大学を集中的に受ける予定で、ＢＣを受ける気など全くなかったのに……。

その面接の日、僕はここ一、二年ほど手を通したこともなかった背広をひっぱりだして、ディビッドの車でＢＣに向かった。ディビッドは何しろきゅうくつなことがきらいなので、背広の上下を僕以上に嫌《いや》がっていた。

面接はうまくいったようだった。面接者の女性は僕の話に聞き入り、ディビッドの十五分にくらべると四倍の一時間もかかってしまったが、聞かれるままに落ち着いて答えることができた。

さぁ、あとは願書とテストの成績だけだ。

ところで、大学入試に関して頭に来ていることがある。それは日本の人と受験の話をすると、ふたことめには、

「アメリカの大学は入るのは簡単だけれど、出るのが難しいから」

などと言う。そりゃあTOEFLという外人のための英語のテストの成績だけで入れる大学もある。しかし、アメリカの高校から良い大学に行こうと思ったらなま易《やさ》しいことではないのである。TOEFLはもはや考慮されない。高二と高三の一学期の成績や活動が重要視されるということは、一年半受験勉強しているのと同じなのだ。その上、課外活動をたくさんしていないと良い大学には入れない。

つまり、ただのガリ勉ではダメなのだ。

『入るの簡単、出るのは大変』なんていう考えは、いい加減にやめてくれないかなと思う。

フィリップ・ヤング

言い忘れたことがふたつあった。

ひとつはフィリップ・ヤングの後日談《ごじつだん》である。そう、昔ポーツマス・アビイのサマー・スクールでルーム・メートだった奴《やつ》。前にも言ったように、あらゆるスポーツでライバルだった親友。すべてのことで競《きそ》いあった毎日のことは、忘れられない思い出だったのである。

ウェストン・ハイに登校した最初の日、必死で捜したのに、とうとう消息がわからずじまいだったのだが、しばらくしてウェストンに帰ってきたのである。フィリップが！

彼との再会は、ハイスクールのカフェテリアだった。友達とランチを食べていた僕のところへ、彼が近づいてきたのである。

「マ……マーク！」

「フィル！」

僕たちは堅く抱きあって再会を喜び、昔の話に夢中になった。

やったぁ！　フィルが学校にいりゃぁ千人力だ。僕は心から喜んだ。

しかし、ことはそううまく運ばなかったのだ。ウェストン・ハイのフットボール・チームのランニング・バック、そして野球部でも強打者として活躍していたジョック（スポーツマン）のフィルにと

フィリップと（けがする前の二人）

校庭でのロックコンサート

って、いまや車椅子の昔のライバルは受け入れにくかったのだろうか、僕たちはどちらからともなく話をしなくなり、そのうち互いに避《さ》けるようにさえなった。

どこの高校でもジョックというのは特別な存在で、何しろスポーツに夢中で、話すのはスポーツの話題だけ、そして自分のマチョーなイメージを保つために、服装も車もそれにそぐうものを選ぶ。だから女の子の中でもジョックに熱を上げる子たちと、ジョックだけは絶対にイヤと言う子たちのふたつのタイプに分かれるほどである。

まぁ、そんなわけでフィルのことを書きそびれていたのだが、僕にはフィルの分をおぎなってもあまりあるほどたくさんの友達が出来ていた。

ディビッドのような大親友ができた僕にとっては、もう何のこだわりもなくなっていて、四年になると、フィルの方でももう一度という気もあったようだったけれど、何も今さらという気持ちの方がどうしてても先行してしまうのだった。

ジョージ、トム、ギャレン

もうひとつの話はバンドのことである。僕はベースが好きだ。

また話はそれるが、ある時、友達に剣道を教えろといわれ基本を教えたら喜んで、今度は柔道をといわれたことがある。僕はハタと困ってしまった。剣道ならまだしも柔道の方は足がないとチト無理だなぁ。

この時、僕は思ったのである。

（よかったなあ、手が動くってことは。楽器を弾《ひ》くことができるもの）

母にいったら、普通ならそこで足が動かないことを悩んだり悔やんだりするはずなのに、不思議な人だといって笑った。母はこの考え方をとても気にいっているようだ。

僕としては、まったく無理なくそう思ったまでのことで、だとしたら『失われたものを悔やむより残されたものに感謝しなさい』というローチ神父の言葉がかなり身についたのかもしれない。

さて、バンドの話だが、僕は前の学校の時も、友達とバンドを作りベースを弾《ひ》いていたが、僕の事故と共に中途半端《ちゅうとはんぱ》に終わってしまったので、今度こそというわけでメンバーを集めた。

ギターがジョージ、ドラムがトム、ヴォーカルとハーモニカがギャレンというのが最初のメンバー。みんなハード・ロックを聞いて育った世代だが、曲を決める段階になって僕らは彼らとの二歳の年の差に気がついた。

僕にとってはハード・ロックといえば、ディープ・パープルやツェッペリンから始まるが、ジョージたちはそれよりちょっと後のエアロスミス世代なのだ。

とはいえバンドで演奏する場合、選曲は僕らの趣味だけで決めるわけにはいかなかった。

日本にいたころ、友達が会場を借りてコンサートをした時、何でも自分たちの好きな曲をやっていたけれど、アメリカではそうはいかない。

演奏したかったら、まず自分たちのバンドを売ることから始まり、ハイスクールのダンスやパーティ、クラブなどお客の好みに合わせた曲をやらやきゃブーイングされるのである。そう、このブーイングほどコワイものはない。

何かを見にいっても聞きにいっても、気にいらなきゃ「ブー、ブー」とブーイングを始めるストレートなアメリカ人。(日本のような建前と本音《ほんね》ではなくて、ほとんど本音のみのアメリカ。慣れればかえって楽だが、慣れすぎると日本に帰って苦労するかもしれないから気をつけなければ)

再び話はバンドにもどるが、我が家の地下室が絶好《ぜっこう》の練習場所となり、金曜の夕方から毎週のように練習がつづけられた。

ところで、

「バンドの練習、何時からにする?」

などとメンバーに聞くとき、僕はけっこう長いこと間違った英語を使っていた。〝練習〟と辞書をひけば〝プラクティス〟となるが、これが間違いのもとで、バンドの練習の場合は〝プラクティス〟ではなく〝リハーサル〟といわなければならない。日本ではステージの予定があるものの練習だけを〝リハーサル〟というけれど。これは日本語からの直訳はやめましょうという教訓になったエピソードではあった。

アニータ

新学期がはじまってちょっとしたころだったろうか。もうひとり家に間借りしたいという人物が現われた。

ある日、南米人の友人がアニータというベネズエラの女の子を連れて遊びに来たのである。彼女は政府の奨学金を受けてアメリカの大学にきたのだが、パスポートの関係で新学期に間にあわなかったので、今はマウント・アイダという短大に行っているが、今年中にどこかの総合大学に編入するのだという。

僕は、さっそく習いたてのスペイン語（今年は一段階上級のスペイン語をとっていた）を使ってみたが、とても二人の会話にはついていけない。

「今度、会話を教えてよ」

と僕が言うと、アニータはこともなげに言った。

「それなら、いっそこの家に移っちゃおうかしら」

来た時からこの家をほめていた彼女だったので、最初からその気があったのかもしれない。

僕はアニータが勤勉家だということ、ドラッグは絶対やらないこと、（外国人の場合）同国人とばかり付き合わない、という我が家の三原則にピッタリ合う子だったので、すぐにＯＫした。そしてアニータは二、三日するとこの家に移ってきた。

そんなわけで、僕のハウス・メートは二人になり、メチャクチャ明るいアニータのお蔭で、前にもまして楽しい毎日になった。

アニータは、本当にいい子だった。さびしがりやなのか付き合いがいいのか、僕が深夜まで勉強していると、近くの居間のソファーにいて付き合ってくれることがよくあった。

その年、ボストンに初めて雪の降った夜もそうだった。零時を過ぎたころ、雪が降り出したのだが、アニータの大きな目は窓ガラスに釘づけになってしまった。僕がおやすみを言ってもアニータは動かない。

次の朝、アニータは言った。

「朝まで起きていちゃったの。雪ってほんとにきれいね。わたし、雪見たの、生まれて初めてなの」

僕は笑ってしまったが、アニータは真面目で、初めての雪にかなり興奮していた。雪合戦の話をしたら、

「雪合戦、雪合戦」

とさわぐ。そこで付き合ってやったら、車椅子が雪にはまって動かなくなったところを、後ろからすごい勢いで攻撃された。

「いーよ、いーよ。もう雪合戦なんかしてやんないから」

とすねる僕に、南米直送だというネスカフェ（いくらコーヒーの産地だからってインスタントに違

アニータ

フィービーと

いがあるとは思えないけれど）をいれてくれた可愛いアニータだった。

そのころ、僕はウェストン・ハイのフィービーという女の子と付き合っていたが、スペイン語とフランス語がペラペラの彼女、アニータとも大親友になっていった。しかし、フィービーは一応僕のガールフレンドなのである。

ところが夜、うちから彼女の家まで送っていく時、なんだってアニータがふっとんできて、僕とフィービーの間に座っちゃうのかよくわからなかったが、お蔭でグッナイのキスがお預けになったことだけは確かだった。

食事は、僕とアニータだけということが多かった。スティーブは、学費のために夜警《やけい》の仕事をしていたし、食事をするといっても節約のためか粗食だった。皿の上にチキンとじゃがいもを乗せて、電子レンジでチーンとやったヤツに塩を掛けただけというメニューが多かったのである。

僕とアニータは、かわりばんこに夕食を作っていたので、アレパス（チーズや肉を南米産の黄色い粉で作った皮でつつんで揚《あ》げたもの）をはじめ様々なベネズエラ料理を食べる機会に恵まれることになった。

二人とも水瓶座《みずがめ》、誕生日が二日違いということが、どれだけの意味を持っているかは知らないが、僕たちは兄妹のように仲よくなった。

弟が一人しかいない僕は、昔から妹がほしくてたまらなかった。小学校の六年生のころ、母に妹をせがみつづけた思い出があるが、今考えると両親にセックスしろと言ってたわけで、あれは子供だから言えたんだなぁ……と、また話はそれたが、このベネズエラ人の女の子を、僕はだんだん本当の妹のように思うようになっていた。

ケンカしたことも何度かあるが、一番印象に残っているのは〝アメリカン・ウーマン事件〟だ。ある日、ラジオから流れる〝アメリカン・ウーマン〟という曲を聞いていた僕が、何かのはずみで、

「でも、アニータはアメリカン・ウーマンじゃないから」

と言ったのがはじまりだった。アニータがことのほか怒りだしたのだ。

「わたしだってアメリカンよ。ベネズエラはアメリカ大陸にあるんだから」

「でも、その前にベネズエランだろ」

「だってヨーロッパ大陸の人たちはヨーロピアンでしょ。じゃあ、アメリカ大陸に住むわたしたちはアメリカンだわ」

「でも、アメリカンとは言わないんじゃないかなぁ。サウス・アメリカンとは言っても」

しかし、アニータはかたくなにアメリカンだと言いつづけた。

次の日には、もうケロッとしていた彼女だったけれど、僕にとっては考えさせられる問題だった。南米というと原住民のイメージしかない日本人もいるけど、少なくとも首都圏《けん》にはかなりの大都会をもつ南米の国々（特にベネズエラやコロンビア、ブラジルなど）なのに、それでもアメリカンと呼ばれるほうがベネズエランと呼ばれるよりいいのかなぁ。

僕ならアジアンと呼ばれるよりジャパニーズのほうがいいけれど。やっぱりこれは自分の国に対す

る誇《ほこ》りの問題なんだろうか。

いずれにしても僕らのケンカは、兄妹ゲンカそのもので、何のこだわりも残さない。なによりも女の子は明るいのが一番、ハウス・メートも明るいのが一番と考える僕にとって、アニータのいるアーバンデールの我が家は楽しかった。僕の友達の誰からも好かれるアニータは自慢の妹だったし、キザな言い方だけれどまさに南米の太陽みたいな子だった。

僕が大学への準備を始めたのと同時に、アニータも編入の準備を始めたが、彼女の受ける四つの大学は僕のそれと同じだった。どうせなら同じところへ入れればいいね、といっしょに勉強にはげむ僕たちだった。

マーク・パッシンダ

昔の友達が訪ねてくるというのは、やっぱり嬉《うれ》しいことである。

ポーツマス・アビイ時代からの大親友マーク・パッシンダが、兄貴のディビッドとテキサスのヒューストンからやって来たのは、夏の初めのころのことだった。

「今から行ってもいい？」

と電話が掛かってきたのはヒューストンの自室からだったのに、二日もしないうちに車でやってきたのだから驚きである。

パッシンダ兄妹は、石油会社の顧問《こもん》弁護士をしているお父さんをふくめての大変なカーキチ。テキサスでは安く手にはいる古いスポーツカー、MGBやMGAそして五十七年型コルベットなどを数百ドルで買ってきては、内装も外見もピッカピカに直して飽《あ》きるまで乗る。飽きたらそれを売って、また別の車を買う、というのが彼らの趣味だった。

今度は、スポーツカーをボストンで売ってトラックを買い、サマー・ジョブ（夏だけのアルバイト）に使って金を稼《かせ》ぐというのである。

僕たちは、クインジー・マーケットで盛大に飲み食いして、楽しい一日をすごした。兄貴のディビッドはテキサスA&M大学で石油化学を専攻、マークの方は、今年テキサス・テック大の医学部を受けるという。アメリカでは、友達は大学にはいると散り散りバラバラにアメリカ中に散って行くので、僕たちは大学生になっても何とか連絡をとりあおう、と固い約束をして別れたのだった。

チャンホー・リー

大学によって離れ離れになることもあれば、大学によって近付くこともある。

ある土曜日の晩遅く、ドアのベルが鳴った。

「誰だろう？」

ドアを開けた僕はびっくり仰天《ぎょうてん》。

「チャンホー！」

「マーク！」

僕たちは思わず抱き合った。そこに立っていたのは、僕がアメリカに来る前に日本で友達になった、韓国人のチャンホー・リーだったのだ。

「何でここに？」

「BCに受かって来たんだよ。そしたら知り合ったこの子が、マークの話をするんだもの。それで探《さが》しまわってやっと見つけて来たんたぞ！」

この子と呼ばれた女の子は、まだ一度しか会ったことのなかった日本人だった。いやぁ世界はせまい！

「何だよ。マーク。サマー・スクールに行ったら、そのまま連絡なくなっちゃったんだもの」

というチャンホーに、僕はひらあやまり。

「悪い、悪い。僕もまさかあの学校で引き止められることになるなんて思わなかったもんだから。ほんとにゴメン」

というところから話は始まり、夢中になった僕らが気がつくと、もう空は白《しら》みがかっていた。

こんな運命のいたずらならいくらあってもいいいなぁ。

この他にも、ポーツマス・アビイ時代のルーム・メート、ダン・セックストンがニューヨークのコロンビア大に、フットボール部で一緒だったジョン・ホワイトがBUに来ており、彼は来年BCへの編入をねらうと言っていたし、なんとなく生活が楽しくなりそうだと、僕は嬉《うれ》しくてたまらなかった。友達は多く持ちたいものだ。何といったって、よき友達こそが最高の財産なのだから。

ケニー

一九八一年のクリスマスがやってきた。お正月は父と一緒に過ごせることになっていたが、アニータはベネズエラに帰ってしまい、クリスマスは一人だと思っていた僕のところへ、いくつかのインビテーションがとどいた。

最初は、この年、大穴でウェストン・ハイの生徒会長に当選し、敏腕《びんわん》をうたわれていたケニーの家からだった。ケニーはちょっと変わったヤツで、まぁ両親のことを考えればわかるのだが、といっても別に彼らがオカシイわけではない。ただ父親がユダヤ人、母親はユダヤ人とはあまり合わないとされているトルコ人なのだ。そしてそろって精神分析のドクターときては、変わり者の息子が出来るのも無理はない、というのは言いすぎだろうか。

ケニーは政治が好きで、特にニクソン元《もと》大統領の大ファン。彼ほどの優れた大統領はかつていなかったと、自分の部屋にニクソンの大きな写真をはり、生徒会長の選挙のときのキャンペーンにも、ニクソンが使ったキャッチフレーズを名前だけ変えてそのまま使ったほどだった。

まあそれはそうとして、ケニーの家の招待にＯＫの返事をするのとほとんど同時に、やはりいい友達だったエディの家からもインビテーションがきてしまった。今までにもサンクス・ギビング（感謝祭）などのディナーに呼ばれていたから、アイリッシュ系の彼の大家族の面々も良く知っているので、断るのも悪いような気がして、これにもＯＫの返事をしてしまった。

ところが何と、もうひとつインビテーションが届いたのである。ガールフレンドのフィービーの家からだ。いくらなんでも三つは無理だなぁと思ったけれど、時間を見てみるとケニーの家がお昼ごろから、エディのところが四時、フィービーのところが七時となぜか時間的には大丈夫そうなのである。大食漢で通っている僕のこと「えーい。みんな行ってやれ」と、フィービーにもＯＫしてしまったが、後悔したのは当日のことだった。

どこの家でも食前酒からはじまり、シャンペンを抜きワインを飲み、食事がすむとデザート、それに食後の酒。（実はこの三つの招待にＯＫした後、ディビッドのところからも来ていたのだが断って本当によかった）

最後のフィービーの家では、

「マーク。どうしたの？　いつもは食欲旺盛なのに……」

とお母さんが、さかんに心配してくれたが、僕としては、

「このおなかを見てわかんないんですか？　どっちかといったら食い過ぎのほうを心配してください」

と叫びたいほどだった。しかし、皆の好意を考えると、どうしても「ＮＯ」の一言が言えず、とに

もかくにも頑張り通したのだった。

後にこの話を聞いたディビッドのお母さん、ミセス・パトレコは、

「そうそう以前のマークはToo nice、なかなかNOって言えなかったからねぇ」

と懐《なつ》かしそうに言っていたが、これは僕だけではないことがわかった。だいたい日本人はナイスすぎるのである。はっきりイヤだといわなくても、日本なら何となく相手もそれでわかってくれるからいいが、アメリカでは物事をストレートに言わないと大変なことになってしまう。日本人にはちょっと受けいれにくい風習だが、郷《ごう》に入れば郷《ごう》に従え。特に〝はっきりNOという〟ことだけは身につけておかないと、思わぬ失敗をしたり、へんなことでアメリカ人が嫌《きら》いになることになりかねないのである。

しかし、それにつけてもあの日の最後のアップルパイ、よく腹におさまったものである。もっとも帰りの車の中では、ベルトをはずすだけではだめで、ついにズボンを半分ぬいでしまったのだったが……。

ミス・マクダナ

クリスマス休暇も終わって、高校生活最後の学期が始まった。成績はもうすでに大学の方へ送られ一月の末までに願書を出してしまえば、けっこう気楽な学期であった。しかし、僕には〝リッチー〟

の翻訳を始める時でもあった。

最初に読んだ時はたいして難しいとも思わなかったのに、いざ日本語に訳すとなると、アメリカの表現で日本語に直しにくいものも多く、そんな時は英語の先生、ミス・バッシーと、〝リッチー〟との出会いとなったクラスのミス・マクダナが助けてくれた。しかし、二人とも日本語ができる訳ではないから、結局、最後に頼るものは自分だけだった。

アニータも暇《ひま》さえあれば、何か自分にできることはないかと言ってくれたが、彼女にもあまり頼めることはなく、単語があやふやなときだけ辞書をひいてもらうことにした。

僕の電話帳三冊分ほどもあるぶ厚い辞書を抱《かか》えて、アニータは大喜びだった。

翻訳で一番困ったのがコンマやセミコロン、そしてthat、which、when、whoなどを使って延々とつづく長い文章である。十行も続くと、日本語にするのはまるでパズルのようなもので、どこで切るかつなげるかの決断にせまられることはしょっちゅうだった。それに、直訳なら簡単だが、それをニュアンスの合った普通の日本語にしていくのにも苦労した。

頭をかきむしりながらの悪戦苦闘だったけれど、そのかわりメリットもずいぶんあって、何といっても一番は漢字だった。松本清張の大ファンである僕は、新刊が出るたびに送ってもらっていたから読むことは困らない。しかしアメリカに三年もいると、漢字を書く機会が少ないのでだんだん心細くなってきていたのだが、翻訳のお蔭で高校生のレベルほどには戻れたようだ。とはいえ、四百ページ近くもあるこの本、なにしろ長い。

これが終わったら大パーティだぞ、ただそれだけを思って仕事にはげむ僕だった。

グッド・タイミング

四月にはいると、郵便受けを開ける僕の胸は、いつもドキドキしていた。そろそろ大学から通知が来るころなのである。薄い封筒なら不合格、厚い封筒なら合格ということを友達から聞いていたから、厚い封筒を見るたびにBCの名前を期待した。

そして四月十一日、来た！　ぶ厚い封筒が。

ちゃんとBoston Collegeと書いてある。念のため封筒を開け、様々な書類の中から手紙を探しだした。手紙の最初の二行だけでも僕にバンザイをさせるに十分なものだった。

“Dear Mr. Mark Yamazaki, Congratulations……”

やったぁ！　やったぁ！　アメリカに来たときから夢に見たこの日、それもBCに入ったんだ！　僕はBCの学生ですと胸を張って言えるんだ。

頭の中は希望と嬉《うれ》しさでいっぱいになった。日本はまだ明け方だということも忘れて、いきなり電話してしまったほどである。午前三時の電話に、なにごとかと驚いた両親だったが、やはり高校入学の時とはまたちがった喜びようで〝大感激〟の三文字だけが現わせる弾《はず》んだ響きが伝わってきた。

それから本庄先生御夫妻、ジムさん、ローチ神父、グリーンフィールドのモーガン先生御夫妻、テキサスのパッシンダ夫妻（ミスター・パッシンダはＢＣの法学部卒だった）といった具合に、知り合いという知り合いに電話して吉報《きっぽう》を知らせた。

一通り電話をかけて僕はやっと落ち着いたが、その時になって今晩友達との約束があることを思いだした。チャンホーとこの間の女の子、そして日本にいた時の友達で今ＢＣにいるクリスが、最近ＢＣのキャンパス内にできた高級レストラン〝ゴールデン・ランタン〟での夕食に誘ってくれていたのだ。なんたるグッド・タイミング！

時間を待って〝ゴールデン・ランタン〟にかけつけた僕を待っていたのは、三人の友達とBoston Collegeという文字のはいったＴシャツだった。スクール・カラーのマルーン（日本語でいうと栗色となるが、赤と紫の中間の色）のＴシャツを、無造作《むぞうさ》に、

「はい、プレゼント」

なんて言って僕にくれた三人だったが、ＢＣ合格を話すと、

「そりゃぁ、いいタイミングだったね。おめでとう！」

とおおはしゃぎで、さっそくシャンペンをたのんで乾杯《かんぱい》してくれたのだった。

夕食のあと足どり（？）も軽く、本当はシャンペンの飲み過ぎでちょっと軽くなり過ぎていたのだが、あたりを見回しては、

「ヘイ！　ＢＣ！　来るよ、ここに。九月から」

と何しろ嬉しい僕だった。

ウェストン・ハイのクラス・メートのところにも、ぞくぞく合格通知は届き、仲の良かった友達の中では、ディビッドが憧《あこが》れのマス・マリタイム（商船大）、ケニーがマサチューセッツ大アムハースト校、ギャレンはノース・イースタン大、マイクはBU、バリーはハーバード、クリスはMITとみんな決まり、そのための大パーティが催《もよお》されたことは言うまでもないが、それは誰もが心の底から酔える素晴らしい夜だった。

マグ、チャック、ギャリー

それからもBCには何度も足を運んだ。ブック・ストアへ寄ってみたり、寮の部屋へ遊びにいったりもした。クリスはBCのジャス・バンドでアルト・サックスを吹いているので、フェスティバルの時、彼が屋外演奏するのも聞きにいった。BCのバンドの演奏をかっこいいなぁと思って見ていたが、それから少しして、僕らのバンドがウェストン・ハイのスプリング・フェスティバルで屋外演奏することになろうとは、想像もしていなかった。

フェスティバルの責任者がケニーだったことも幸いして、もうひとつのバンドと校舎の前で演奏することになったのだ。そのころまでにバンドのメンバーも何回か交代があり、ギターには日本人の大学生のマグ（まさつぐ）君と弟でバークレー音大に行っていたチャック（ちはる）君、ドラムには去年ウェストンを卒業してノース・イースタンでエンジニアリングをやっている恐怖のレッド・ツェッペリン男ギャリー（ツェッペリンの曲ならすべて完全にコピーしているという奴《やつ》）、ヴォーカルにはBUのジョンとギャレン、そして僕がベースとなっていた。

当日、十数曲のレパートリーを持ち、張りきって会場にいったが、いざセットを見るとPAがない。

「えー。外でやるのにPAないの？」

と文句を言ってももう遅いわけで、その上演奏し始めたら、風のおかげで隣《となり》の奴の音しか聞こえない。ええい、こうなったらカンだけだ。

やっとステージが終わってホッとした僕らに、皆が、

「よかった。よかった」

と言ってくれたが、僕たちとしてはサイテイの出来。

「この次はがんばろうね」

だけをメンバーは口々に言いあった。

しかし、ハイスクールの思い出としてはなかなかのもので、あと一ヵ月となった高校生活を、一応は飾《かざ》るものとなった。

その少年の名は……

そして、いよいよ卒業式。父も母も日本から駆け付けてくれた。

卒業式の前日、クラス・デイといって、生徒に賞を贈る日がある。この日と卒業式の入場は、カップルで歩かなければならない。僕は前から申し込まれていたフィービーとならんだ。オーケストラに合わせて歩くので、何度も練習させられたが、僕がリズムにあわせて車椅子をチャッカ、チャッカと左右にゆすって進んだら皆が笑いだし、やりなおしになってしまった。

クラス・デイの表彰のとき、フィービーが推薦《すいせん》留学生として、一年間のフランス留学に選ばれたことも発表された。語学の好きな彼女にとってはなにより嬉《うれ》しいことだろうと、大喜びの彼女をみて僕も自分のことのように嬉しかった。

クラス・デイは、男は背広、女はドレスなら何でもいいが、卒業式にはウェストン・ハイの伝統どおり、男は白のタキシードに黒のズボン（貸し衣装）と決まっていた。タキシードを着るのは初めてである。蝶《ちょう》ネクタイにカマーバンド、エナメルの靴、なんとなく肩がこりそうである。

ケープ・コッドから本庄先生御夫妻もかけつけてくださって、式には四人に加えてアニータも出席してくれることになった。

母の服装については当日の朝までもめてしまった。校長先生はじめ先生に、

「マークのお母さんは、ぜひ着物で」

と言われたことを伝えたので、母は着物を持ってきたのだが、僕は大反対だった。こんな日本人のいない土地で着物なんか着たら、パンダみたいに見世物になっちゃうと思ったからだ。

これが賞でも貰《もら》うというなら特別な格好をするのもいいけれど、単なる一学生の卒業なのだからと、拒《こば》みつづけたのだが、本庄夫人の、

「おそらく最初で最後の日本人の学生だと思うの。先生方が望まれるのなら着物で出席するのが、あなたを受け入れてよくしてくださった高校に対する礼儀じゃないかしら」

という一言で、ついに母は着物を着ることになってしまった。

着物には暑すぎるほどの五月晴れ（実際は六月だけれどニューイングランドでは、この季節が最も美しく、日本人の感覚としてはまさに五月晴れといった感じなのだ）、僕の運転するバンで会場のウェストン・センターへ向かう。

ウェストンの町の中央にある大きな野外劇場。一面芝生の広場には盛装した卒業生の家族や町の人人が集まっていて華《はな》やかだった。

舞台の両側に作られたスロープが目にはいった。（ミスター・ガーランド、ほんとうに約束を守ってくれたんだな）僕は、そう思いながら両親たちと別れて、緑の中に真っ白なクラス・メートの集団に加わった。

男子生徒は女生徒の抱《かか》えた赤い花束から一輪もらい、胸につけた。オーケストラの演奏する卒業式の定番の行進曲〝勇者の行進〟が始まると、僕らはカップルごとに腕を組んで（僕は腕を組むと前に進まなくなってしまうから並んで）、長い列になって客席の間を生徒の席に向かって進む。そして着席。

生徒会長のスピーチ、ミスター・ガーランドの祝辞、つづいてウェストンの教育長ミスター・シーバスから、ウェストン・ハイが今年アメリカで一番の優秀公立校に選ばれたという発表があり、歓声があがった。式は順調に進み最優秀賞の授与に移った。

日本のように最初に名前を読みあげるのではなく、

「ある少女は……」「ある少年は……」

という言葉ではじまり、成績や様々な活動についてのコメントのあとに、

「その少女の名前は……」

といって発表するのだから、何ともドラマティックで、会場はいっそう盛り上がっていく。

ミスター・ガーランドが、

「成績優秀にして音楽家、水泳、マラソン選手として勇気にあふれ、未来を信じた学生生活を送った彼は……」

と、三人目の表彰文を読みはじめた。

(いい卒業式だなぁ)なんとなくフィービーと顔を見あわせ笑いあった時、

「通常なら人生を完全に破壊されるほどの事故にあいながら、困難なチャレンジにうち勝ち、終始非常に優秀な学生であった彼は、四年生のリーダーとして……」

と続けるミスター・ガーランドの言葉に、(きっと傷だらけの奴《やつ》なんだろうな)なんて思ったとたん、ひときわ高く僕の耳に飛び込んできたのは、

ウェストン・ハイの卒業式。校長より賞状の授与

「その少年の名は、マーク・ヤマザキ！」

（えっ、オ、オレ！　な、なんかもらうの？）

何が何だかわからないまま、ともかく舞台の上でニコニコ笑っているミスター・ガーランドのところまで、スロープを登っていった。大きな拍手と歓声と口笛の中で、ミスター・ガーランドは革表紙《かわ》の表彰状を僕に手渡したが、

「いや、持っていると下に降りられんな」

と、それを車椅子の背中のバッグにいれてくれた。

嬉しさと、あまりの晴れがましさにドギマギしている僕の手を、ミスター・ガーランドは力強く握りしめた。はじめてウェストン・ハイに病院から面接に来た時にしたのより、一段と力強く温かい握手だった。また拍手が起こり、ニッコリ笑ったミスター・ガーランドに、僕もニコッと笑ってスロープをすべり降り自分の席にもどった。

フィービーが大喜びでキスしてくれたが、いくらなんでもこんな突然の賞の授与なんてびっくりさせるにもほどがある。父などはふいに名前を呼ばれたのに驚いて、あわてて八ミリをまわしたのはいいけれど、涙でピントは合わないし向きは狂うしで、あとから画面を見ると、日ごろは冷静な父のあわてぶりと喜びが、まざまざとわかるのだった。

僕の名前が呼ばれたとたんアニータが「ワーッ」と大声で泣きだし、母もボロボロ涙をこぼしているのを見て、本庄夫人が、

「泣いてる場合じゃない！」

と叫んで母の膝《ひざ》の上のカメラをとり、ステージのそばまで飛んでいってシャッターを押してくださったのだそうで、あとでこの時の様子を話し合っては、みんなで涙ぐんだり笑ったりしたものだった。

五人の表彰が終わると、

「マークにはもう一度板を登ってもらわなければならぬが……」

というミスター・ガーランドの言葉に笑いが起こり、卒業証書の授与がはじまった。

一人ずつ上がっていくので、その時の拍手でその生徒の人気がわかるという。ケニーのように前もって友達に拍手を要請しておけばよかったなぁと、スロープをのぼる段になって思ったが、さっきの賞のせいかものすごい拍手で、ピーッピーッと口笛を吹く奴や、

「マーク！」

と声をかける奴までいて、恥ずかしくなってしまった。

卒業証書をもらい、再びミスター・ガーランドと握手すると、

「やった！　卒業したぞ！」

という感慨がこみあげてきた。終わった、という気持ちのためだろうか、あまりに勢いよくスロープをすべり降りてしまい、あやうく来賓《らいひん》席に突っ込むところだった。市長夫人たちがあわてて飛びのいたりして、ちょっと笑いをさそってしまった。

生徒会長の合図でドッと歓声が湧《わ》きおこり、それまで行儀《ぎょうぎ》よく座っていた生徒たちはいっせいに飛びあがって、式はすべて終了した。

両親や本庄先生御夫妻、アニータの嬉しそうな顔。みんなと握手するうち、ますます喜びが広がっていくようだった。僕は表彰状をのぞくアニータにいった。

「この賞状、ここから半分は君のお蔭だよ。遅くまで勉強していて起きられなかった時、いつも起してくれたんだから」

アニータはまた手ばなしで泣き、僕の首にかじりついた。見知らぬ人までがオメデトウの握手を求めてきて、僕はもみくしゃになった。

本庄先生は、

「あれはあなたの息子か？　と聞かれるたびに、いや、両親はあちらで……といっていたけれど、しまいに面倒になったから父親になっておいたよ」

と汗を拭《ふ》き拭き笑っておられた。でも本当に今日までどれだけ僕をはげまし続けてくださったかわからないのだから、アメリカの両親であることは事実なのだ。

先生方に挨拶《あいさつ》をすませ、丘を登って止めておいたバンのところまで来ると、僕の車の前の樹にもたれて、ワイシャツの胸をはだけ腕まくりした男が、ハダシの足をなげ出してだらしなくのびていた。

「ディビッドじゃないか！　何してるんだお前、こんなところで。タキシードどうしたんだよ」

「ダメだよ、オレ。ああいうきゅーくつな格好はどうも似合わんよ。式が終わったとたんタキシード、蝶《ちょう》タイ、カマーバンドみんな脱ぎすてた。さぁて、車の中のジーンズにはきかえるか。ところでマーク。卒業アルバムのサイン・パーティ行くの？」
「そりゃあ行くけれど。あっそうそう、この方が、お前の夏のアルバイトを頼んでおいた海洋研究所の本庄先生」

「え〜っ。そ、それは失礼」

「バカ、今ごろ直立不動の姿勢とったって、もう遅いよ」

しかし、本庄先生も両親も、こんなディビッドをとても気にいってくれた。いい奴なんだけれど粗《そ》野《や》なところがあって、時々僕に心配かけるディビッドなのである。

家に帰ると、御馳走《ごちそう》の前にもうひとつの儀式《ぎしき》がのこっていた。この間買ってきたBCのステッカーを僕のバンに貼《は》ることだった。これはリア・ウインドウの内側から貼る透明なステッカーで、どこの大学も自校のものを売っており、愛校心の現われとしてみんな貼っているのである。

曲がらないようにやっと貼り終わると、その前で記念撮影をして、メデタクすべての行事は終了。今度は、本庄夫人が持ってきてくださった産地直送のシーフード（特にひと抱《かか》えもある25年ものの巨大なロブスターは圧巻《あっかん》だった）と、母の作った日本食が僕を待っていた。

御馳走も最高で、これ以上なにを言うことがあろうか。そう、ほんとうに、もうなにもかも満足といった感じ。とにかく最高の一日だった。

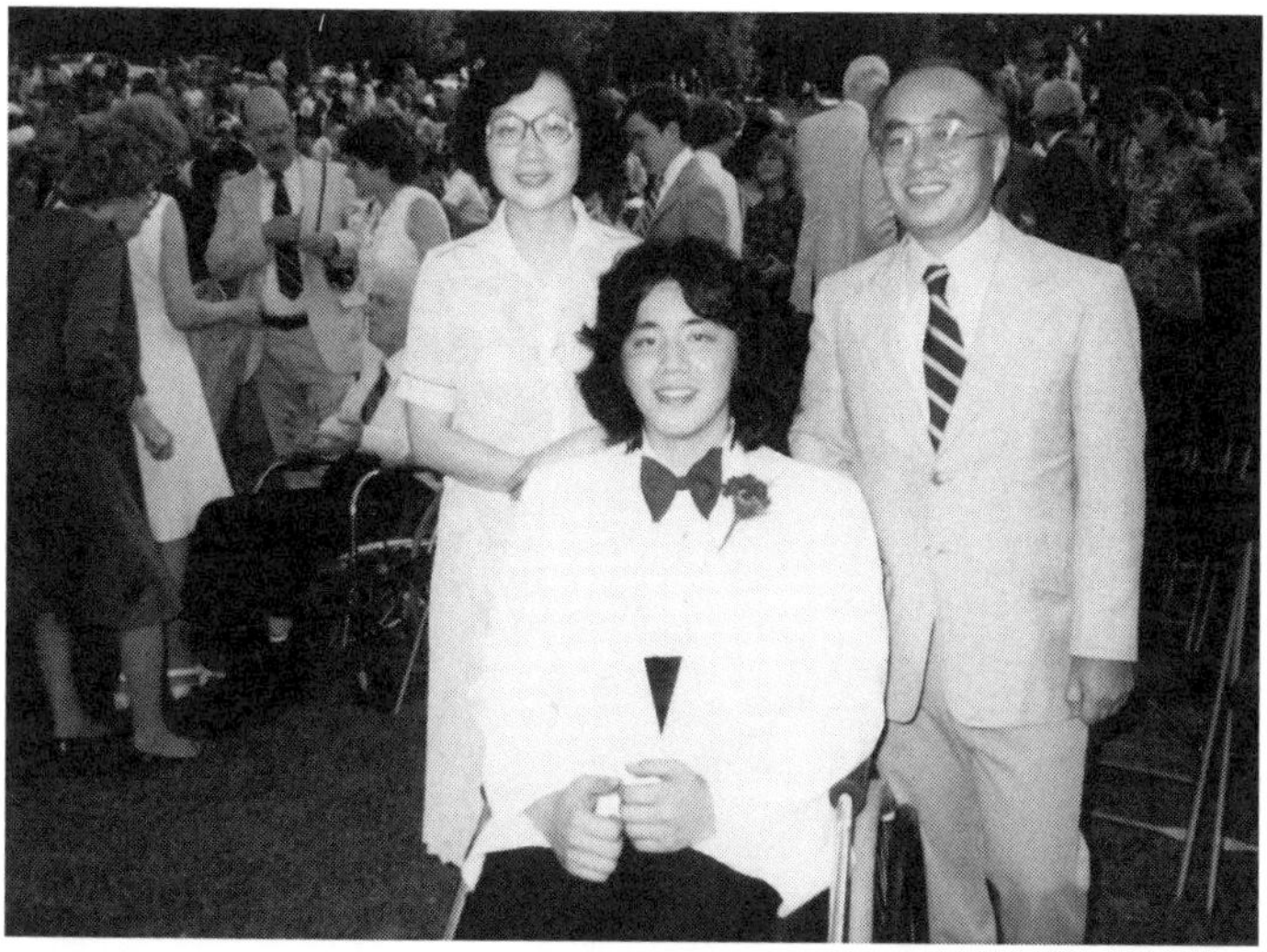

ウェストン・ハイ卒業式。本庄夫妻と

アニータとチャチャ

チャチャ

高校卒業直後の夏。本当なら一番リラックスしたものになるんだろうが、僕はとにかく〝リッチー〟の翻訳に明け暮れた。

アニータの両親がベネズエラから訪ねてきた時、独立記念日にサンタナのコンサートをケープ・コッドまで聞きに行った時以外は、寝ても覚めても翻訳、翻訳だった。

たった一つの特別な出来事といえば、フィービーを通して友達から子猫を貰《もら》ったことだった。この子猫、チャチャと名付けられ、まもなく家じゅうを我がもの顔で走り回るようになった。チャチャは何しろ僕といっしょにいるのが好きで、すぐに僕のひざに乗って寝るのが可愛いかった。僕が夜おそくまで翻訳をしていると、机の上に飛び乗り原稿の上に寝ようとするので、何度もどかすと、消しゴムを枕にしたり、飲みかけのコーラの缶《かん》によっかかったりして眠ってしまう。時には原稿の端《はし》をペチャペチャ噛《か》まれてしまったこともあるが、チャチャが一晩じゅう付き合ってくれたお蔭で、少しも徹夜が苦にならなかった。

しかし、今までに何匹も犬を飼ったことはあっても猫は初めてなので、育て方がさっぱりわからない。結局、犬も猫も同じようなもんだろうと、犬みたいな扱《あつか》いをしていたのだが、ある晩チャチャが「ワン！」と吠《ほ》えるのを聞いた。

ところが誰も信じてくれない。

「翻訳しすぎの空耳だ」

と言って相手にしてくれないのだ。僕はイソップの狼少年《おおかみ》なんかじゃないんだぞ。少しは信じてくれてもいいのに……やっぱり無理か。

そして八月も半《なか》ばを過ぎたころ、ようやくあと数ページで終わるところまでこぎつけた。今日あたりで終わるらしいぞという噂《うわさ》は広まり、あと一ページとなると、もう友達が家に集まりはじめた。最後の一行が終わって僕が『。』を書いた瞬間、みんなの、

「カンパイ！」

が後ろから聞こえた。

ビールを飲みながら、ひとつのことを成しとげたという感激を、高校卒業のときから三カ月ぶりに味わうことが出来た。ボロボロになった翻訳ノートを見ながら飲むビールの味も、また格別だった。

〝リッチー〟の翻訳をシニア・プロジェクトとしてウェストンでやったとはいえ、翻訳そのものは別に高校と関係はなかったのだが、翻訳が終了したら、これでやっと本当に高校生活にサヨナラを言うことができたような気がした。

八月の末には、BCのSOM（スクール・オブ・マネージメント）のカウンセラーであるドクター・ティラーとの面接があり、一年の一学期には、英語とマネージメントのための数学というコース、それに物理、西洋史に哲学などの必修課目をとることを決め、九月半ばにスタートする大学生活の準

備はすべて完了、あとはその日を待つだけとなった。

ところで、八月には大学編入の発表もあり、アニータもメデタクＢＣの二年生に入れることになった。これまでますます仲よくなった兄妹、といっても兄と妹の学年がさかさまだが細《こま》かいことは気にしないとして、アニータにとっても待ち遠しい九月となったのだ。

第三章　ボストン・カレッジ

二人のトムとマリエッタ

BCから送られてきた手紙によると、八月の末から新入生のためのいろいろな催《もよお》しが用意されているということだった。

九月早々の〝新入生のためのオリエンテーション〟にさきがけて、二日間にわたる〝外国人新入生のためのオリエンテーション〟があるが、アメリカの高校を出た僕はアメリカ人同様に見なされるので、その方はもし暇《ひま》だったら顔を出せばいいと書いてあった。

その他にもコミューター（寮に住まない通学生）のためのパーティやディナー、フレッシュマンのためのパーティなどなど、どれも楽しそうなので、最初は全部に顔を出そうと思ったけれど、あまりに毎日連続なので、ふたつのオリエンテーションといくつかのパーティを選んで行くことにした。オリエンテーションのほうは、どちらも八月中にそれぞれのピア・アシスタント（新入生につく四年生の世話役）が親切な手紙を送ってくれたので、感謝の意味でも両方に出席することにしたのだった。

そして、この時の〝外国人新入生のためのオリエンテーション〟で、僕は多くの素晴らしい友達と出会うことになったのである。

アメリカ人でそのオリエンテーションを主催したキャシー、外国人生徒会会長でドミニカ共和国から来たコンスエロ、ベネズエラ人のアリエル、香港《ほんこん》のミシェール、イラン人のリリー、韓国人のクンミー、たいへん立派な〝歓迎の言葉〟を僕たちに贈ってくれたウガンダのデール、そして忘れてはいけないのは後に僕のアシスタントとなったアメリカ人のデーブ等、そのほとんどがそれからもすごく良い友達として、僕の大学生活を楽しいものとしてくれたのだった。

結局、次の〝新入生のためのオリエンテーション〟はごく型通りのもので、学長と生徒会長の挨拶《あいさつ》を講堂で聞いた時以外は、小さなグループに分かれて行われたが、その時の生徒たちはその後バラバラに散ってしまうと、それきり会わなくなったり忘れたりで、外国人の方に出ておいて本当に良かったと思った。

しかしこのオリエンテーションでも、最後の晩に催されたコミュターのためのディナーで僕は二人のいい友達を見つけることができた。

トム・シャノンとトム・ゲデミンスキーの二人のトムがそれで、苗字《みょうじ》ではなく名前で呼び合うアメリカだから大変まぎらわしかったが、後にトムという名の友達が九人もできてしまったことがあり、これはその前兆《ぜんちょう》だったかもしれない。

ディナーの会場となっていたライオンズ・ホールの前で会った僕たちは、テーブルも一緒にして、ディナーをすませた。

「そうだ。アッパー・キャンパス（BCはアッパー、ミドル、ロウアーに分けられたチェスナット・

ヒル・キャンパスと、二キロほど離れたところにあるニュートン・キャンパスからなっている）のオコーナー・ホールのパーティに行こうぜ」

というということになって、二人のトムと会場に向かったが、途中で二人の女の子に出会った。その子たちも誘い、今度は五人で歩きはじめた。少し行くと問題がおこった。

アッパー・キャンパスというだけあってオコーナー・ホールは丘の上にあり、そこに行くにはかなりの回り道をしないかぎり階段を登らなければならないのだ。

小さい方のトム（シャノン）が言った。

「みんなで押せば簡単さ！」

「よし、行こう！」

二人のトムと女の子のひとり、マリエッタというとても活発そうな子が声をあわせて同意し、芝生の土手をものすごい勢いで車椅子を押しあげはじめた。その間三十秒ほど。アッという間に僕は丘の上にいた。なんて頼もしい友達だ。そして僕は、オコーナー・ホールで楽しい時を過ごすことができたのだった。

二人の女の子、マリエッタとナターシャはどちらもすごくインターナショナルだった。ナターシャはオランダ人だがドイツに住み、オランダ語、ドイツ語、フランス語、英語がペラペラ。マリエッタの方はもっと面白い。僕は驚いていろいろ質問した。

「へェー。イタリア人かと思ってたらギリシァ人なの？」

マリエッタと

クンミーと

「そう、今はギリシァに住んでいるの。国籍もギリシァよ。でもイタリアの血も四分の一流れているけど」

「お父さんがイタリア人なんだね」

「ううん。お母さんがイタリアとギリシァのハーフ、それから父方のおじいさまがフランス人だったの」

「じゃぁ三カ国語とも話せるの？」

「まあ、一応ね」

「へー、じゃ家では何語で話してるの？」

「誰と？」

「誰とって……たとえば夕食のテーブルでは？」

「誰と？」

「えー、それじゃ皆と違う言葉で話するの？」

「そう、お母さんとはギリシア語かイタリア語。お父さんとはフランス語。それからイギリスの大学にいっているアニキとは英語が多いわね」

ひえー、お見それいたしやした。しかし、このところ会う友達、みんな母国語の他に二、三カ国語をペラペラ話す。オリエンテーションで知り合った韓国人のクンミーもアメリカ人のキャシーもフランス語が得意だった。もうこれからは、英語を知ってりゃいいという時代じゃないんだ。ぼくもスペイン語にもうちょっと磨《みが》きをかけなきゃ。

マリエッタとナターシャとのおしゃべりは、とても楽しかったが、突然ナターシャが言った。

「もう、オランダ人のこと食べないでね」

「えっ？」

一瞬とまどったが、そういえば日本人留学生がパリでオランダ人の女性を殺して食べたっていう事件の記事が、日本から送られてくる新聞にでてたっけ。しようがない。開きなおるか。

「いやあ、その節はどーも。それからマリエッタ。ギリシアの日本人には、もう走っている車に石をぶつけないように言っといたからね」

「えっ、なーに？　それ」

わー。なんだ、なんだ。やぶへびになっちゃったか。僕は結局、日本人がギリシアで車に石をぶつけ、怒って降りてきた人を殺したとかいう新聞の記事を説明するはめになった。

なんでそんなオカシな連中のことを僕が謝《あやま》って、ジュースまでおごらなきゃなんないのか分かんないが、なんせ新入生で日本人は僕一人なんだもの。しようがない。代表みたいなもんだからな。なんでもしますよ、日本のためなら。一応これでも日本男子だからね。

そのあと、もうひとつの新入生歓迎パーティに出た僕たち、いい友達も出来たし社交的にはまずまずのスタート。あとは授業開始を待つばかり。高校にいたころ、先生たちに、

「大学に行ったら、こんなもんじゃない。もっともっと厳《きび》しいぞ」

とよくおどかされていたが、それでもはやく大学生活を始めたくてはやる気持ちをおさえるのが大変だった。

ドヘルティ教授

日本の大学で一般教養と呼ばれるのがアメリカのユニバーシティ・コアで、大学によって違うがBCの場合は数学、英語、西洋史、哲学、科学、宗教がそれで、二期ずつ一年間とることが必修とされていた。

僕はまず宗教以外の五つをとった。たとえば西洋史といっても数十通りの違ったコースがあり、自分で教授とコース、そしてその面接時間を選べるので、始業から一週間は大変な騒ぎだった。

もう一杯になってしまった人気のある教授の授業に、何とか入りこもうとする生徒でデパートメント（学部室）の前には長い列の出来ているところもあった。教え方がうまかったり授業の面白い教授は勿論のこと、なによりも自分に合った教え方をする教授を選ぶことが重要なのだ。ということなど実は始めの一年はよくわかっていなかったのだが、それにしては僕の選択はなかなかのものだった。

高校の先生方の言われたことは本当で、何しろ本を読まされることが多い。一度に英語のためのDH・ローレンス、西洋史の教科書、哲学のためのソクラテスを五十ページずつなんていうのは軽い方で、ただ読むだけならいい。しかし、何と言ってもクラス内での発言が大事な大学。内容を理解しただけでは駄目《だめ》で、それを使って発言しなければ成績は上がらない。別に僕は点取り虫ではないが、六十点以下では単位を落とすことになるし、コースの平均点が八十点以下でも呼出しがかかることがあるのだ。ハイスクールの時よりもっと真剣勝負。さすが大学だと思わざるをえなかった。

日本人の得意な数学はともかくとして、最初心配していた英語や哲学がなかなかうまくいったのは、それらのコースを僕が好きだったからに違いない。

授業が始まってまもなくのころ、外国人生徒のために用意された特別な英語のコースがあったと聞いて、

（あーぁ、そんなコースをとっておけば簡単だったろうな）

とちょっと後悔した僕だったが、教授のミスター・ドヘルティの教え方のうまさと面白さのお蔭で、クラスに行くのが楽しくてたまらなくなった。

答えがわかっていても、クラスでの発言をちょっと渋《しぶ》ってしまうのは外国人によくあること。だが、教授たちがよく言われるように、〝馬鹿な質問〟とか〝まちがった発言〟なんていうのはないのだ。笑われやしないかなどと気にしていたらはじまらない。その点アメリカの学生は、どんなことでも納得いくまで質問し発言する。まるで教授と自分の一対一のクラスとでも思っているかのように、ちょっとでも分らなかったり聞きのがしたりしようものならすぐに質問する。そして教授たちも、どんなことであろうと、優しく丁寧《ていねい》に答えてくれるのである。

授業が終わればさっさとクラスから出ていくのはアメリカ人、あとからのこのこと教授のところへ

いって質問するのは外国人にきまっていた。

どんな発言、質問であれ、クラスで声を出していると、なぜか他の生徒たちが話しかけてくるようになる。僕なんかどちらかといえばそのために発言をはじめたのだが、それが結果的には一石二鳥になっていったのだった。

デーブ・エリクソン

ピア・アシスタントだったデーブ・エリクソンは、学生I・Dやハンディキャップ用パーキング・ステッカー、学費支払い証明書などをもらいに行くオフィスがBCでも珍しい階段しかない建物だと知ると、僕のことを車椅子ごと運び上げ、そのうえ学校に文句《もんく》を言ってくれたりした。

「僕の弟もちょっと足にハンディがあるから、こういうことは特に頭にくるのさ」

立派な髭《ひげ》をたくわえたデーブは、兄貴タイプの頼れる上級生。自分は大学院に行く準備で忙《いそが》しいさなかだったにもかかわらず、よく僕の面倒《めんどう》をみてくれた。

それがピア・アシスタントの仕事だといってしまえばそれまでだが、彼の寮の部屋に呼んでもらったことも何回かあり、仕事の上だけではないデーブの親切が身にしみて感じられたものだった。

「夕食においでよ」

はじめてデーブの部屋に招かれたのは、授業が始まって初のウィークエンドだった。

彼のいる寮エドモンズ・ホールに行くのは初めてだったが、部屋に入ってみてびっくり、なんてきれいな、そして大きな部屋なんだ！　高校の寮しか知らない僕にとってはただ驚きで、思わず日本の大学生の友達の住む四畳半のアパートと比べてしまった。

デーブの案内で、まずは寮の中を拝見。ドアの左手に小さなユニット・キッチン、真ん中に食堂、右にバス、トイレ、シャワー、二つのドアはここの住人四人の部屋、最後にキッチンの奥にあるリビングに通された。

食事当番の一人をぬかしての二人が、そこでテレビのニュースを見ていたが、僕を見ると、

「話には聞いていたよ」

とニコニコ話しかけてきた。

「すごくいい寮だなあ」

と、この九階建ての寮を褒《ほ》めると、

「まぁね。この間どっかの雑誌にアメリカで一、二位のいい寮として選ばれたくらいだからね」

と一人が自慢そうに笑った。

この時間帯、ほとんどの学生がニュースを見るのを知っていたから、僕は言った。

「ごめんね、邪魔して。気にしないでニュース見てよ。僕も仲間に入れてもらうから」

アメリカでは午後六時から七時までは三大ネットワークのどれもがローカル・ニュース、そして七時から三十分間は国際ニュースと、日本に比べるとこの時間のニュースがとても多い。日本ではニュ

ースのワイド番組はまだ始まっておらず、この時間帯のニュースもごく僅か、時間も短かった。大半のアメリカ人がこれを見るので、前後の番組に視聴者を引きつけるためにどの局も力を入れるから、かなりハイレベルで面白いニュース番組になっているのだ。

ニュースが終わって、イタリア系のデーブのルーム・メートが〝おふくろの味〟といって出してくれたラザーニアなど食べはじめたら、デーブをはじめみんな政治学部だというこの四人、日本人に会えたのをいい機会とばかりに、僕を質問攻めにするのだ。

「捕鯨《ほげい》についてどう思う？」

「日本の防衛はあれでいいと思うか？」

「日本の政府の構成と選挙のシステムについて教えてくれ」

「アメリカの日本車問題についてどう考えるか？」

僕は外人記者に囲まれた総理大臣のような気持ちになったが、生半可《なまはんか》な答えでは納得しないアメリカ人。

「それで君がそう思う根拠は？」

「それは数字の上でも証明されているのか？」

など根ほり葉ほり聞かれ、とうとう僕はギブ・アップ。

「僕がBC出るころまた会おう。そしたらもっとよく教えてあげられると思う」

とかなんとか話題を変えるのに必死だった。

話題を変えてもピンチは続く。世間話をしていても、急に誰かがジョークを言う。するとすぐ誰かが受けてちがうジョークを飛ばす。ジョークの応酬《おうしゅう》になる。と、ここで僕も何か言わなきゃ男がすたる。頭の中でジョーク、ジョークと考えた末、僕は言った。

「ヘレン・ケラーのお母さんが娘におしおきする時、何するか知っている？……　家じゅうの家具の配置替えをするのさ」

「ひえー、これはひどい。ブラック・ユーモアだなぁ」

みんな笑ってくれたけれど、このジョークというやつ、日本の駄《だ》じゃれとも違うし、ワイ談とも違う。ともすれば下品な話題になるか、どぎつい冗談になってしまう日本人の笑い、それはまたそれで面白いけれど、本当の意味でのジョークとは言えないのだ。だから日本人にはウイットのある人が少ないといわれてしまうのかなあ。

話はもどってデーブの寮。楽しいジョークは続いていたが、時々、人種の違いや特徴を知っていないと通じないものもある。そんな時、僕は、

「えっ何？　今のわかんなかった。どういう意味？」

といちいち聞いて教えて貰《もら》った。〝聞くは一時の恥《はじ》〟である。

今でこそ何だってわからなければ、すぐにその場で聞くことができるが、アメリカに来たばかりのころは違った。こんなこと聞くと座が白けやしないか、おもしろくない奴だと思われやしないかと、つくり笑いで誤魔化《ごまか》したこともよくあった。

夜中に面白いテレビがあるからと友達にさそわれ、付き合って見ていたら皆大爆笑しているのに僕にはさっぱり意味がわからない。ただ眠くなっていくだけ。しかし、席を立つ奴なんかいないし睡魔《すいま》と戦いながら（最後にはつくり笑いもひきつって）番組が終わるのをひたすら待ったこともあった。

しかし、これでは進歩がないわけで、まもなく僕は〝聞くは一時だけの恥なんだ〟ということに気づき、積極的な行動にでることにしたのである。僕の場合、特にロブ・マギーやディビッド・パトレコのような良い友達がいたから、〝質問すること〟が容易になったのかもしれないが。

前に書いたクラスでの発言や質問の話とも合わせて、この諺《ことわざ》、僕のアメリカでのモットーのひとつになったのだった。

BCのレクチャー

BCがイエズス会系の大学であることは前にも話したが、そのため特に文系の課目には神父の教授も多い。西洋史の教授も、かなり年配の神父さんだった。このコースが、僕のとったコースの中で最も苦労するものになろうとは、新入生の僕には想像もつかなかったのだ。友達のとっている西洋史に比べると比較的リーディングが少ない。まだ読むスピードがアメリカ人の半分ほどだった僕にとって、その点が魅力だったのだが。

しばらくして、この先生、ほとんど黒板を使わないことが分ったのである。レクチャー（講義）、レクチャー……重要そうなポイントだけはなんとかつかめるものの、書くスピードに限界がある。どこまで詳《くわ》しく書いておかなければならないか分らないし、あせって早く書きすぎると後で読めなくなったりで、とにかく苦労の連続だった。

何とか友達にノートを貸してもらっても、そのノート、やっぱりみんな猛《もう》スピードで書いているから解読不可能の箇所が多い。

書くスピードの遅さに輪をかけたのが、僕の西洋にたいする知識の背景のなさ。殊《こと》にキリスト教がからんでくるともう終わりなのだが、先生は神父だし、（BCの生徒のほとんどがカトリックときているから）遠慮なくキリスト教に関する言葉が使われる。だいたいキリスト教の背景なくしては、西洋史なんて理解できっこないのだ。

最初はいちいち手をあげて質問していた僕も、ついにホントのお手あげ。しかたないからカタカナで書いておいて、まとめて聞くこともあった。

辛《つら》かったけれど、日本人なんだからなんて泣きごとを聞いてくれる人ではないし、僕もアメリカ人と同様の資格で入ってきたのだから、ただ頑張るのみだった。もちろん、車椅子だからなんて言い訳は通用しない。頭に障害はないのは分ってる、と言われてオシマイである。

そして試験。丸暗記でいいなら何とでもなるけれど、

『……時代に……と……のしたことを比較し、その違いを……的な立場で見たと仮定して、双方の長所と短所について論ぜよ』といったような問題が、三問だけのテスト。

覚えただけのことを苦労してありったけ書いたって半ページで終わってしまう。答えが短ければ、よほどうまくポイントをついていなければ、良い点がもらえないのは当然のこと。最後にはテープレコーダーまで持ちだして授業を録音、家でそれを何度も巻きもどしてはノートに移したりした。これは僕だけではなく他の外国人学生もやっていたが、そんな苦労もあまり実ったとは言えなかった。

次の学期も、今度こそはと同じコースの延長の〝西洋史II〟をとってみたものの、たいした進歩はなく、やはり分相応のクラスと先生を選ぶべきだと身をもって悟《さと》ったのだった。

西洋史とは反対に、どんどん成績も上がりクラスが楽しくなっていったのは哲学と英語。二学期になって書いた英語の小作文がクラスで絶賛《ぜっさん》されたときは、さすがに嬉《うれ》しくて皆に無理やり読ませてしまうほどだったが、ここでもそれを無理やり紹介させてもらおうと思う。

この時、僕らはJames Thurberという人の本（大人も楽しめる童話と寓話《ぐうわ》集）を勉強していたのだが、その最後の課題として彼のスタイルを真似《まね》て、ちょっとブラック・ユーモア的な創作童話を書いてくるというのが宿題になったのである。

ウェストン・ハイのころ、やはり童話を書くという宿題があったが、どうにもアイディアが浮かばず、（僕の母は一応童話作家なので）母の作品をそのまま翻訳してだしたら〝B〟しかもらえなかったこともあったので、（母はゼッタイ翻訳の責任だといっていたが）今度こそはと机にむかったものの、またもやアイディアは浮かんでこない。時間は刻々と過ぎてゆく。と、突然チャチャが机の上に飛び乗り僕の鉛筆にじゃれはじめた。

そうだ。ちょっとマンネリのパターンだけど猫とねずみの話でも書くか。

『あるところに、ネズミがいた……』いや、ちょっと待てよ。

『あるところに、うだつのあがらないネズミがいた。野良《のら》仕事にもうんざりした彼は、富と名誉に憧《あこが》れて都会にやってきた。

しかし、何をやっても駄目《だめ》な彼、最後の仕事もクビになり、この世に未練もなくなった。天井からロープを下げてみたものの、どうしても首を吊《つ》れないのがキリスト教徒の哀《かな》しさ。だが、駄目なネズミの彼だって、時々ひらめく知恵はある。

ダウンタウンの乾物《かんぶつ》屋、あそこへいって最後の晩餐《ばんさん》としゃれこめば、久し振りにたらふく御馳走《ごちそう》にありつける。その上、あそこにゃ番猫がいて、見つかりゃ食べてくれるだろう。そうすりゃこれは事故となり、キリスト教徒の俺だって、何とか地獄にゃ落ちないだろう。

そして、乾物屋の倉庫の中、ネズミは、生まれて初めての豪華《ごうか》な夕食を食べていた。そこへお待ちかねのネコ登場。ネズミは身を投げ出して目をつぶった。

ところが、

「なにしてんの？　あんた。わたし、ネズミなんか食べないわよ」

「えっ、何で？」

「見てわかんないの？　わたしはペルシャ猫。わたしたちの宗教では四つ足の動物は食べてはいけないの」

最後の望みも消えてしまい、ネズミはへなへなと倒れこんだ。しかし、このネコ、気は優しくて力持ち、ネズミを背中にポーンと乗せると、自分の部屋へ連れていき、身の上話を聞きだした。話を聞くうち優しいネコは、不幸なネズミに心ひかれた。

そして三日後。身分や人種（?）、宗教の差も愛の力にはかなわない、妻は改宗、ふたりは白い教会で結婚式をあげたのだった。

めでたいハネムーン。けれどその晩、ネコは未亡人になってしまった。

そう、キリスト教になった今、彼女に食べられないものは何もなかったのだ』

様々な宗教の人たちとの出会いが、僕にこんなストーリーを書かせたのだが、それまで英語のペーパーでは〝B＋〟以上とったことがなかった僕にとって、何とも嬉《うれ》しい〝A〟だった。

実をいうと、僕は夏から学校の学習以外にある勉強を始めていたのである。それは、ボキャブラリーを増やすことだった。知っている単語だけでペーパーを書いていたのでは、どうしてもボキャブラリーが少なすぎる。

以前、〝外国人のための英語〟というサマー・スクールをとった時、先生に「マークのペーパーが一番よくわかる」とほめられたのは、僕が辞書を使わなかったのが原因だった。他の生徒はみんな辞書とにらめっこで書いていて、特に日本人は和英と首っぴき、日本語からの直訳で、単語を探して文章をつくるのだが、先生に意味の通じないことが多かった。とにかく、ボキャブラリーを増やさないことにはどうしようもない。ましていまや大学生。生半可《なまはんか》なことでは通用しないのだ。

僕は、まず学校で分らなかった単語や、新聞・雑誌などで何度もお目にかかる奴だけを大学ノートに書きだした。この単語帳を毎晩寝る前に自分でテストすることを日課に加えたのだ。ただやみくもに単語を覚えようとしてもうまくいかず、僕にとってこの方法は大変効果的なものとなった。

いつもたいてい二千語ほどの単語で埋《う》まっているこのノート、見た人は皆びっくりする。でも単語なんて覚えれば使えるし、ボキャブラリーが増えれば増えるほど、知的な会話ができるようになるのだ。アメリカ人の友達から、

「おっ、マーク。このごろ英語、上達したね」

と言われるのは留学生の喜びのひとつ。毎晩コツコツやるのだって、そんな楽しみがあるからで、これが日本で試験のためだけだったらはたしてここまでやったかどうか。

コンスエロ、キャシー

新学期の始めに、いろいろなクラブが新入生を勧誘するのは日本もアメリカも同じこと。ミドル・キャンパスのダスト・ボウルと呼ばれる大きな中庭、その緑を二つに割る道の両側にはありとあらゆるクラブが、机を並べて勧誘に忙《いそが》しい。

僕はといえば、オリエンテーションの時にプレジデント（会長）のコンスエロやキャシーと話を決

めていたとおり、インターナショナル・スチューデント・アソシエーションに入ることにしていたのだが、トムに誘われてコミューター・コミッティ（寮生ではない通学生の委員会）のメンバーにもなった。この委員会はパーティなどを主催する他、車通学のコミュターたちのための駐車場、パーティのあと酒を飲んだために運転できなくなった生徒のために寮の部屋を貸すことなどを世話していた。七十五パーセントの寮生にくらべて友達と過ごす時間が少なくなりがちなコミュターたちにとって、この委員会の持っているマリー・ハウスというキャンパス横の小さな家は、そんなハンディを補《おぎな》うものとなっていた。

ダスト・ボウルの道を歩いていて（車椅子でも〝歩いて〟と書いていいのかな）気がついたのは、なにしろいろんな国ごとのコミッティやクラブが多いことだった。外国人生徒の割合は他の総合大学に比べてかなり少ないBCなのに、どうしてだろうと思ったのだが、やがてそれらのほとんどがナントカ系アメリカ人のものだということがわかった。

アイリッシュ、ヒスパニック、イタリアン、ジャーマン、ヨーロピアン、そしてアジアンなどなど。黒人生徒だけのためのクラブもある。自分のルーツを誇《ほこ》り、すごく大事にするアメリカ人にとっては、そういうクラブがあって当たり前だが、その反面アメリカに対する愛国心がやたら強い国民でもあるのだから、面白い国である。いや、彼らから見れば、みんな同じルーツ、同じ人種の日本の方が面白いかもしれない。

しかし、それはどうであれ、僕は留学生がこれらのクラブに入るのが、どうも気にいらなかった。

そりゃあ、そういったクラブに入っておなじ先祖を持つ同士、理解を深めるのもいいだろう。だが、特にヒスパニックとアジアンの両クラブのように、ただ単に自国語でしゃべりたいから入るという留学生が多いのは感心しない。これはどこの学校でも同じだが、そういった生徒たちはカフェテリアなどでもアメリカ人とはまじらず、隅の方にかたまっているから、三年も四年もいるくせにひどいアクセントがとれないなんてことになるのである。

僕は絶対そんな風にはなるまいと思っていたが、なろうと思ってもBCの学部生には日本人が三、四人しかいないのだから、その点この大学は僕にとってはとても安全だった。

聞くところによると〝安全じゃない学校〟というのもけっこうあるのだ。日本人が多いところでは日本人会なるものが存在し、いつでもどこでも一緒に行動し、日本語でしゃべりまくるため、英語は上達しないし友達も出来ない。したがって同学年のレベルについていけず、短大を出るのに五年もかかったり、大学に入って四、五年たってもまだ二年生なんていう学生もざらだという。

それもそうと知って選んだ学校ならまだいいが、かわいそうなのは日本で留学先を斡旋《あっせん》されて来た学生たち。自分は努力してアメリカ人の友達をふやしたいのに、いきなり会にいれられ、ミーティング（と言っても日本料理屋で酒を飲むことらしいが）に出ないと村八分にされてしまう、と嘆いていた女子学生もいた。ひどい話で、これだから留学生に対する評価が低くなってしまうのだ。苦労して一生懸命勉強している学生たちにとっては、本当に残念なことである。

僕が入ったインターナショナル・スチューデント・アソシエーション（ISA）の中にも、ヒスパニックやアジアンのクラブほどひどくはないにしろ、やはり国ごとの派閥《はばつ》があった。

コンスエロやキャシーたち首脳部は、なんとかそういう生徒たちとアメリカ人学生の交流を深めようとしていたが、これはけっこう難しい問題だった。僕らは、まずパーティを開いて〝その場〟を作っていくことから始めることにした。

ふたつのコミッティと五科目の勉強（他の大学は四科目のところが多い）と忙《いそが》しくなってきた毎日だったが、活気にあふれて、月日のたつのがすごく早く感じられるのだった。

リッチー・レイモス

ジムさんが電話してきた。退院後一年目と三年目には、一応精密検査を受けるために三日ほど入院することになっていたが、もう僕は病院に通う必要はなくなっていた。

しかし、ジムさんは時々電話をかけてきて、僕の健康状態をチェックしてくれる。

高校のころ、床ずれになって一週間くらい学校を休んだ時など、看護婦（夫？）のライセンスも持っている彼は、わざわざ家に来て様子をみてくれた。

「僕の仕事はアフターケアもあるんだから、何でも言ってくれ」

と言う彼。しかし、そんな関係よりも、一緒に夕食を食べにいったりする友達としての付き合いのほうが、多くなっていたこのごろだった。

僕がBCに入って、彼の後輩となったことを人一倍喜んでくれたジムさんは、「ところで今日電話したわけはね、うちの病院から今年もう一人BCに入ったことを教えたかったからなんだよ」

それは、頚椎損傷《けいついそんしょう》で僕と同じ病棟《びょうとう》に入院していた奴だそうで、名前はリッチー・レイモスだという。

僕は、もう次の日の放課後には、彼が住んでいるというワルッシュ・ホールを訪ねていた。ルーム・メートの話では食事中とか。そこで僕は食堂に行き、リッチーを見つけた。

彼は電動車椅子に乗り、ぎこちない手つきで（でも一人で）ランチを食べていたが、僕を見ると会釈《えしゃく》し、すぐにうちとけた。

「覚えてるかな。マークが退院一年後に検査で入院してたとき、僕にバンを見せてくれたの。影響されて僕も買ったよ。中古だけど」

とリッチーは話しだし、僕もそのことを思いだした。

「でもね、僕に残された手の機能じゃ、やっぱり免許はとれなかったよ。まぁそれも、もうちょっと進んだハンド・コントロール（手動運転装置）が出るまでだと我慢《がまん》してるけれどね」

ほとんど指の機能がないリッチーは、手にくくりつけられた特殊なスプーンでランチの最後の一口を食べると、僕を自分の部屋にさそった。

二台の車椅子が並んで急いでいるのを見て、通りすがりの学生が、

「おい、コンボイ！　はねるなよ」

とジョークをとばして笑いながら歩いていく。そこは主に一年生用の寮だったが、皆とても明るい。しかしそれもリッチーの明るさにはかなわなかった。

彼の態度は、怪我《けが》をしてから今日まで、

「あー、手が無事でよかった。もし手が動かなかったら……」

と、いつも思っていた僕を恥じ入らせるのだった。

リッチーはナンタケット島というケープ・コッド沖の、映画〝ジョーズ〟の舞台にもなった島の出身だが、高校の時サーフィンをしていて大きな波に巻かれ、頸《くび》の骨を折って車椅子になったのだと話してくれた。

それじゃあ海が嫌《きら》いになったのかな、という僕の予想に反して、彼の専攻は海洋生物学。

「海洋学に進むか、生物の方から医学の方に進むかはまだ決めていないけれどね」

実は彼、ハーバードにも受かっていたのだという。

「でも、あそこのキャンパスはデカイだろ。バスで行き来しなきゃならないし、校舎も車椅子に不便なところが多いんだ。まあ伝統的な古い学校だからしようがないかもしれないけれど。大学のある町自体がダウンタウンで、車椅子で動きにくいってことが致命《ちめい》的だったね」

聞けば、事故の前、勉強でもスポーツでも活躍していたというリッチー。スポーツのできなくなった今では、なおいっそう成績がよくなったというのもわかるような気がした。

「BCはいいね。僕らみたいに車椅子に乗ってる者にとっても」

僕は言った。

「見た？　キャンパスで今やってる工事。あの工事が邪魔《じゃま》で学校に行きにくいって、カウンセラーに言ったら、実はあれ、いたるところに車椅子用のスロープやリフトを増やそうとしてるんだってさ。僕たち二人のためにだよ」

リッチーは僕の言葉にうなずいて言った。

「それに僕のルーム・メートたち、これまた最高なんだ。シスター・アン（ハンディキャップの学生のための舎監《しゃかん》）が選んでくれたんだけど、中でも、さっきマークも会ったニール。朝は自分のスケジュールを調整して、僕のバンで教室まで送ってくれるし、朝の着替えから夜寝るまで本当によく面倒みてくれるんだ。

ニールが、医学部や看護学部の学生だったら、それもまだ納得するけどさ。あいつ、ビジネスだろ。それなのにあのひょうきんな調子で何でもやってくれる。ニールと会えたこと、本当にラッキーで嬉《うれ》しいことだと思ってるよ」

そんな話を三十分ほどしてその日は帰ってきたのだが、あとでリッチーに関するもっとすごい事実を知った。教室ではほとんどノートをとれない彼、人の二倍も三倍も予習をして行き、授業が終わるとすぐに部屋へ帰って特別なコンピューターで覚えたことを記録してしまうのだという。さすがに五コースは無理で三コースしかとっていないとはいえ、彼の根性と努力には頭の下がる思いである。

タッド

リッチーの他にも何人かのハンディを持つ学生に会ったが、タッドもその一人だった。ニュートン・キャンパスで催《もよお》された新入生歓迎のバーベキュー・パーティに行った僕は、すぐ側で両手をポケットにつっこんで立っていた学生に声をかけた。

「君も新入生？」「いや、僕は今度二年生。君は新入生かい？」「ええ、そうです」

「専攻は、もう決めた？」

「多分マーケティングかコンピューター。でも三年になる時までに決めればいいんでしょ」

「そうらしいね、ＳＯＭ（スクール・オブ・マネージメント＝経営学部）は。同じコンピューターでも僕はＡ＆Ｓ（アート・アンド・サイエンス＝教養学部）の方だから、よく知らないけれど」

「へえー、どう違うの？」

「Ａ＆Ｓの方はコンピューター・エンジニアリングとかプログラマーになる奴《やつ》がほとんど、ＳＯＭの方はコンピューター管理とかコンピューターをどうやってビジネスに応用するかを教えるんだよ」

と、ふいにタッドがポケットから手をだしてジャンパーを脱ぎだした。

「暑いね。今日は」

僕はその時はじめて彼の両手が義手《ぎしゅ》、それもキャプテン・フックのカギのような手であることを発見した。驚いている僕を見てタッドは笑った。

「ははは、びっくりしたかい。こんな古くさい義手使ってる奴なんてもういないかもしれないけれど、これでけっこう何でも出来るんだぜ」

タッドは片手をカチャカチャと動かしてみせた。

その言葉が本当だということがよくわかったのは、それからしばらくして彼をコンピューター・センターで見かけたときだった。タッドはカギの両手を使ってものすごい速さでキーを叩《たた》き、アッという間にプログラムを作り上げていたのだ。僕は、どちらかというと彼があんまりばんばんキーを叩くので、壊《こわ》れやしないかと心配したほどだったが、タッドは、

「心配しなくていいよ。今まで一度も壊したことはないからね」

と言って笑った。そして、

「アメリカでは能力さえあれば、どんなハンディキャップを持ってたって平気さ」

と言ったのだ。その言葉通り、三年後にBCを卒業した彼は、有名なコンピューター会社に就職した。

彼が、軍隊のためのミサイルのシミュレーション・システムなどのような最先端のプログラムを作るようになるだろう、というのは彼の友達ならみんな予測していたことだった。僕もコンピューターに関してはタッドにずいぶん教えてもらったものだった。

ハンディを持ったBCの学生の中では、リッチーとタッドの二人と特に仲がよかったが、シスター

・アンや友達の話だと、他にも何人かいるらしく、僕も二人ほど盲導犬を連れた人を見たことがあった。学部が違ったため、結局知り合う機会はなかったが、一緒のクラスの友達に聞くと、盲導犬は教室の後ろでちゃんと主人の勉強が終わるのを待ち、その人自身はカチャカチャと小さな音をたてながら、点字用タイプライターでノートをとっているという。僕は、なさけないことに今まで目の見えない人はマッサージのような仕事か、盲学校の先生くらいしか出来ないのではないかというひどい偏見を持っていたが、この考えが大きく変わったことは言うまでもない。アメリカでは大学の教授、会社の社長、銀行の支店長など、盲人の人もありとあらゆる仕事についていた。

車椅子ではないが、足にハンディを持つという人も何人かいたが、何といってもすごいのはジェフ・キースだろう。この人とも知り合う機会はなかったので友達から聞いたことだが、ジェフは骨肉腫で片足を失っていながら、義足《ぎそく》をつけて何でもやる素晴らしいスポーツマン。ＢＣのラクロス・チーム一軍のゴール・キーパーでもあるそうで、ちゃんと両足のある連中と張りあってその座を勝ちとったというのだからあっぱれだ。

しかし僕を、いや僕だけではないボストンの人たち（日本の新聞に出ていたから、もしかしたら世界じゅうの人たち）を驚かしたのは、一九八四年から八五年にかけてジェフがアメリカの癌研究所のための募金を集めるのに、ボストンからカリフォルニアまでアメリカを横断して走破《そうは》した時だった。

こんなすごい人がいるのだから、僕など車椅子だからなどと言ってはいられない。ジェフ以外のみんなだって、ハンディなんてものともしていない。

だが、それも国が、学校が、僕らを認識して健常者《けんじょうしゃ》と同じスタートラインに立たせてくれたから出来たことなのである。

ＢＣだって別に特典《とくてん》を与えてくれるわけではない。（そんなことをすればそれ自体が差別なわけだから）ただ皆と同じように勉強でもスポーツでも出来るように、お膳立《ぜんだ》てをしてくれるだけなのだ。

そこから先はもう自分だけが頼りだし、甘やかされる事もない。またそうでなければならないのだと思う。

さあ、僕も負けてはいられないぞ。周囲の期待には背《そむ》けないぞ。よい環境を得て、僕もますます気合がはいるのだった。

再び、アニータ

ところで、アニータはＢＣの二年生として、毎日僕と一緒に通学していたが、そのころ、彼女にボーイフレンドが出来たのである。僕は、妹が選んだのはどんな奴かと気になった。

アニータの話によると、彼はベネズエラ人で、今は語学留学生として来ているが、今学期が終わったらバークレー音楽大学のギター科に行くつもりで、アニータと同じ政府の奨学金《しょうがくきん》にも願書を出したという。

「へえー、じゃあギター、うまいだろう？」

「うん、とっても。サンタナみたいな泣かせるギター弾《ひ》くわよ」

こりゃあ、かなりうまいな、と僕は思い、

「もしよかったら、僕のバンドも再編成したことだし、彼ギター弾いてみる気ないかな」

と言うと、アニータは、今度家に連れてくるといった。一〜二週間したらということだったが、彼は突然やってきた。

そいつを見てびっくり。なんとむさくるしい、そして品のない奴なんだ！　たまたまその日、バンドのギタリストが来ていたので彼にそいつの相手を頼み、僕はとなりの部屋で宿題を片付けた。

準備ができて、じゃあジャムろうぜということになったけれど、そいつ何も弾けないのである。まあ、しようがない。

「じゃあオレ、Aでブルースのベース弾くから何でもソロいれてごらん」

しかし寛大《かんだい》な僕のオファーにも彼は手も足も出ず、やることといったらただキイキイと変な音を出すだけ。期待はずれもいいとこで、こんなのがバークレーにはいれるはずがない。だが、かりにもアニータのボーイフレンドなのだ。

「じゃまた今度一緒にやってみて、それからバンドのことは話すことにしよう」

なんてお茶をにごしたが、どう考えてもインテリのアニータが好きになる相手とは思えなかった。

そして彼が帰った後、僕は一緒につきあってくれたギタリストからショッキングなことを聞いた。

「マーク、僕もアニータのことは妹みたいに可愛いと思っているから、こんなこと言うんだけど、さっきマークが勉強してた時、あいつ、オレに何て言ったと思う？」

「何だって？」

「オレ、あいつにアニータのこと、どう思っているのかって聞いたんだよ。アニータが席をはずしたすきにね。そしたらあいつ、アニータは何しろ堅い家の子でキリスト教信者だし品行方正だ。今までに彼女にアタックしようとした奴は多いけど、みんなはねつけられている。でもオレはかなりいいとこまでこぎつけた。何としてもオレはあの子と寝てみせるって。そんなこと言いやがったんだぜ。あの無教養の毛むくじゃら。マーク、アニータのためにも何とかした方がいいよ。この問題」

ガーン！　なんて野郎だ。あの純真なアニータを……大事な妹を。

しかし、僕に出来ることはなかった。いくらさっきの話をしたって、アニータは信じっこないだろうし、いったいどうしたらいいんだ。

そんな時に、アニータの両親がアメリカに遊びにきて、この家に何日か泊《と》まることになったのである。

立派なビジネスマンのお父さんと、とっても愉快なお母さん、一日目からもう僕はすっかりうちとけてしまった。お母さんはベネズエラ料理を作ってくれ、お父さんまで、

「わたしにできることは、これだけだが」

なんて言いながらベネズエラ流バーベキューをしてくれた。僕もお返しに日本風の焼き肉や得意の料理を披露《ひろう》したりした。

ところがある晩、あいつがやってきたのだ。アニータもびっくりしたようだったが、両親に紹介すると長い間四人で話しあっていた。

へぇー、お父さん、あんなのと娘が結婚してもいいのかなぁと僕は思ったが、その夜、お父さんが僕の部屋をたずねてきた。

「マーク。君のことはいろいろと娘から聞いていたし、彼女はここでとてもハッピーだ。そして私たちも君に会えて本当に嬉《うれ》しかった。君のところなら安心して娘をまかせられる」

「そうですか。どうもありがとうございます。それなら僕も腹をわってお話しすることが出来ます。実は今日来た男のことですが……」

僕が言いかけた時、お父さんは話をさえぎった。

「あれがアニータのボーイフレンドかね。話をしてみたが全く教養がない。たとえただの友達にしろ、どうしてアニータがあんなのと知り合ったのか、わたしは本当にガックリしているんだよ」

僕には、何だかそれが兄としての自分の責任のように思えて彼に謝《あやま》ったが、お父さんは、

「アニータが気がついてくれることだけが願いだ。どうか、よろしく頼むよ」

と言って、次の朝ベネズエラに帰っていった。

僕には何も出来ぬまま月日はすぎていく。ある週末、商船大学の寮からかえってきたディビッド(休みになると、なぜか彼は自分の家より先にまず僕のところへやってくるのだ)にアニータのことを相談した。彼は僕の親友だが、アニータにとっても親友だったからなのである。

自分もアニータの兄貴だと思っているディビッドは、その話を聞くと激怒《げきど》して、よしオレたちで何とかしようといろいろ案を練《ね》ったけれど、結局どうにもならない。

そして、ついにアニータはこの家を出ていくことになってしまった。その理由は、いつも僕の車で一緒に通っていたけれど、勉強が忙《いそが》しくなったので、学校の近くに部屋を借りたいからということだった。しかし、すぐにそれが嘘《うそ》であることがわかった。

アニータの友達の話によると、あのボーイフレンド、結局奨学金など貰《もら》えなかった上、バークレーにも落ちてしまったのに、国にだけは返されまいとしぶとく語学学校にしがみついているということだった。そしてひどいのは、奴には金がないのでここ二カ月ほどアニータが食費から学費まですべて払っていたというのだ。彼女も奨学金の中からなんとかやりくりしていたのだが、さすがに二人分の生活費を出すことが無理になり、それで一緒にアパートに住むことにしたのだという。

まもなく、もっと悪いニュースが届いた。アニータたちが住みはじめたアパートというのが、ボストンで最も危ないといわれているハーレムのような場所であることがわかったのだ。マガー（通り魔）だのレイプだのがしょっちゅう話題になるような場所。

あんないい子が……という残念な気持ちと、あいつのせいで……という無念さ、そしてアニータの両親に対する申し訳なさで、僕はただ情けなかった。

以前、友達から、

「おい、アニータは絶対、お前のこと好きだぜ。ボーイフレンドになってやれよ」

とよく言われたが、そのたびに、

「いや、どっちかといえばアニータは妹みたいなんだよ」

と、取り合おうとしなかった僕。まさかこんなことになろうとは夢にも思わなかったのだ。

それからしばらくして、さらに衝撃的な噂《うわさ》を聞くことになった。アニータがあいつと結婚したというのだ。それも親の反対を押し切ってダウンタウンの汚《きたな》い教会で……。

去年の夏、アニータは家から送られてきた〝お姉さんの結婚式〟のビデオを見せてくれたのだが、そのとき彼女は、

「ベネズエラの結婚式は、何から何まで真っ白なのよ。特にあのウェディングドレス、わたしもいつかあれを着て、あの教会で結婚式をあげるんだわ。でも、いつのことかなぁ」

と夢みるように言っていたが、もうそれは夢でしかなくなってしまったのだ。

がく然としたのは僕だけではなかった。僕の友達のほとんどがショックをうけた。

「だけど、みんなだってアニータのこと、妹としか思っていなかったろう。多分、あの毛むくじゃらが彼女を〝女〟として見た初めての男だったのかも……」

という僕の意見に、みんな口をそろえて言った。

「それなら、オレ、名乗り出りゃよかったよ。でもマークのこと、好きみたいだったからなぁ」

なにもかも後のまつりだ。

「アニータの家は、すごく厳《きび》しいカトリックだから、バージンを失ったとたんに結婚することに決め

ちゃったんじゃないの。彼女、けっこう頑固なところもあったし」

と言う者もいて、意見はいろいろ出たけれど、事実はただひとつアニータは結婚してしまったということだけだった。

次の年までに、アニータはアパートを七回も変わったという。そのわけは定かではないが七回目の時、彼女は電話してきて身元引受け人になってほしいと頼んできた。彼女のためだけなら二つ返事でOKするつもりだったが、書類にはあいつの名前もはいっている。それでもアニータのために、僕は『金銭的な責任だけは一切なし』という条件でそれを引き受けたが、それっきり音沙汰《おとさた》なくなってしまった。

「きっと日本へいくわ。そのためにお金ためているの。もうちょっとよ」

と言っていたけれど、あれもとっくに使い果たしてしまったのだろう。貧しくても幸せならいいけれど……。昔から妹の欲しかった僕にとって、ベネズエラの妹の思い出はあまりに悲しい。やっぱり自分には弟しかいなくてよかった。もしあれが本当の妹だったら、きっとおかしくなっていたに違いないから。

クンミー

アニータとスティーブが前後して移転したが、一週間もしないうちに今度は二人の女の子が引っ越してきた。

一人は韓国人のクンミー。彼女とはBCのオリエンテーションで知り合い、何回かパーティにも一緒に行ったことがあった。彼女は韓国の女子大を卒業してBCの三年への編入生だった。大学の規則で編入生は寮に住めないので、二人の大学院生とアパートを借りていたが、韓国の上流家庭で育った〝箱入り娘〟である彼女にとっては、その共同生活はあまりうまくいかず、ちょうど部屋を探していたときに、僕の家のことを聞いたのだそうだ。

クンミーとの生活は、最初からちょっと先が思いやられる節《ふし》がないでもなかった。まずは引っ越しのときである。僕の車はバンで大きいから友達の引っ越しをよく手伝うのだが、クンミーの場合、まだアメリカに来て二カ月、荷物もたいしたことはないだろうとたかをくくっていた。ところが、彼女、韓国人の学生を使って僕のバンに詰《つ》めるわ詰めるわ。ベッドにタンス二個、机、椅子、本箱、じゅうたん、スーツケース数個。

こんなにたくさん、うちの部屋に入るんだろうかと僕は心配したが、クンミーは、すごくカン高い声、後に僕が〝オリーブ〟とか〝ピーくま〟とか名付けた声（大屋政子ふうといった方がいいかな）で、

「ハイ、それは、ここに！　あれは、こっち！」

と、モノスゴークおしとやかなわりには厳しく命令してたちまち部屋を整えさせてしまったのだ。

クンミーのお父さんは大のアメリカ・ファン、お母さんは日本びいき、彼女はフランス語がペラペ

ラのフランス大好き少女（彼女の友達の多くがフランス人かフランス語を話すアフリカ人だったのもうなずける）。僕もフランス人とは気が合うし、アメリカも日本と同じくらい好きだから、まあ何とかうまくやっていけるかもしれないと思った。

もう一人のハウス・メートはイラン人のリリー。彼女との出会いもオリエンテーションだったが、何しろイランのアメリカ大使館人質事件のあったころだっただけに、アメリカでのイラン人に対する風当たりのひどい時だった。

リリーなどは、幼い頃アメリカに渡ってきたのだから、英語にもへんなアクセントはないし、政治学専攻で頭も良く、僕のバンドを手伝っていた彼女を見て、ディビッドが一目惚《ぼ》れしてしまうほどかっこいい女の子だったが、彼女の生活はイラン人であるために、問題が絶えなかったという。

愛国心が人一倍強いアイルランド系アメリカ人の比率が一番大きいＢＣ、またそういうことが起るのもわかるが、それにしても可哀相だと思い、彼女の頼みを聞き部屋を貸すことにしたのだった。

しかし、その同情が失敗のもとだった。僕はハウス・メートを決める時は、

「ドラッグは絶対だめ……」

などとこの家の規則を厳重にいい渡すのに、リリーのときは、ついうっかりしてしまったのである。

ある日、彼女が二階でドラッグをやったらしいということを知って、詰問《きつもん》するとそれが事実であることがわかり、家を出てもらわなければならなくなった。

イラン人に対するアメリカ人の感情むきだしの態度はかなりのもので、そんなことからリリーもドラッグに走ったのかもしれない。自分を彼女の立場において考えてみると、少なくとも酒はあびるほど飲んだだろうと思い、なんだかリリーが哀《あわ》れだった。

アメリカにいると、さまざまな人種との出会いがあり、違った側面からいろいろなことがわかってくる。

フィリピンのアキノ氏の事件の時は、フィリピン人のマニエルから、フォークランド紛争《ふんそう》の時はイギリス人のマーチンと、アルゼンチンから来たエイドリアンの両サイドから話をきくことができたし、それに僕のとっているタイム誌、ボストン・グローブ等の新聞、さらに日本からの新聞を足《た》すと、僕のニュース・ソースもかなりのものになる。

中立の立場にあるはずの新聞も、お国柄《くにがら》によって違いのあることもわかって面白い。

アメリカの新聞を読んで、

「なるほど、そうなのか」

と納得していると、二日遅れで届く日本の新聞に、

「えー、こんなこと、アメリカでは言われなかったぞ」

と驚くことも多く、新しい発見をすることもある。インターナショナルになるには、読むものの量だけでも大変ではあるけれど、大きな視野を持つことが僕の目標のひとつ。

このところ学校以外にも勉強したいことがふえるばかりで、勉強、勉強の毎日だが、努力すればばし

ただけ身についていくのが嬉《うれ》しく、少しも苦にならないから不思議だ。

新しいハウス・メートのクンミーも韓国の新聞をとっていて、お互いに意見を交換したが、話がインテレクチュアルになるとボキャブラリーの方がついていかない。

一緒に外食した時など、僕たちのテーブルの紙のテーブル・マットが、二人の共通語（？）〝漢字〟でいっぱいになることもしょっちゅうだった。

デイビッド

十二月の半《なか》ばから始まったBCでの初めての期末テストもうまくいき、クリスマス休みがやってきた。学生たちは皆（クンミーも含《ふく》めて）それぞれのホーム・タウン、あるいはホーム・カントリーに帰っていく。

しかし、帰って行く奴《やつ》もいれば帰って来る奴もいてあたり前。ウェストンの町には高校のときの友達が、次々に各地の大学から帰って来た。これこそホーム・タウンの学校に行っていた者の特典だが、友達が帰るたびに電話が鳴り、会おうと言ってくる。

前にも言ったように、ディビッドなど休みといえば、自分の家よりまず僕の家に来てしまうので、今回はもうお母さんの方から、

「ディビッド、帰ってきてますか？」

と電話があったが、本当にそれから二時間もたたぬうちに、制服姿のディビッドがうちのキッチンに座って学校の話をしていた。

「卒業式の日、式が終わったとたんにタキシード脱ぎ捨てた奴とは思えんな」

僕が言うとディビッドは、

「まあ、きまりだからしようがないだろ。髪の毛だってこんなに短くされちゃったしさ。でも、もう脱ぐぜ。マークの家だからな」

と言って制服を脱いだ。

「どう、大学は厳《きび》しいらしいじゃない？」

僕の質問に彼は、商船大学のことを話しだした。

「高校のころ、あんまりロックなんかに興味なかったオレを、自分と同じ趣味の音楽に染《そ》めたのはお前だったよな。まったくもう、音楽なしじゃ生きられないくらいになっちゃったのに。ひどいよ、マス・マリタイムは。一年生はステレオどころかラジオも持ってはいけないんだ。家具の持込みもダメ。だから二人ずつの寮の部屋にはベッド、机、椅子、たんすとごみ箱が二組あるだけ。部屋にはポスターも貼《は》っちゃだめ。貼っていいのは小さな写真が二枚だけだぜ。その上、学校の規則通りの配置にセットしなきゃならない。

そう、一年生の誰でもいいから、そいつに目隠しして、どこかの部屋のドアのところまで連れていって、パンツとハンカチ持ってこいって言ったら、一分もしないうちにやってのけるぜ」

僕が笑ったらディビッドは、

「まだ、まだ」

と言って話をつづける。

「四年生のこと、オフィサーって呼ばなきゃならなくって、その上、オフィサーの命令は絶対なんだよ。伝統的な一年生いびりもあるんだ。もう明け方近い三時ごろに、外で飲んだくれたオフィサーたちが帰ってくるだろ。一年生の部屋の並んだ一階の廊下に来て、大声で叫ぶんだよ。『ハリケーン！』ってね。上官の命令が絶対じゃなきゃいけないのは船の上での鉄則。一年生はとび起きて、全員廊下に整列する。するとオフィサーの一人が、『よし、お前とお前と、お前とお前、救命ボート出せ』って言う。言われた何人かは、一列に床に座って、一、二、一、二とボートを漕《こ》ぐまねをし続けるんだ。残りの奴らはみんなで、これも命令に従って『風の音』を大声で出し続ける。『ヒュー』とか『ゴー』とかね。これでお膳《ぜん》立《だ》てはできたわけで、オフィサーたちは一年生の部屋に入ると、中をメチャクチャにするのさ。机を窓の外に放ったり、たんすをひっくり返したり。そう、まるで台風にあったようにさ。気がすむと、そのオフィサーたちは部屋に帰って寝ちゃうだけ。それから二時間もすれば、他のオフィサーたちがやって来て、部屋の点検をし始めるのさ。部屋は完璧《かんぺき》じゃないといけないんだぜ。全くムチャクチャだろ」

ディビッドの話を聞いて、初めてアメリカで、先輩後輩の関係を見たような気がして、

「いやあ、いいことだよ。そういう関係を身をもって教わるのは」

と言おうとしたものの、ちょっと可哀相な気もしたので、

「まあ、がんばれよ。お前の好きな海のためじゃないか」

となぐさめ、

「それにしても、お前がそんな頭してるの信じられないよ。寒くないかい」

とつけたした。

「この頭だろ。ルールが厳しくて。髭《ひげ》なんかはやしたら停学になるし、普通の大学と大違いで酒も学校内では絶対に禁止だもの。これはきついけど、よく考えてみたらマーク、お前のせいだぜ。ビール一本で真っ赤になってたオレに『おい、ディビッド、酒が飲めなきゃ絶対ドラッグに走るぞ。今から練習しないと』とかなんとか言って付き合わせたろ。

ウワバミみたいに強いお前と付き合って、何度床で寝たことか」

「ハハハ、だけどそのお蔭でディビッドも強くなったし、ちょっと興味持ちかけていたドラッグだって見むきもしなくなったし、感謝してると思うけどな」

「まあな」

「それにウィークエンドのうちのパーティ、みんなのおふくろさんたち『マークのところのパーティだとドラッグの心配は絶対ないし、ビール飲んでもちゃんと泊《と》めてもらうから、ヨッパライ運転で帰ってこないから安心だわ』って言ってたじゃないか」

ディビッドは笑いながら反発した。

「何をいうか。天使の皮をかぶった悪魔め！　みんなウワバミに付き合ってぶったおれてただけだろ。それにしてもお前、にくらしいほど親たちに信用されてたな。そりゃあマークは勉強も出来たし素行《そこう》もよかったし、親たちと話題を合わせてきちんと話すこともできたしね。だからお前とビールの早飲み競争やって門限に遅れた時だって、うちのおふくろオレのことを信じてくれなかったんだ。『マークが競争しようって言うから』って言ったら、『なんです。あなたときたらマークのせいにして。自分の方じゃないの、遅くまで彼を付き合わせたのは』と、こうなっちゃうんだからね」

「ああ、あん時はディビッドが酔ってたから、運転させては危ないと泊めてやって」

「バーカ。何が危ないんだよ。あの晩、オレ、トイレに行こうと思ったらドア間違えて地下室まで落っこちたんじゃないか。そっちの方がよっぽど危ないや」

二人はその時のことを思い出して笑いころげた。だが考えてみると、僕らはそのころ、バカな飲み方を経験したお蔭で、大学でそういったことをしている連中をみても幼稚だとしか思えず、今では、話の潤滑油《じゅんかつゆ》として水割りを傾《かたむ》けるといった品のよい飲み方になったのだ。

僕はディビッドがアメリカの大半の大学生がやるように、まずいビールをあびるほど飲むような真似《まね》をせず、酒の楽しみ方を覚えてくれたのが嬉《うれ》しかった。僕はその点、父に感謝している。父と二人の共通の好みであるスイング・ジャズを聞きながらグラスを傾け語り合ったのは、高校に入ったころからだった。〝良い飲み方〟だったと懐《なつ》かしく思う。

「さあ、久しぶりに飲むか」

と言うデイビッドに、

「今日は乾杯《かんぱい》だけにしておこうぜ」

と、何とかお母さんの待つ家に帰らせようとしたが、そのかわり今度はハイスクールの時のメンバーでパーティをやることを約束させられた。

ギャレン、アラン、ライアン

そしてパーティの日、パーティといったってデーブをふくめてウェストン・ハイ時代に特に仲の良かった五人の友達が集まっただけのことだが、そこは気の合う同士、座はどんどん盛り上がっていく。

話の内容は、それぞれの学校のこと、失敗談、そして新しい友達のことなどが中心になっていたが、それはいつか、ウェストン・ハイに行っていた友達が今どうしているかという話に移っていった。

「そうだ。ギャレンっていう奴《やつ》、おぼえてる? そうそう、すごく不良っぽくてドラッグやってるって噂《うわさ》のあった奴」

エディが言った。

「あいつね。この間会ったらすごい変わりようだったぜ。『オレは、こんなことやってちゃ駄目《だめ》になる』って気がついて、ノース・イースタン大学に入ったとたん、すべて悪いことから足を洗ったんだって。あいつと会ったのが図書館なんだから、信じられるだろ、ギャレンの言うことも。すごい勢いで勉強してたぜ。何とかあそこの大学で一番いいとされるエンジニアリングを専攻して、いい成績で卒業するんだってはりきってたよ」

変われば変わるものだと皆が感心していると、こんどはマイクが話しだした。

「だけど、その反対の例もあるぜ。ギャレンとも仲のよかったアラン。ギャレンの友達だったわりにはビール一口飲めなかった、ホラ成金《なりきん》のお坊ちゃんだよ」

「あー、あいつね。何しろ〝箱入り息子〟で、親はダウンタウンにさえ一人では行かせなかった。お蔭で何一つ悪いこと知らずに育って、だから普通の高校生が興味を持っていることが、女の子でも車でもロックでさえ好きじゃなかった奴だろ。親が、免許とったらアウディ買ってやると言ったら、それより新しい自転車が欲しいって」

僕が思いだして言ったら大笑いになった。

「それ、それ」

とマイクはつづける。

「あいつね、僕と同じ大学なんだけどさ。あの学校の寮の評判の悪さは有名だろ。だから僕なんか家から通うようにしてるのに、アランの親、どういうわけかアランの望むままに家を出して寮生活をはじめさせたんだ。そしたら一週間もたたないうちにドラッグにおぼれてしまったらしい。それからはもう下り坂。酒、女に狂うし親には逆らうし勉強はしない。アランの親と僕の親、親しいから相談に来てたけど、怖《こわ》いね。ああいう何の免疫《めんえき》もないようなのが急に狂うと」

みんなびっくりしていたが、じゃあ、アランと同じように純粋培養《ばいよう》みたいな育て方されていたライアンは、どうしているだろうということになった。アランほど頭がよいわけでもなく、この辺の大学にはとうとうはいれず、地方の名もしれぬ三流校にもぐりこんだという噂《うわさ》のライアンだった。

「ああ、あいつならオレんとこに、よく電話してくるんだ。『生まれて初めてガールフレンドが出来た』とか『初めてパーティに行った』とかね」

ビルの話に皆が笑った。

「おい、笑うなよ。あのグーフィー（いつもへまをやる奴という意味）ったら言うんだ。初めて行ったパーティでビール飲んでたんだけど気がついたら地面に寝てて、痛いなと思ったらアゴにひびがはいっていたんだって」

「酔って倒れてアゴを割ったのか、例によってツマンナイこと言って誰かにぶんなぐられたのか知らないけど、あいつらしいなあ。でもかわいそうに、そんなことじゃせっかく出来たガールフレンドにもふられちゃったんじゃないかな」

みんなまた笑ったが、僕が、まだ宵《よい》の口だからかわいそうなライアンも呼んでやろうよ、と提案するとみんな賛成した。

三十分ほどしてライアンがやってきたが、結局ライアンはビールを二杯飲んでぶったおれるまでに、ほんの五、六行（？）しか喋《しゃべ》らなかった。

「やあ、みんな！　ところで外の黄色い車、誰の？」

エディが自分のだというと、

「ごめん。いまちょっと擦《す》っちゃった」

「バカか。お前まだ一口も飲んでないんだろ。まったく、このグーフィーめ」

エディは怒りながらあわてて車を見にいった。誰かが、

「学校、どうだい？」

と聞くとライアンはボソボソ言った。

「悪いニュースがふたつあるよ。ひとつはガールフレンドにふられたこと。もうひとつは、今朝《けさ》きたばかりのニュースなんだけど、僕、退学になっちゃった」

みんな思わずガクッとなってソファーからずり落ちた。

「退学！」

（あの三流大学を？）という言葉をのみこんで誰もがうなってしまった。まったくいったいどうやったらあの大学を退学になるのか、努力したって難しいと思えるのだが、ライアンだから出来たのだと皆ナットクした。

後で人伝《ひとづ》てに聞くところによるとライアンは過保護だった親から初めて離れ、その開放感で遊びほうけ勉強どころではなくなってしまったのだという。

しかしこれでライアンの悲劇が終わったわけではない。彼はその後、自分のたった一つの特技である水泳を活《い》かして海軍の潜水艦乗りになるのだと言って、(泳げることと潜水艦とはあまり関係ないことを彼は理解していなかった)海軍のトレーニング・プログラムにはいった。みんな青くなって、あんなのが原子力潜水艦にでも乗ったら、地球の終わりが来るのは間違いないと心配した。だがライアンが合格したのは甲板磨《かんぱんみが》き程度で、結局、家に送り返されてしまったとか。

高校時代にはたしかに〝グーフィー〟なんていわれてはいたが、けっして怠《なま》け者ではなかったライアン。どうして、そんなになってしまったのだろう。

でもまだ人生は三分の一も過ぎていないのだ。アメリカでは大学を出てなくたって、様々な可能性があるのだ。なんとか頑張ってほしいライアンである。

いずれにしても友達が転落していくのを見るほど悲しいことはないのだから。

ミス・バッシー

一九八二年、僕にとって最大の事件は、一月に〝リッチー〟(日本語版は〝わが子リッチー〟)が出版されたことだった。小さいころから書くことは好きだったから、これはもう最高の喜びであり、ド素人である僕にこのチャンスを与えてくださった集英社、三浦朱門先生にはただただ感謝だった。

日本の両親や友達はもちろんのこと、アメリカ人で日本の文字など読むことの出来ない人たちまでが、喜んで祝福してくれた。僕は、日本から送られてきた三十冊の本を暖炉《だんろ》の上に積木のように重《かさ》ねたり並べたりした。ほとんどが眺《なが》めるだけで喜ぶ人たちばかりだったから。

なかでもウェストン・ハイの時の二人の英語の先生、ミス・マクダナとミス・バッシーの喜びようといったらなかった。

〝リッチー〟を教材として授業に使い、翻訳のきっかけをつくってくれたミス・マクダナは、本を渡すと感動し「私の最高の生徒！」と叫んで僕を抱きしめた。

もう一人のミス・バッシー（ミスといってもオバチャマだが）は、僕が〝リッチー〟を高校のシニア・プログラムとしてやっていた時アドバイザーだった先生で、彼女もまた、その喜びを大きな体いっぱいに現わして、僕を幸せな気分にしてくれた。

本を届けにウェストン・ハイを訪れたのは放課後で、ミス・バッシーは大切な会議があるということだったのに、僕をはなそうとせず、

「あそこのエクスプレッションは日本人にわかるように説明できたか」

とか、

「あれはうまく訳せたか」

とか僕を質問攻めにして、答える言葉の一つ一つにニコニコしながら、

「うん、うん」

とうなずいてくれたのだった。

ウェストンから戻ってからも、

「ミス・バッシー、ミーティングに間に合ったかなぁ」

と気になってはいたのだが、それが間に合うどころのさわぎではなかったことを、翌日知ったのである。知らせてくれたのはフィービーのお母さんだった。

あの日はひどく寒い日で、歩道にもいたるところに氷がはっていたのだが、会議のためにハイスクールからとなりのジュニア・ハイへと急いでいたミス・バッシーは滑《すべ》って転《ころ》び、足を骨折して入院したというのだ。げげっ〜！　僕と話しこんでいたせいにちがいない。だから早く会議に行ってくださいと何度も言ったのに。しかし今さらそんなこと言っても、もう遅い。

僕はすぐに病院へ向かった。途中、スーパー・マーケットで車を止め、小さな赤いリボンのついた花束を買った。やっと探しあてたミス・バッシーの病室に飛びこむと、先生は、

「マーク！」

と、大きな目をいっそう大きくして叫び、今もこの人に……と隣《となり》のベッドを指差し、

「あなたのこと話してたのよ。来てくれるなんて思ってもみなかったわ」

彼女のベッドの横には、日本語など読めもしないのに僕の〝リッチー〟がたてかけてあり（上下さかさまだったのは、まあ、しかたないとして）、またもや僕を幸せな気分にしてくれたのだった。

「あのー、これ、お花です。あのー、僕が伺《うかが》ったあの後、怪我《けが》なさったとかで……やっぱり僕と長話してて遅くなったのが原因で……」

「なに言ってるの。そんなことどうでもいいじゃないの。まあ、なんてきれいなお花。ありがとう、本当にありがとう」

ミス・バッシーは嬉《うれ》しそうに花束をかかえ、また僕と長話をはじめるのだった。あんまり喜んでくれるので僕としては、スーパーの安っぽい包み紙が急に恥《は》ずかしくなり、いくら急いでいたとはいえちゃんとした花屋にいけばよかったと後悔したが、(値段じゃない、気持ちなんだ）と自分にいい聞かせた。

しばらくするとミス・バッシーからお礼の手紙が届いた。(もぉー、困っちゃうなぁ。こんなことまでしなくてもいいのに。なんてったって骨折させた張本人は僕なんだもの）僕は恐縮《きようしゆく》しながら手紙を読みはじめた。

『親愛なるマーク！

しばらく会っていなかったあなたに、二回も会えて本当に嬉しかったわ。それから、もう一度いわせてね。〝リッチー〟の翻訳、本当におめでとう。

あなたは私の創作のクラスでも面白い話を何度も書いたのだから、今度は英語で本を書いてよ。そうしたら私にも読むことができるから。

それからお花、ありがとう！　お花は部屋に飾《かざ》り、今はもう枯《か》れてしまったけれど、あのお花についていた赤いリボン、私あのリボンをこの間から使い始めた松葉杖《まつばづえ》に結んでるの。そしてそのリボンをみるたびにマークのことを思い出しているのよ。だって今の私は、あなたの強い意志を見習わなけ

「わが子、リッチー」の本が届く

ＩＳＡのメンバーたちと

ればならないんですもの……』

ジャム・セッション

二学期になると僕もすっかり大学に慣れ、勉強の方も今学期はほとんどのクラスが前の学期からの延長だったので比較的楽だった。

コミューター・コミッティとインターナショナル・スチューデント・アソシエーションにはまだ在籍していたが、後者の方の運営は僕にとって納得のいくものではなかった。外国人学生とアメリカ人学生との交流を深めるという主旨《しゅし》からはずれ、パーティを催《もよお》しても外国人（それも南米人）ばかりなどということが多くなっていたからである。

これじゃあ駄目《だめ》だ。何とかしよう、という僕らの言葉を聞いてくれたのは外国人生徒のためのカウンセラーのキャロル・ワグマンとジーン・ヨーダーだった。彼女たちのお蔭で『外国人のアメリカに対する意識と、アメリカ人の外国人に対する考えを分析するため』にインターナショナル・スチューデント・サーベイ・チームが発足したのである。

メンバーはＩＳＡの会長のコンスエロと書記のセルジオ、それにＢＣの生徒会からアメリカ人のキャシーとポール、それに僕だった。

「みんなジュニア（三年生）なのに僕だけフレッシュマン（一年生）だし、何も肩書はないし、なんか場違いなところにいるみたいだなあ」

という僕に、カウンセラーのキャロルは、

「でもマークほどアクティブなメンバーはいないんだからいいのよ」

と励《はげ》ましてくれた。まあ、アクティブだけが僕の取柄《とりえ》だとは思っているけれど。

このチームは良い調査をしたということで、学期末に二人のカウンセラーから夕食を御馳走《ごちそう》になるほどの働きをしたが、調査の結果は僕をがっかりさせるものだった。外国人学生の多くが『同国人と一緒にいた方が安心』とか『アメリカ人の慣習にはどうしてもなじめない』と言っているのに対して、アメリカ人学生の方も『いつも同国人同士でひっついているので、そこに入っていくのは気まずいものだ』と外国人学生のイメージを語っているのだ。これからも、まだまだ頑張って、この関係をより良いものにしていかなければならないと思う。

大学のパーティは、個人的なものをのぞいても何かと理由をつけては金・土にはかならず催されており、ウィークエンドにすることがなくても行く場所にはこと欠かなかったが、中でも一番楽しかったのはオコーナー・ハウスという寮で一学期に一度行われる〝ジャム・セッション〟だった。

これは、学生たちがそれぞれ楽器を持ちよって演奏するもので、たとえば誰かが、

「ビリー・ジョエルのJust The Way You Are」

と言うと、それを弾《ひ》ける者が集まって演奏を始め、残された連中はビールなど飲みながら聞く方にまわる。次にはまたメンバーが入れかわって違う曲をといった調子で、夜どおしジャムしまくるので

ある。

なぜかベーシストが少なかったBCでは、僕はたいへん重宝《ちょうほう》がられ、だからジャム・セッションの前になると（うーん、この曲も知ってた方がいいかな）なんて、予習までして会場にむかうほどだった。

（月曜から金曜までガムシャラに勉強しウィークエンドはメイッパイ楽しむ、この切り換《か》えがアメリカの学生はとてもうまい。僕はこの点が非常に気にいっている。金、土と思いっきり楽しむから、日曜の午後にはフレッシュな気分で次の週への準備にとりかかれるのだ）

面白いのは〝らしくない奴〞がびっくりするような演奏をすることで、僕の哲学のクラスでやたら発言が多く、（きっと勉強することしか能がないんだ）なんて思っていたガリ勉タイプが、いきなりステージに上がったと思ったら、ものすごいギターソロなんかやってしまうのだから全く愉快だ。まさに『よく学びよく遊べ』というところだろう。

ところで高校時代にやっていたロック・バンド。時々集まって楽しんでいたが、ギタリストのところに短大のパーティで演奏しないかという話がはいってきた。ちょうどドラマーがやめた時だったので、どうしようかと迷ったものの「まあ、何とかなるだろう」と引き受けてしまった。

BCのジャム・セッションで会ったドラマーと、バークレー音楽大のジョーに、ボーカルとキーボード、それにサックスを頼んで、（さすがバークレー、彼はどれも優《すぐ》れていた）急造バンドを結成した。

さて土曜日、ダウンタウンの小さな短大のステージに立った僕たちだったが、ハード・ロックを演奏しはじめたとたん、ブーブー言う声が聞こえだした。好きな音楽のジャンルがはっきりしているアメリカ人。そこに集まっていたのはニューウェーブ派でハード・ロックなんか聞きたくもない連中だったのである。なんとか一曲目を終えみんなの好きそうな曲に変更したのだが……。あまりにあせったので、いつもは落ち着いているリード・ギターがキーを間違え、それに輪をかけたのがドラマーの南米人、大きなことをいってたわりには気が小さいらしくあがりにあがってしまった。ドラムのリズムがくずれちゃ、もう、おしまいである。ビールは飛んでくるわ「帰れ、ジャップ!」なんていわれるわ(バンドの三人が日本人だった)で、なんとか約束の二ステージを終えるとバンに飛び乗って、この年初めての雪の中を、僕の家まで逃げ帰った。いやはや、ひどい経験をしたもので……。

でも、この時の失敗ですっかり落ちこんでいたギタリストのチャックも、それから間もなくケンブリッジにあるクラブで、日本人のギタリストとして拍手を浴びていたし、あんなことに巻き込んで申し訳なかったジョーだって、卒業の難しいバークレーをちゃんと卒業して日本に帰り、レコードを出したりプロデュースをしたりと立派にやっている。僕だってその後もジャム・セッションで活躍したし。という訳で今でこそ笑い話としていえるこの失敗談なのである。

再び、クンミー

さて、そのころ我がハウス・メートのクンミーはどうしていたかというと、ほとんどの時間をただひたすらマジメーに勉強していただけだった。その生真面目《きまじめ》さと箱入り娘ぶりは、時々みんなを驚かした。純粋というかナイーブというか、勉強は出来たが世間のことにはまるで疎《うと》かった。

友達が集まってジョークをとばしても、よほど子供っぽいものでなければ理解できず、それがちょっとでも性的なことやスラングに関したものだと、まるで言葉の通じない異国人のように一人ポカーンとしているのだ。ジョークより、むしろその方がおかしくて皆それを楽しんでいたくらいだった。

〝黄色信号事件〟というのがある。そのころ初めて車のライセンスと新車を手にした彼女、嬉《うれ》しくてたまらないらしくよく僕を乗せてくれたが、あまりにも慎重すぎる。黄色信号で急停止してしまう彼女に、僕は質問した。

「黄色い信号では何しろって習った？」

「えーと、もう交差点にさしかかっていて安全なら進んでいいけれど、それ以外の時は止まれ。ちがうの？」

ちょっと心配そうに僕を見上げる彼女に、僕は真面目な顔で言った。

「ぜんぜん違うよ。五十メートル以内で黄色い信号見たら何しろスピード・アップして、それが赤になる前に渡ってしまわなきゃいけないんだよ」

まさかそんなこと信じまいと思ったのが、クンミーのナイーブさをあなどった僕の浅はかさで、次に乗せてもらった時、黄色い信号を見るといきなりスピード・アップして交差点を走りぬける彼女にキモをつぶした。そのモノスゴイ運転と彼女のしとやかさがあまりにも対照的なのがおかしくて笑ってしまったが、考えてみるとオソロシクあわててインチキ交通ルールを訂正したのだった。

純情なのはいいけれど、その〝箱入り〟ぶりにはさすがの僕も手を焼いてしまった。何しろ自活するのに必要なことをなんにも知らないのだ。韓国料理の大好きな僕は、彼女の料理に期待をかけていたのだが、ブリコギ（焼き肉）すら作れないクンミー。結局、僕が料理を教えるはめになった。生まれてこの方キッチンにはいったことがないというのだから仕方がない。しかし、頭はいいから覚えは早かった。スパゲッティ、カレー、照り焼き、ぎょうざ、と教えたものは二、三カ月もすると、なんとか自分でも作れるようになり料理の方は一段落。だが次には掃除の問題が残っていた。自分の部屋はもちろん自分自身でやることになっていたが、リビングとキッチンの掃除は二人での共同作業と最初から決めてあったはずなのに、一カ月の間にそのふたつを掃除したのは僕だけで、だから僕がよく掃除できない床だけはどんどん汚《きたな》くなっていく。

僕が頼めばやってはくれるのだが、自発的にはやろうとはしない。

いちいち口に出して言わなくても相手の気持ちを察するという日本人の美点（？）は、アメリカでは通用しないことはよくわかっているし、それにはもう慣れたから、アメリカ人ならストレートに言うけれど、オリエンタル（それもすぐ隣《となり》の国）の彼女のことはどうしてもそうは扱《あつか》えなかった。どう見たって日本人みたいな顔をしているんだもの。

だから、その件については何度か真面目に話し合ってみたのだが、彼女の母親までが、

「掃除なんか、私がお金を出すから誰かを雇《やと》ってやらせなさい」

といっているという。こりゃもう駄目《だめ》だ、と掃除を一手にひきうけてやっていると、なんだか僕が彼女の世話をしているようにさえ思えてきた。なんてことだ。

そんなクンミーが、僕から教わった料理を友達に披露《ひろう》したいと言いだした。招待するメンバー（僕に言わせりゃ被害者）は、僕もよく知っているウガンダ人のデール、香港からきたミシェール、それから言語学専攻だというアメリカ人のアンディだという。

「いいことじゃないか」

と無責任に賛成して、その晩、皆と一緒に席についたもののあいにく（ほんとは運よく）お腹《なか》をこわしていたので、食事は遠慮した。

クンミーの涙ぐましい努力には、僕も心こめてカンパイしたが、みんながメイン・ディッシュである〝クンミー式天ぷら〟を食べはじめた時など、三人のゲストの顔を見ながら、

「みんなほんとに美味《おい》しいんだろうか。たのむから日本食に対して変なイメージを持たないでくれ」

思わず祈ってしまった。いやはやなんとも気のもめる一時間ではあった。

食事がすんで雑談をはじめたとき、僕はデールに、つい最近日本の新聞で読んだウガンダの青年の話をしてきかせた。

その青年はウガンダからの留学生なのだが、日本に住んでみて日本人の使い捨てた品々の多くがまだ充分使えることに気づき、それを集めてウガンダの貧しい人々に送ったらどんなに喜ぶだろうと思

った。その計画を知った企業やさまざまな団体がバック・アップして船をチャーターし、荷物は一路ウガンダへ運ばれることになったという記事だった。

こんな話を聞いたら、きっとデールはウガンダの青年の素晴らしい発想と日本人の優しさに感激するに違いないと期待していたが、いつもは穏《おだ》やかなデールが、この時ばかりはちょっと厳《きび》しい表情で僕の話に答えた。

「まあ、そこまでことが大きくなれば大丈夫かもしれないがね。実は今までにもそういうことは何度かあったんだよ。だけど結果はどうなったと思う？　そういった品々を持ち帰った連中がね。それを貧しい人に配るなんてことはすっかり忘れて、すべてを高い値で売りさばいたんだよ。もちろん、大金持ちになったさ、そいつらはね」

デールのショッキングな発言に、みんな黙りこくってしまったが、なかでも僕が一番ダメージを受けていた。たしかに、文化水準の高い豊かな国にいれば精神的余裕もうまれ、チャリティなどという発想もでてくるだろうが、政府が右から左へとめまぐるしく動き、首都を一歩でれば貧しさだけが渦《うず》まいているような（これは大袈裟《おおげさ》かもしれないが）国だったら、金さえつかめば何とでもなるのである。僕はその青年の善意を信じたい、いや信じているけれど、デールの暗い表情を見ていると（もしや……）などという思いが心を悩ませるのだった。

ちょっと沈んだ空気も、話題が変わると、すぐに楽しい若者の会話にもどっていった。特に僕とアンディは初対面にもかかわらず意気投合し、時のたつのも忘れてしゃべりまくった。後にアンディは

ＢＣでの一番の親友になったのだから、アンディとの出会いに関しては、クンミーに大感謝しなければならない。

浦島太郎

大学初めての夏休みをどうするかについては、僕と家族の間でも何度か話し合ったが、僕としてはふたつどうしてもやりたいことがあった。

ひとつはサマースクールでスペイン語の短期集中講座をとること。ＳＯＭの学生にも教養科目の方から四コースの選択が与えられており、ぜひともスペイン語をとりたかったのである。それに一学期五コースというＢＣの決まりはやっぱりキツイもので、夏に二コースずつとっておけば、一学期四コースですむから、少ないコースに集中して勉強出来、したがって成績もあがる、というのが僕の三段論法であった。

もうひとつは車でのアメリカ旅行。せっかく旅行にピッタリのバンを持っているのだからしなけりゃ損だし、本当はこれが昔からの僕の夢だったのである。

祖母や両親からは、もう四年近くも日本に帰っていないのだから、一カ月くらい日本で過ごしたらどうかといってきたし、改築中だった家が数カ月前に完成したというのも見たかったので、僕は五月半《なか》ばから四カ月もある夏休みを三等分した。その内訳は、期末テストが終わったら、まず日本に一カ月ほど帰り、六月の末から四十日間サマー・スクールに出る。あとの残りを車によるクロス・カントリー（一周旅行）にあてるという次第。ハード・スケジュールだが楽しくなりそうな夏休み、それを考えると厳しい勉強にも耐えていけるのだった。

久しぶりの里帰り。日本はアメリカほど車椅子に対する設備が整っていないし、人々の姿勢も違う、だから覚悟してくるようにというのが両親や弟からの助言だったが、すでにアメリカを出る時から困難が待ちうけていた。

車椅子の人は、付き添《そ》いなしで国際線の飛行機には乗れないというのだ。そんなこと言われたって、どうしたらいいんだ。

「僕は何だって一人で出来る。あそこにいるヨボヨボのおじいさんより余程《よほど》ましなんだから」

と航空会社に掛け合ったけれど、規則は規則だ。ところが運よく父の知人がちょうど帰国するので同伴してくれることになり、話がまとまった。本当にグッド・タイミング、大助かりだった。

そして五月十五日、僕は成田国際空港におりたった。空港には車椅子の設備はととのっていたが、何とも大袈裟《おおげさ》なものである。アメリカの場合は、車椅子だけのためではなく老人やベビー・カートをひいた母親たち、いや、どちらかといったら誰もが使えるものになっていたので、僕はまずここで車椅子を特別視する〝遅れた日本〟を実感として味わわなければならなかった。空港の係の人たちも親切ではあるけれど、車椅子を見れば何でもかんでも〝押すもの〟と考えているのに驚いた。（これは空港だけの問題ではないが）僕のように手が使える場合、よほどの場所でないかぎり自分自身でやれるのだし、その方がずっと安全なのだから。僕の知るかぎりアメリカの車椅子の人たちは、手が使えるのに押してもらったり、電動車椅子を使ったりすることは恥だとさえ言っていたし、介護の人も車椅子の人が出来る事をわざわざ手伝っては失礼だ、とさえ考えていた。しかし、文句《もんく》ばかりならべたってはじまらない。アメリカの福祉関係の人が「日本はアメリカの十年前のレベルだ」と言っていたもの。まあ、気長に待つとするか。

税関を車椅子でさっそう（?）と出ていったら、拍手とともに弟や友達の顔が目に入った。

やはり四年の歳月というのは長いもので、成田空港も初めてなら湾岸道路も初めて。この道路アメリカのハイウェイにも似ているし、片側の景色の見えないところが多いから都心にはいるまで「いったいここはほんとに日本なのか」と自問自答したりしていた。

やっと懐《なつ》かしい都心のビルが見えてきても、何となく昔とちがうような気がする。その気持ちにとどめをさしたのは我が家に着いた時で、改築した家には昔の面影《おもかげ》はなく、まさに浦島太郎の僕だった。

日本での生活は、家事からも解放されたし、懐かしい友達が次々に訪ねてきたり、パーティをやったりして、家にいる分には快適で楽しかったが、こういう時にこそ、本当の友達というのはよくわかるもので、ウェストンでのフィリップとの苦《にが》い経験を思い出して心配していた僕にとって、たずねて来たり電話をしてきたりしてくれる友達の昔と全く変わらない気持ちは、本当に嬉しかった。

だが、外に出るとまずボストンとはケタちがいの人の多さに圧倒された。

それにも慣れて、買物にも出られるようになり、ある日、母や弟と新宿のあるデパートに行った時のことである。いつもやっていることなので、ごくあたり前にエスカレーターに乗ろうとしたら、女子店員が飛んできて、黄色い声をはりあげた。

「危険ですから、やめてください！」

「大丈夫！　いつもやっているんですから」

「ですけれど、危険ですから」

「ちゃんと訓練してるし、ぜったい安全なんだけれど」

「危険ですから、やめてください」

「じゃ、念のため弟が後ろでおさえてるから」

「でも、規則ですから」

規則といわれては仕方がない。僕たちはあきらめて混み合ったエレベーターを三台ほど待ち、ようやく上の階にたどりついたのだった。

「なんのためのリハビリだ！」

と怒っていたのはむしろ弟の方で、

「しょうがないさ。十年遅れなんだから」

僕はとっくにあきらめムードになっていた。

日本では車の運転が出来ないし、やることだらけのボストンの生活に比べるとヒマがありすぎて少々退屈したものの、やはり楽しい一カ月だった。一カ月ぶりにボストンにもどった僕を、チャチャが懐かしげに迎えてくれた。

やはりアメリカは暮らしやすい。日本にいた時のような〝人に見られている〟という感じもなく何をするにも気楽なのである。

「いいなぁ。やっぱりボストンは……」

しかし、待てよ、と僕は思った。僕だけ暮らしやすけりゃいいのだろうか。気長に十年待てば、本当に日本もアメリカ並になるのだろうか。

僕が必需品として重宝《ちょうほう》している様々な器具も、日本では見つけることは出来なかったが、日本の車椅子の人たちはどうしているのか、苦労しているのではないだろうか。まったく考えればきりがなくなってくる。

だが、僕はこれを考え続けようと決心した。僕だから考えられる。僕だから真剣に考えなければいけないのだ。僕はたまたまアメリカで怪我《けが》をしたために素晴らしいリハビリを受け、こんなに不自由のない暮らしができるのだから。

いつかきっと、自分と同じ立場にある日本の人たちのために力を尽《つ》くさなければ、と僕は心に誓った。

しかし、どうやって？　大学を卒業したら、アメリカで学んだことを日本の車椅子の人々に教え、車椅子の生活向上のための運動でも起こそうか。

それとも、車椅子の人たちに便利な器具を扱《あつか》う店を作ろうか。

ここで僕はこのふたつの考えの接点を見つけた。いずれにしてもお金がいるという素朴《そぼく》だけれど重要な問題である。

〃この世はすべて金〃なんて考えたくはないが、運動を起こすにも店を作るにも資金がなければどうにもならない。きれいごとではいかないんだ。

クンミーに、この話をしたら夢みる理想主義者の彼女は僕のことを、ひどい現実主義者だと言った。

なんと言われたっていいや。とりあえずは勉強して立派なビジネスマンになることだ。そして一歩ずつ理想に近付いていけばいいのだ。

がんばろう、と心に決めた時、ふとウガンダのデールの話が頭をよぎった。そうだ、自分の利益のみに走るようにだけはなるまい、僕はしみじみ思った。

そして、この日を僕の新しいスタート第一日と決めたのである。

The spirit wills

When **Mark Yamazaki '85** left his family in Tokyo almost six years ago to attend school in the US, his mother sighed with worry as she watched her son walk onto the plane. "I was always so active and into everything," he recently recalled, "especially sports. I couldn't be separated from sports.

"I liked my English studies, but I liked swimming, water polo, skiing, wrestling, football and judo more."

Several years ago, Yamazaki suffered a near fatal spinal injury. A little more than two years ago, he wasn't as fortunate. During his junior year at Northfield High School, Yamazaki fell out a window and was severely injured. He is crippled for life from the waist down. His mother sighed again, he said, but this time with a sort of "relief."

"My mother said, 'I'm almost glad you're paralyzed, Mark, because now you won't do as much.' But," he said with a laugh, "she was wrong."

Yamazaki participates on a wheelchair sports team, is training for the Boston Marathon, and plays basketball regularly. He has plans for cross-country travel this summer, plays bass guitar and saxophone, and has developed an interest in photography.

A stocky man, wearing a baggy sweatshirt, faded jeans, thick white socks and

L. Pellegrini

"Very few understand. Special schools for the handicapped are not available. Public streets are bad. There are steps everywhere." The handicapped are not expected to accomplish anything, he said, and generally don't.

"Boston College Magazine"1982年夏号に載った僕の記事

卒業式当日、両親と弟と

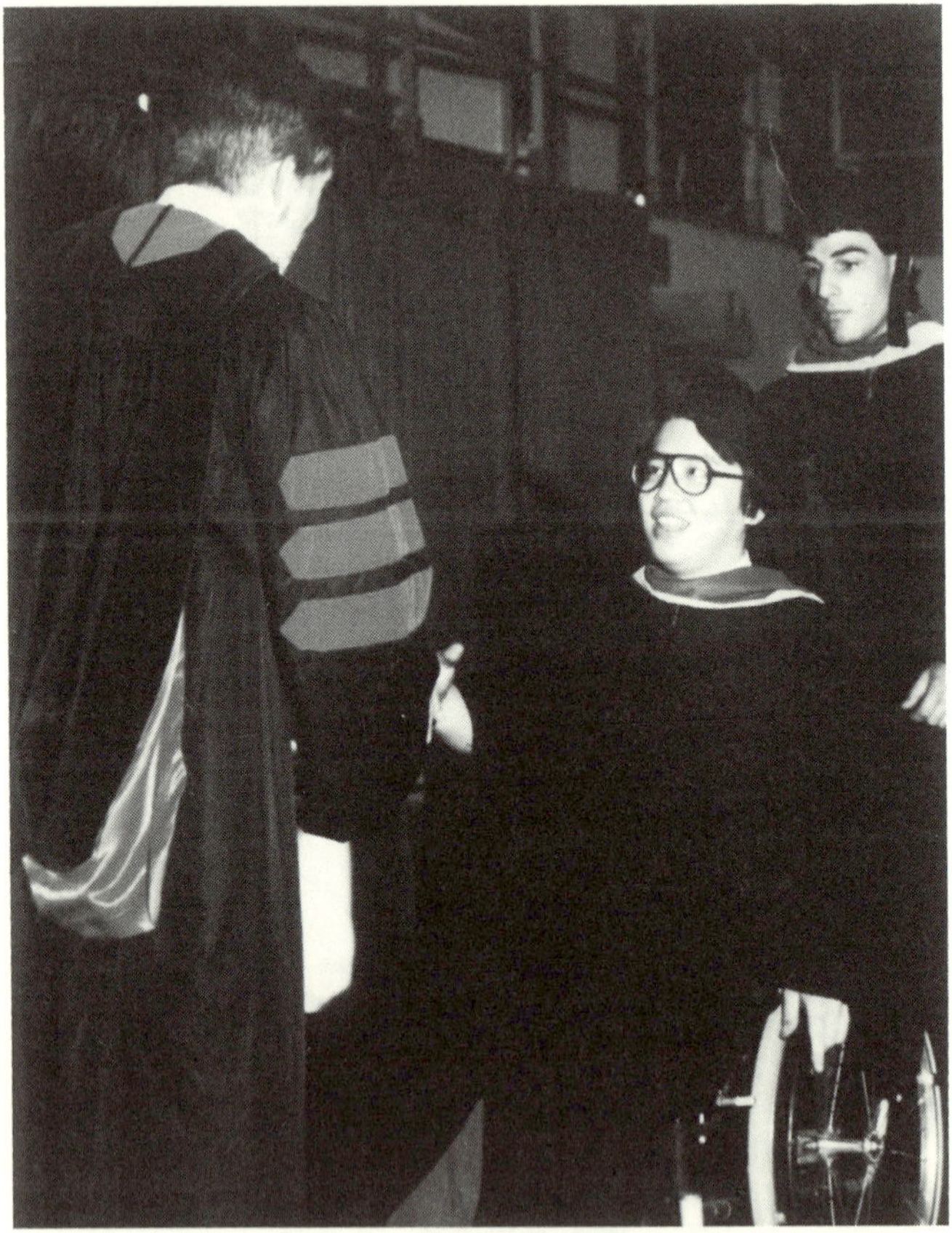

ボストン・カレッジ卒業式、特別賞を受賞

第四章　そして、今……

イルカと泳ぐ

さて、これからやっと現在の大学生活の面白さを語れるぞ、というところなのに制限枚数イッパイというしらせが届いた。

何ということだ。ここで終わりにしなくちゃならないなんて!

BCでの最高の親友たち、アンディやタダシのこと(アンディは、名前が出てきたばかりだし、タダシなんかまだカケラも出てこないのだ)、アメリカ一周珍道中のこと、スキューバ・ダイビングのことetc……まだまだ書くことは山ほどあるというのに。

それに、多くの人に出会っているうちに、宗教観だって、アメリカに対する見方だって、ずいぶん変わってきているのだが、そんなことも徐々に書いていけばいいと思っていたから、何もかもその時の視点で書いてきたのである。

こんなところで終わるのは、あまりといえば尻切れトンボ。まさに「ホップ!」「ステップ!」ときて、いざジャンプに移ろうとしている時に急に止められてツンノメッタという感じである。

もっとも、あんな調子で現在までを語りつづけていたら、軽く今までの倍の枚数は突破してしまうにちがいないのだから、残念だけど、あきらめざるをえない。

理想をいえば、もう一度ページ数をしっかりと把握《はあく》し頭に叩《たた》きこんでから、あらためて書き直したいところなのだが、実をいうと目下、卒業をひかえての殺人的な勉強と試験に追われている真っ最中なのである。

日本の大学と違って、大学の勉強は最後まで本当に大変なのだが、現在こんなに必死なのには訳があるのだ。

車椅子のクッションを空気入りのものに替えてから、床ずれのキケンはなくなったのだが、それまでは、試験やレポート制作で徹夜なんかするとたちまち床ずれ状態になり、それでもムリをするものでついに入院なんてことをくり返していたから一学期を棒にふり、先学期は何と九つのコースをこなさなければならなくなってしまったのだ。

サマー・スクールをフルに利用し、レポートをがんばりぬいて、ようやくあと二つというところまで漕ぎつけたのだが、それでも今学期は、本来の四コースに加えて、六コースをやっつけなければならないハメになった。

六コースなんて絶対ムリだとカウンセラーは主張したけれど、そういわれるとファイト満々、「ゼッタイにやってみせるぞ」とはりきるのが本人の特徴なのである。

そしてそれがしごく順調に運んでいる時に、突然、熱が上がったり下がったり、原因不明の病気になってしまい、入院させられてしまったのだ。つまり、この章は、病院のベッドの上で仕上げているというわけなのである。

よもやこんな番狂わせが起ころうとは思ってもいなかったから、連休を利用して気分転換とばかり、タダシと二人でフロリダへ車を走らせ、イルカと泳いだり、スキューバ・ダイビングを楽しんだりしたのだが、それが大いなる誤算であったことは確かである。

とはいえ、イルカとの対面を後悔しているわけではない。（こんなにセッパつまっているというのに全く楽天的なんだなァ、僕は……）

事件は人に合わせて起こるというけれど、僕の行く手には、きっとオカシナ事件が待ちうけている。この時もそうだった。

いけすの中で、イルカの背びれにつかまって引っ張ってもらえるというので、さっそく挑戦してみたら、これが面白いのなんのってメチャクチャ愉快なのだ。

ものすごい勢いで引っ張ってもらってゴキゲンになっていたら、あまりのスピードに海水パンツがすっぽ抜けてしまったらしい。

そしたら律儀なイルカの奴、パンツをくわえて飼育係のおじさんのところへ届けにいったのだ。

「オーイ、出てくるな、パンツはここだ！」

といわれ、はじめて気がついたのだが、まったくえらい恥をかいてしまった。

思いっきり楽しんじゃった後なのだから、締切りギリギリになって、もう一度書き直したいなんて言えたギリじゃないのだが、それにしても、フロリダやメキシコの海の話、聞かせたいなあ、などとつい考えてしまう。

イルカ二頭と泳ぐ

モーリーウィールスのメンバーと初めて潜った日

再び、リッチー・レイモス

スキューバ・ダイビングのライセンスをとったのは、おととしの秋のことだ。ライセンスを持っているというと、日本では驚く人が多いけれど、僕の加入しているクラブMORRAY WHEELS《モーリーウィールス》は、会員の三分の一が身障者（殆どが車椅子）というユニークなものである。このクラブではプールと学科の講習が毎週の木曜の夜六時から九時まで、ＭＩＴ（マサチューセッツ工科大学）のプールと教室を借りて行われている。みんな仕事や学校の後に集まってくる。個人に合わせたスピードで講習は進むが、身障者の場合、通常四カ月、計八〇回程もプールで講習を受ける。プールで徹底的に慣れておく事で自信を持ち、安心して海に出られるのである。

健常者とハンディを持つ者とが、全く同じ条件で訓練を受け、行動を共にしているこのクラブは、アメリカでも唯一のものだが、身障者だけを集めた特殊クラブでないところが気に入っている。だいたいこのクラブの名前がシャレているのだ。MORRAY EEL《モーリーイール》というのは『うつぼ』のことで、チョット聞くとそう聞こえるのだが、ＥＥＬの前にＷＨが入って“WHEEL《ウィール》”つまり車椅子という意味になっているのである。

余談だが、潜水するには〝耳抜き〟というテクニックを会得しなければならない。これは水圧で鼓《こ》膜《まく》が破れないように、圧力でへこんだ鼓膜をもとにもどすために行うものである。普通は、鼻をつまんで耳に空気を送りこむのだが、これが最初、僕にはどうしてもできなかった。鼻をつまんで息をこめると目から空気が抜けてしまうのである。目がデカすぎるせいなのか、目のどこかが破けているのか、よくわからないが目からプクプク泡《あわ》が出るのだ。

そんな僕を見て、インストラクターや仲間たちは笑いころげたものだったが、これをマスターしなければ潜水できないのだから、僕としては笑い事ではなかった。今でも鼻をつまむと、目に空気は抜けてしまう僕だが、怪我の功名なのか、今では鼻をつままなくても耳抜きができるようになった。合計二十四時間以上の潜水経験もある。

最初のレッスンで、

「いいか、今に君たちも、こんな具合に出来るようになる」

といってインストラクターが水に入る見本を示したのを、やれといわれたものと勘《かん》違いして、後にくっついていきなり飛び込んで、インストラクターを仰天《ぎょうてん》させたこともあった。

何でも恐れずに挑戦してしまう僕に、インストラクターたちも驚き、そして喜んでくれたが、何のことはない。水に潜ったらハンディキャップなんかくそくらえなのだ。

ライセンス取得後僕は、後から入ってくる会員、それも身障者だけではなく健常者も、の指導にあたるようになった。そして、すっかり自信をつけたところで、僕はリッチー・レイモスを誘った。

リッチーのことは前にも書いたが、サーフィンをしている時、波にまかれて首の骨を折り、四肢麻痺になってしまったのだから、

「海は好きだが、心の整理がついてない」

と言うのを、ムリヤリ誘って食事をさせ、僕のバンに乗せてＭＩＴに連れて行ったのである。

服を脱がせて支度をし、潜水させた時のリッチーの喜びようといったらなかった。その顔を見ている僕も嬉《うれ》しくてたまらなかった。

水中での喜びを取り戻したリッチーに服を着せ帰り支度をしていたら、チーフ・インストラクターのミス・ラスティがすっ飛んできて、いきなり僕を力いっぱい抱きしめた。こっちは車椅子だから、高さの関係で、ミス・ラスティの豊かな胸の間に僕の顔は完全にはさまれて、チッ息しそうになった。

「マーク！　一部始終を見ていたのよ。なんてステキなの、アナタ。自分の幸せを彼にわけてあげたのね」

このひと言は嬉しかったなあ。日本だったら、さしずめ「自分より不幸な人に手を差し延べるなんてエライ」と、こうくるに決まっている。

僕は、自分を不幸だなんて思ってはいないし「自分が楽しかったから」彼を引っぱり込んだだけなんだもの。

弟、雅也

ところで誤解されると困るので断わっておくが、水中ではハンディキャップが無いも同然だから、それで僕がスキューバ・ダイビングに憧《あこが》れているなんて思わないでほしい。僕は、地上だって少しも恐くなんかないし、さして不自由も感じていないのだ。それが証拠に、僕は三度も自動車による長期旅行を試みている。

これは、殆どの留学生が休みごとに国に帰るのに僕が疑問を感じた事から始まった。いつかは帰国してアメリカに来るチャンスもなくなるかもしれないのに、何で今一時帰国しなければならないのだろう？　僕は、時間のある今の内にアメリカ中を見ておきたい、と思った。そして毎年夏休みになると帰国する代りにアメリカの縦断、そして横断旅行を行ったのである。

一回目は、大学に入って初めての夏休みを利用して、弟の雅也と小学校時代からの親友尾野康弘君と三人で、僕のおんぼろバンを交替に運転しながらくりひろげた珍道中。アメリカをほぼ一周した四十日間一万マイル（一六、〇〇〇キロ）の旅だった。ボストンから南下して様々な寄り道をしながらフロリダに行き、ニューオリンズなどに寄ってヒューストンの親友パッシンダの家へ。そしてグランドキャニオンなどに寄りながらロサンジェルス。北上してサンフランシスコにある数年前にホームステイしたことのある一家を訪ね、マウント・ラシュモアやシカゴ、ナイヤガラの滝などに寄って帰ってきた。

コンボイに四方を取り囲まれて、さんざんからかわれいじめられ、あやうく命拾いしたこと、一寸先も見えぬフロリダ特有のスコールの中での尾野流ヤミクモ運転とか、色々な事件も起こったが、何しろ気心の知れた三人組だから笑いの連続だった。

話せば、この旅だけで百ページを越えてしまうので詳しくは語れないが、この旅の写真の中の圧巻は、グランドキャニオンの深さ三百メートルはあるという断崖《だんがい》絶壁の突端で、記念写真を撮った時の話。ガケの反対側で雅也と僕が記念写真を撮り合った時、僕が、

「オーイ！　もう少しおもしろいポーズしろ〜」

と、どなると、雅也は急に逆立ちをしたのだ。

「バカ、何してんだ！　アホなことすんな〜」

どなる僕に雅也は、

「だいじょーぶ！　三点倒立は得意だから〜」

と、どなり返してきた。う〜ん、しょうがない。

ということで撮ったのがこの決定的瞬間（この時は、さすがにシャッターを押す手がふるえた）。

そしてもう一枚はパッシンダ邸のプールにて。前夜招かれたプール・パーティ（プールサイドで酒を飲んで盛り上がる夏の夜のパーティ）で僕がみんなに乗せられて、車椅子ごとプールに飛び込む事になった。

「3《スリー》」「2《ツー》」「1《ワン》」「GO！」

のかけ声と共に僕はプールサイドを車椅子でダッシュ、ふちで前輪を上げながら見事水中へ。大喝采をあびた。それが、次の日になって「アンコール」という事になってしまったのだ。「写真も撮りたいし」という事で、またまたプールにジャンプ・イン！　そして底に沈んだ車椅子に座ったところ

撮った！　絶壁での逆立ち

飛び込んだ！　クレッグも犬も

にパッシンダ家の三男クレッグと彼の愛犬が入ったのがこの写真なのだ。我ながらアホだな〜とは思うが楽しい学生生活の思い出である。

「こんなバカな兄弟を生んだ親の顔が見たいものだわ」

と、母は嘆いていたが、この二枚を飾《かざ》ったりしているところを見ると、けっこう気にいっているらしい。

雅也&義幸

二回目はカナダ東部一周旅行。

ボストンから北上してメイン州のポートランド発のカーフェリーでカナダのノバスコシアへ。そこからさらに北東に上がってフェリーに乗りニューファンドランド島へ。島を横断してから又フェリーでノバスコシアに戻り、「赤毛のアン」で有名なプリンスエドワード島に寄ってから、ガスペ半島の最北端にある国立公園に。モントリオールで遊んでからトロントに行き、昨年とは反対側からナイアガラの滝を見てアメリカに戻りボストンに帰るという旅。

今回はやはり弟の雅也と、ちょうどアメリカに留学中だった従弟の義幸の三人連れ。

車椅子になってから、僕はよくふざけて弟に、

「僕は頭脳の方をひきうけるから、お前は身体を鍛えて体力を担当するように」

なんて染の助・染太郎のようなことを言ったものだが、本当にこの旅で雅也は、完全に僕の足の機能を分担してくれた。

運動神経バツグンで機械いじりの好きな雅也は、車椅子の操作や性能をすっかり熟知してしまったから、分解掃除はもとより、どんな道だって階段だって朝メシ前で介助《ヘルプ》できるようになっていた。

車椅子の場合、手がよほど不自由でないかぎり、階段の登り降りだって介助は一人で充分なのである。乗っている人間と手伝う側のタイミングさえ合えば、どんな階段だって恐れることはないのだ。こういう事もリハビリの最後に家族や友人を呼んで一緒に教えてくれるので、わが家も母を含め、誰でもこの介助が出来る。

ノバスコシアの真ん中にある町ハリファックスの丘で、近道して百数十段の階段を二人でホイホイ登って行った時には、みんな呆れかえって眺めていた。

さすがのアメリカ人も、得意の「May I help you?」も出ないほどのスサマジイ階段で、誰もがゼイゼイ息を切らしながらやっとのことでてっぺんにたどり着くといったほどの丘だったから、僕たちが登りついたとたんに拍手喝采だった。

この旅の後はさしもの雅也も、

「兄貴と旅するとあっちこっちヘンなところに筋肉がつくんだよな～」と文句を言っていた。

ナイアガラでも、普通の人がすべったり転んだりしながらビショぬれになってやっとたどり着く所まで、僕たち二人は足どり（?）も軽く下りて行ったのである。

日本に一時帰国した時、レストランで五段くらいの階段を下りようとしたら、七、八人のウェイターが吹っ飛んで来たが、オミコシじゃあるまいし、一人がキチンと介助してくれれば十分こと足りるのである。

カナダの旅は、フェリーを乗り継いで島から島をめぐった。従弟も一緒なので、あまり音信不通で心配かけてはと、途中から一度日本に電話した。

すると、

「電話のそばにカナダの地図を広げているから、どこにいるのか教えて」

と言うので、

「ニューファンドランドのセントジョンズにいるよ」

と言ったら、

「何てところにいるの！」

と母が悲鳴をあげた。

安心させようと思ったのに逆効果になってしまった。でも驚くのも無理はない。カナダは最東端、大西洋に突き出した小さな島の端っこの、オマケみたいなところなのだから。

ガスペ半島の最北端ではひどい目にあった。と言っても自分のミスである。長い長いワインディング・ロードを運転してやっと国立公園にたどり着いた僕は、ちょっと疲れていたのか公園内の制限時速「五〇」のサインを見て五〇マイルだと思ってしまった。いくらマイル表示のアメリカに住んでいたとはいえ、キロ表示のカナダに来て、もうずいぶん経っている。

そして入場料金を払うとスピードを上げていった。五〇キロ制限のところを八〇キロで行ったのだから目の前に迫った急カーブを曲がりきれるはずがない。必死できったハンドルも役にたたず、車は砂利道を横滑りしながらジャンプして道路脇の溝に落ちた。

「やっても〜た！」

傾いたバンの中でシートベルトで宙づりになっていた僕の第一声である。まぁ不幸中の幸いは誰にもケガがなかった事だが、片側の前輪がこわれてしまった。親切なカナダの人達に助けられ、僕らは車ごとレッカーされて修理屋に行ったのだが、修理に四〜五日はかかると言われてしまった。

「まぁ、いいっか」

この田舎町でのんびり車が直るのを待つことにした僕たち三人は、紹介されたモーテルに行ったところが新たな問題がおこった。

さっきまで手伝ってくれていた国立公園のレンジャーが帰ってしまった今、どっちを向いてもフランス語で、なのだ。たった一件あるユースホステルのレストランはフランス料理でメニューもフランス語。挑戦したが何も食べたいものが頼めず、高い料金を払ってハラペコのままだった。

次の日になり、もうレストランはこりごりと、僕らはたった一件の食料品店で肉とバーベキューソースを買うと、砂浜に行きキャンプとしゃれこんだ。ロビンソン・クルーソーばりに拾ってきた木ぎれを削ってフォークを作ったり、子供の頃のボーイスカウトを思い出してカマドを作って肉を焼いた

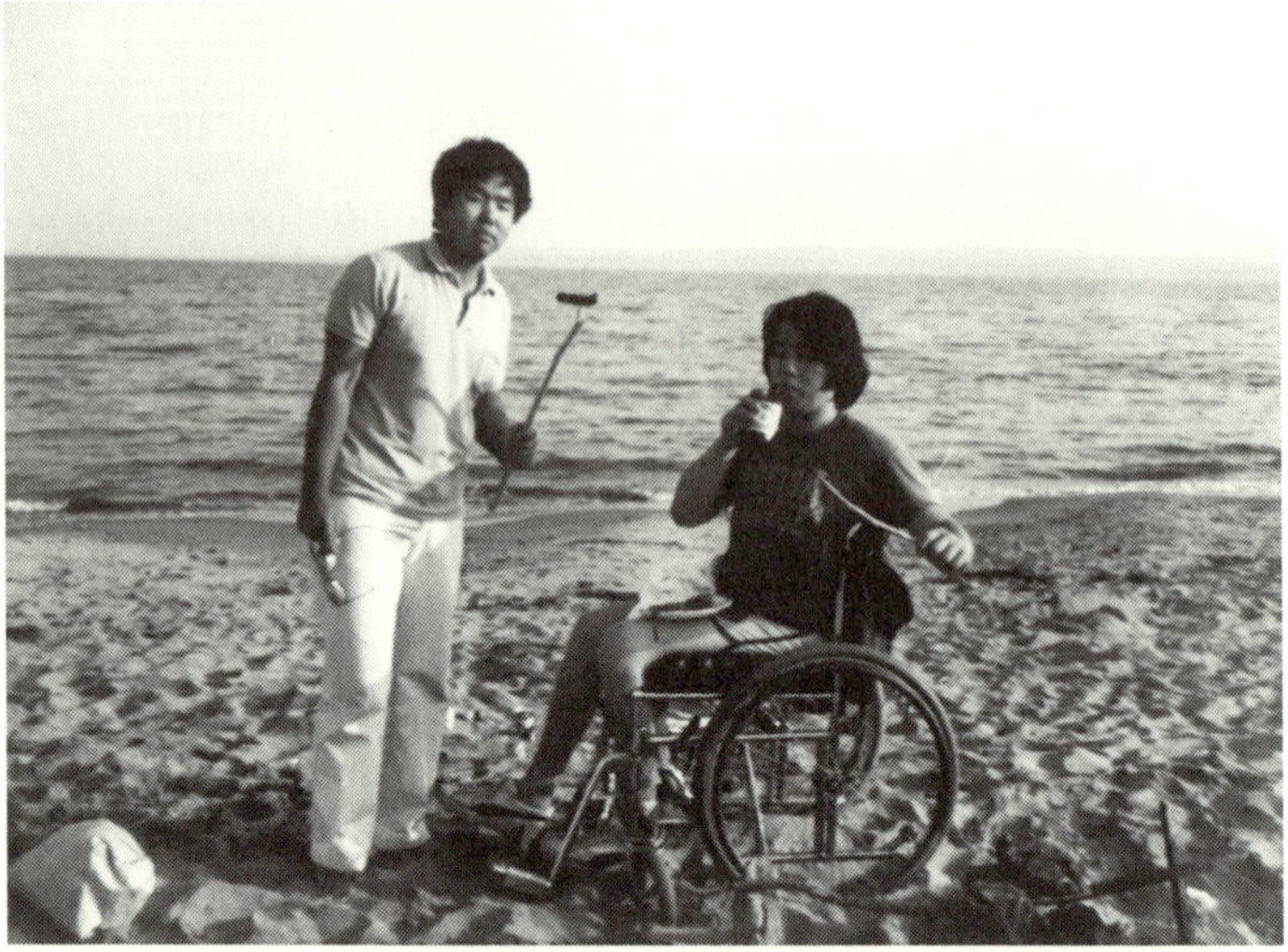

いとこ、義幸とバーベキュー

タダシと

りした。

時々、砂の上に落っことしたりするから砂だらけになり、それを海で洗って焼きなおして食べるのだからまるで野蛮人だ。

しかし、カナダのどのレストランの料理よりも、この時の肉の不思議な味の方が忘れられない。この旅をするまではこういう事をした事のなかった優等生の義幸が帰国後、京大を経て国連難民高等弁務官事務所に勤め、現在モザンビークにいるのは僕の責任だろうか……。

ところで、雅也を連れていると面白い事がある。名前を聞かれたとき「マサヤ」と言うと「メサイヤ（救世主）」に聞こえるらしいのだ。兄の僕がマーク（キリストの弟子、マルコのこと）だから、キリスト教の人達は、何という名前の兄弟かと目をむくのである。

タダシ

三度目の旅は三年生が終わった夏休み、タダシと雅也、弟の親友の孝広君の四人。東海岸の縦断からフロリダ・キーズでのダイビング、そしてヒューストンからメキシコのコスメル島に飛んで、又ダイビングしてアメリカに帰り、ダラスやニューヨークを通ってボストンに戻って来るという行程だ。

タダシも、今や雅也についで車椅子介助のプロになりつつあり、雅也とタダシさえいれば、僕は地の果てだって行ける自信さえある。

タダシとの出会いには思い出がある。大学三年生のある日、僕はBCのコンピュータールームで宿題をやっていた。宿題はCOBOL《コボル》というコンピューター言語のプログラム作り。プログラムをプリントアウトしてエラーをチェックしていると、話しかけてきた奴がいた。

「プログラム書いてるの？」

見上げると初めて見る東洋人が立っていた。

「うん、COBOL《コボル》。君もコンピューター専攻《メジャー》？」

「そうだよ」

という事で会話が始まり、僕らは意気投合してしばらく英語で話していた。そのうち、

「どこから来たの？」

という話、そして国籍の話になった。

「今はここから十分位のとこに住んでるけど、元々は日本から来たんだ」

と僕が言うと、

「え〜っ、僕も日本から来たんだよ」

と彼も答えた。この時点では、まだ英語でしゃべっている。

「ホント？　じゃあ日本語しゃべれる？」

「もちろん！　君は？」

「そりゃそうだよ、日本生まれの日本人だもん」

「な〜んだ！」

と大笑いした二人は、話しはじめてから二〇分ほどたって、やっと日本語でしゃべり出した。日本人が殆どいないBCでは、東洋人を見たら中国人か韓国人または東南アジアの国の人だと考えるのが普通だったのだが、お互いを何人だと思ったのかは今だにナゾである。

同国人とばかり固まっていて英語もろくに学ばない留学生が多い現実を見て、そうはなりたくないと積極的にアメリカ人にとけ込んでいた二人だったのが、こんなエピソードを生んだのかもしれない。

久しぶり？に日本語で話しはじめた僕らはどんどん意気投合し、車検に出していた車をとりに行く僕をタダシが車で送ってくれ、そのまま僕の家に来て一晩中語り明かしてしまったほどだった。

何のためにアメリカに来たのか全くわからないような日本人留学生があまりに多いこと、通りいっぺんの英会話を覚えただけで、何ひとつアメリカを理解しようとしない連中のこと、せっかく留学したのに目的もなくただ遊びほうけている大学生のことに対する批判。いかに勉強するか、留学させてくれた親への感謝を将来どんな形で現わすか、貴重な体験をどのように生かすべきかなど、あまりに考え方が似ていることに驚いてしまったのだ。

これほど理解し合える日本人同士も珍しいんじゃないかと、その後も会うたびに興奮して語り合ったものだった。

そして、僕より一年先にBCを卒業した彼は、今や僕の片腕（並びに両足？）として僕を支え、将来、僕がやろうとしている夢に力を貸そうとしてくれているのである。

三度目の旅は、まずタダシと二人で、アメリカの最南端フロリダのキーウエストで、スキューバ・ダイビングすることから始まった。そもそも四日間二〇〇ドルでキー諸島のキーウエスト、マラソン、イスメラルダ、キーラルゴで各2ダイブずつ潜れる、という格安のツアーを僕が見つけた事からこの旅の計画は始まり、タダシはモーリーウィールズに入会、ライセンスも取得していた。フロリダー・キーズで心ゆくまで潜りまくってから、ヒューストンのパッシンダ家で日本からやってくる雅也と孝広を待って合流した。そして家族全員ダイビングするパッシンダ家一同と共にメキシコに旅立った。

この旅の目的は、もちろんカリブ海のコスメル島でのスキューバ・ダイビングである。

コスメル島の周辺は、すべて海底国立公園に指定されている。底は、一面サンゴと白い砂だし、透明度が高いから、三〇メートル潜っても地上と変わらないほど視界がきく。

僕たちは、すっかり魚と同化してしまった。雅也によると、こんなのを今日本ではやりの言葉で表現すると、

「ボクたち、サカナしちゃった」

なんて言うんだそうで、それじゃ僕の場合は、

「クラゲしちゃった」

とでも言うべきか。いや、体型からいえば、

「ボク、ゾウアザラシしちゃった」

コスメル島での潜水。パッシンダ兄弟と

ゾウアザラシしちゃった！

旅行コース

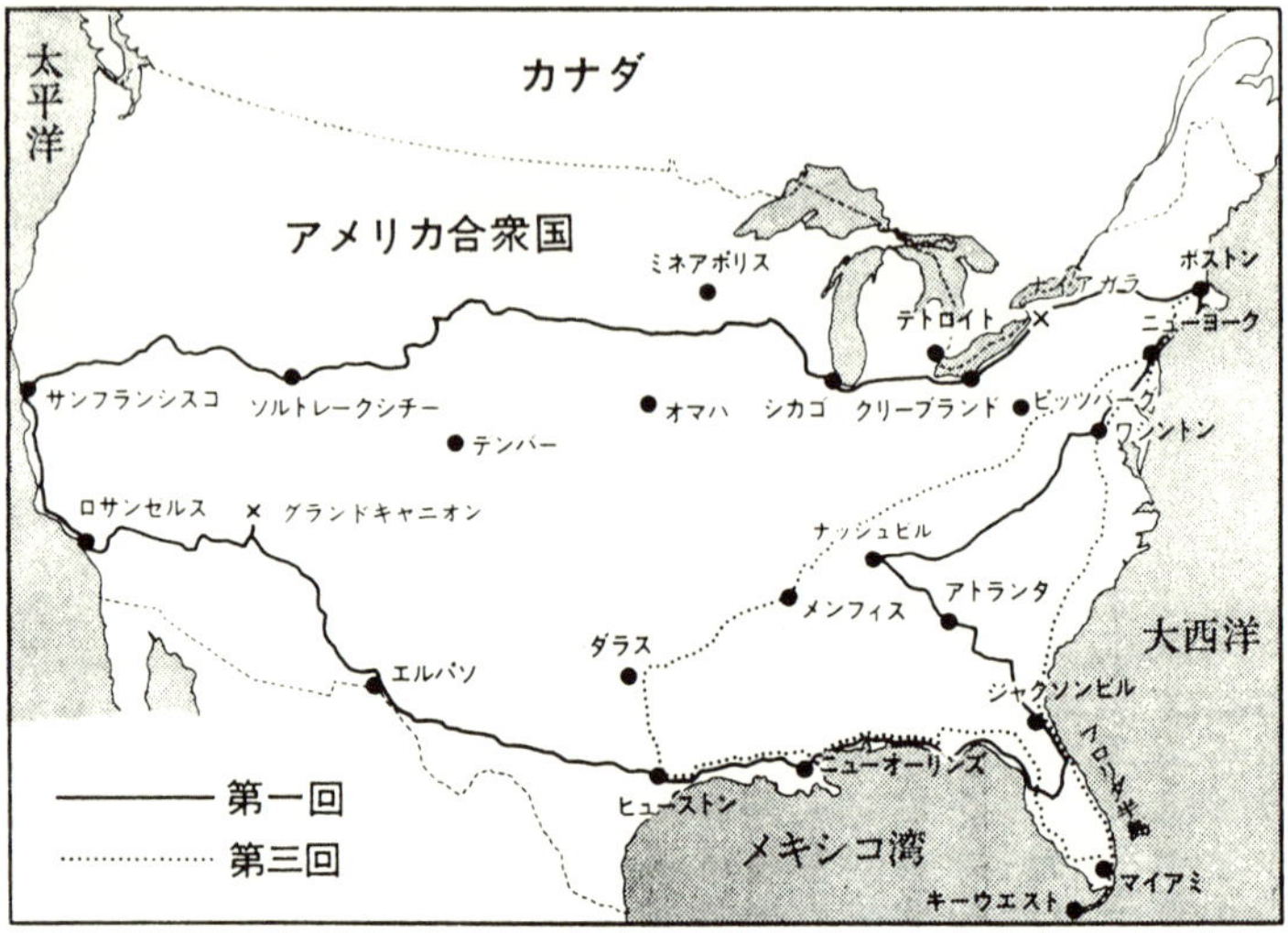
太平洋
カナダ
アメリカ合衆国
ミネアポリス
ナイアガラ
ボストン
ニューヨーク
デトロイト
サンフランシスコ
ソルトレークシチー
オマハ
シカゴ
クリーブランド
ピッツバーグ
ワシントン
デンバー
ロサンセルス
グランドキャニオン
ナッシュビル
アトランタ
メンフィス
大西洋
ダラス
エルパソ
ジャクソンビル
フロリダ半島
ニューオーリンズ
ヒューストン
メキシコ湾
マイアミ
キーウエスト
第一回
第三回

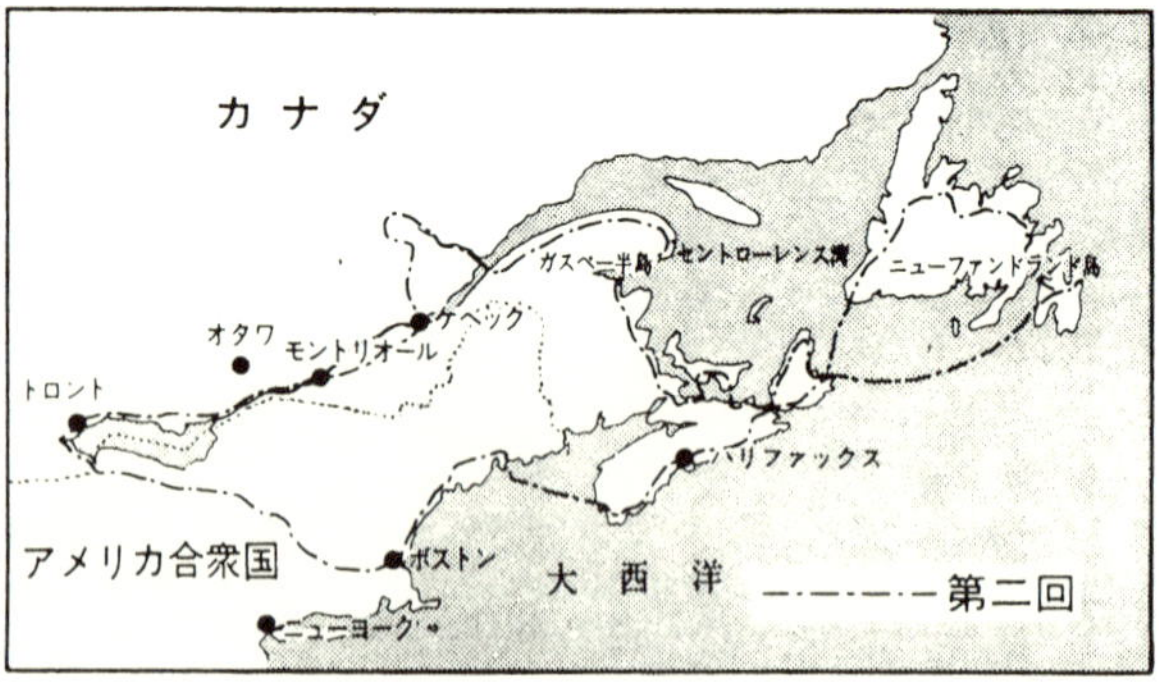
カナダ
ガスペー半島
セントローレンス湾
ニューファンドランド島
ケベック
オタワ
モントリオール
トロント
ハリファックス
アメリカ合衆国
ボストン
大西洋
第二回
ニューヨーク

ってとこかな。

メキシコから戻った僕らは、ダラスのサファリパーク（自分の車で動物の中を走れる）やニューヨークに寄ってボストンに帰った。

三回の珍道中の行程は、図のようになるが、次回の予定もすでにできている。

といっても、今週末に退院すれば五月二十日の卒業式まで、再びレポート、試験に追いまくられる毎日だろうし、六月には日本に帰って就職しなければならないのだから、次の旅行は、しばらくお預けということになりそうだが、まあ、お楽しみは一つくらい残しておいた方がいいのかもしれない。

フリード教授

ドライブ旅行、水泳、スキューバ・ダイビング、テニス、卓球、バスケット、ロード・レース、ボーリング、ビリヤード、何だってやれるものならチャレンジせずにはいられない僕なので、十番目の脊椎《せきつい》損傷にしては出来すぎるんじゃないかということで、時々、大学病院の臨床報告会に呼ばれたりする。

入院中から〝ミスター・独立《インディペンデント》（自立）〟の異名をとった僕だが、主治医だったフリード教授は、脊髄の神経をつなぐ手術が可能になったら、まず呼びよせたい患者として僕の名をあげておられるという。

しかし、今のところはこれで充分だと思っている。（両足が動かなくてこれだけ活動できるんだも

の、足が動いたら身がもたないんじゃなかろうか)

「でも、アメリカだからそんなに自由自在にできるんで、日本じゃまだとてもそこまでは」

「日本へ帰ったらきっと大変ですよ」

などとよく言われる。

第三章の最後に書いたが、たしかに三年前に帰国した時の日本の状況は、ハンディキャップを持つ者にとっては絶望的とも思えた。

しかし、今年帰国した時、実際にリハビリの状況を調べたり見学したりしてみると、考えていたよりはるかに進歩していることを知って嬉しかった。

ただ、リハビリ自体は進歩しても、受け入れ側の意識や知識の貧しさにはがっかりさせられる。たとえば、例の車椅子でエスカレーターに乗る件にしても、現在は日本でもリハビリで指導されているにもかかわらず、一歩一般社会にでれば、やみくもに危険視されてしまうから、実際に活用できる場がないのである。

また、子供たちに「ハンディキャップを持つ人のことを、見てはいけない」という教えが、まだ生きているのではないだろうか。日本に帰ると、見たいような、見たくないような、盗み見るような視線を感じることが多いのである。

ボストンだと、子供がじっと車椅子を見ていると、お母さんが、

「よく見せてやってくれますか。プラモデルで持っているんだけれど、この子、とっても車椅子に興

味を持っているんですよ」

なんて言ってくることさえある。

駆けよってきて羨《うらや》ましそうに、

「ねェ、なぜ歩かないで車椅子に乗ってるの？」

なんて聞く子もいるし、僕が答えるのをお母さんはニコニコ見ているといった具合である。

そんな時、僕は子供をヒザにのせ、ビューンとひとまわりしてやるのだ。

リフトでバンに乗りこむところなんか見ると、子供たちは目を輝かせる。

いつだったか、ボストンの公園で老人たちがひなたぼっこをしている前を通りかかったら、皆じっとこっちを見ていたから、僕はわざわざウィリー（後輪立ち）をしたまま、しずしずと彼らの前を通りすぎ、拍手を浴びたこともあった。

老人たちの目が〝哀れむ目〟ではなかったからである。

日本に帰ったら、まず、あの困ったような目になれなくちゃならないだろうな。

だが、そんな状況の中で一生懸命がんばっている人たちもたくさんいることを、僕は最近になって知った。

仕事やスポーツ、音楽、ありとあらゆる分野に進出しようとしている人は少なくないのだ。

僕の知らないところで、僕と同じような気持ち、同じようなチャレンジ精神を持って、いや、僕よりはるかにたくましく立派に活躍している人は、きっと僕の想像よりずっと多いにちがいない。

二年前、北海道のテレビ局の取材で僕を訪ねてこられた、北海道在住の高橋敏夫さんなどもその一人。彼の明るく積極的な生き方に、僕は感銘をうけた。

だが、その高橋さんでさえ、対談中に僕が、

「アメリカでは、いつか医学が進歩して立てる日が来た時、足が固まっていては役に立たないからと、毎日運動をかかさないのです」

といったら目を丸くして、

「そんな考え方もあるのですね。絶望的とは思わないのですね」

と繰り返しておられたのが印象的だった。

そういえば、昨年帰国した時、いよいよ身障者手帳の交付をうけるための健康診断にいった時のことを思い出す。

医師は僕の足がなえていないことにまず驚き、あまりすばやく車椅子からベッドに移ったりするのを見て、何度もレントゲンをすかしてみては、

「ほんとに十番目やられてるんだよなァ。何だってそんなに身軽で柔らかい足なんだろう」

なんて言うので、僕は、少しギコチナクしなければ、第一級障害を認めてもらえないんじゃないかと不安になったほどだった。

その時も、将来のために運動しているから固まっていないのだと説明すると、

「ホウ、そんなこと言っているの、アメリカのお医者さんは」

と半《なか》ば感心し、半分はそんな子供だましを信じているの、と言いたげな表情をされてしまった。いいじゃないですか、希望を持つってことはムダなことじゃないんだから。

明るすぎる母

身障者手帳といえば、交付の通知を受けた母が代理で区役所にいった時の話である。

いつもの調子で明るく（ネッカラ明るい人なもんで）ニコニコしながら、

「身障者手帳いただきに来ました！」

と声をかけたら、皆がハッとしてふりむき、一瞬困ったような静けさがあり、その後とても親切にしてくれたそうだ。いかにも（お気の毒なお子さんをお持ちで）といった同情が感じられて母の方がメンクラッタという。

「どうも明るすぎちゃって不自然だったみたいなの。そういえば、母子手帳くださいっていう雰囲気だったのかなあ」

と母は反省？　していたけれど、とにかく僕を見ているとゼンゼン不幸だとは思えなくて、というより、母としては怪我《けが》する前の僕よりその後の僕の方がダンゼン好きなんだそうで、だからとても〝不幸っぽく〟なんかできないというのである。

弟にしたって、身障者手帳をみて、

「いいなあ。特典だらけだ。なんてったって一級なんだもの」

といった調子なのだから。

父の言動にも、障害に対するこだわりが全くない。

いつか三浦先生が言われたように、僕の家族は『ハンディキャップを完全に乗りこえている』のかもしれない。

素晴らしい言葉

僕が足の機能を失ったとき、遠藤周作先生は、「神は愛の行為しかなさらない。いつかきっと、良かったと思える日が来るはずです」と励《はげ》ましてくださったし、三浦朱門先生は「奇蹟は立つことだけではない」という事を教えてくださった。

ローチ神父の「失ったものを惜しむより残されたものに感謝しなさい」という言葉も忘れられない。

本庄先生御夫妻は、僕の持つ限りないポテンシャル（可能性）を信じなさいと言い続けてくださった。母の妹である展子叔母の「神様は試練にくじける人に試練はお与えにならない。あなたは選ばれた人なのよ」という言葉も気に入っている。アメリカ留学のきっかけを作ってくださった山口実先生も「神が君に使命を与えられたのだ」といわれた。

ボストン大学病院F5のレックルームには「Sky is the Limit!」というポスターが貼ってあった。「空が僕らのリミットだ！」と直訳できるこの言葉。「リミットなんて空のように限界がない」という意味である。毎日このポスターを見ながらリハビリを行ったせいか、自分の限界なんて気にした事もなかった。

また、僕が事故にあった翌年、一九八〇年の世界障害者年のアメリカの記念切手に書かれていた言葉、「Disabled doesn't Mean Unable!」

これは「可能」という意味である「Able」という言葉に否定詞の「Dis」をつけた「Disabled」は「障害者」の事を表すが、それは同じ「Able」にやはり否定詞である「Un」をつけた「Unable（不可能）」という事ではない、という意味である。僕は「できない事もやれない事じゃない！」と自己流で意訳して信じている。

その他にも、どれだけ多くの励ましを受けたことだろう。これらの素晴らしい言葉をつなぎ合わせると、おのずと僕の行く道が見えてくるような気がする。

大学卒業を目前にした今、それらの言葉は一層強い力を持って僕の心を奮い立たせてくれるのだ。

怪我をしなかったら絶対に会うことのなかった人たち――僕の生命の恩人であるモーガン先生夫妻や、グリーンフィールドやボストンの病院の人々、御夫妻で励まし続けて下さったガルブレイス教授と奥様、さまざまな国の友人たちとの出会い、心のふれあい。

車椅子になったからこそ発見できた日本の友だちの真の友情――どんな時にも変わらない友情を持

っていてくれた尾野君や、狂言で活躍中の野村耕介君、矢内君、堀上君、大倉君などをはじめ僕をとり囲む数多くの友人たち。

たくさんの愛や友情に囲まれて僕は、やはり幸せだと思わずにはいられない。

決して負け惜みではなく、僕は、しみじみと思うのである。

せっかく車椅子になったんだもの。こんなチャンスを利用しないなんてもったいないじゃないか。

これからの僕は、今までにうけた多くの愛や友情に報《むく》いるために、僕の持っているささやかな力を社会に還元していかなければならないと思う。

＊

僕の拙《つたな》い文章を最後まで読んでくださって本当にありがとうございました。

もし、車椅子の僕をどこかで見かけたら、気軽に声をかけてください。

それが僕でなくてもいいんです。車椅子を見かけたら「やあ！」と気軽に声をかけてほしいと思います。

最後に、巻頭を飾《かざ》ってくださった三浦朱門先生に、心からの感謝を捧《ささ》げます。怪我をした時、『わが子リッチー』の翻訳の時、そしてまた今回も、あたたかい目で見守っていただき、本当に嬉しく光栄なことと思っています。

ガルブレイス教授と

三浦朱門先生と

第五章　あっと言う間の十年間

あっと言う間の十年間（一九八五〜九五）

一九八五年五月二〇日ボストンカレッジを卒業した僕は、友達にさよならを言う間もなく日本に帰国した。六月一日付けでの日本企業への入社が決まったからだ。九月から新年度が始まるアメリカの学生は、この最後の夏休みを旅行などで満喫するわけで、僕もアメリカ一周旅行を計画していたが、九月に一人で入社するよりは、四月入社の社員が研修を終えて配属される六月に入社した方が、仲間外れにならずに済むという会社の配慮からだった。

当時アメリカでは様々な企業が、コンピュータとマーケティング専攻の学生をリクルートしており、その両方をダブルメージャーした僕には、かなりの誘いがあり、提示された給料もたいへん高かった。しかし、そろそろ日本に帰って来い、という両親に応えるのがアメリカでのリハビリと教育を与えてくれた親への孝行、帰国する事を決めたが、日本への帰国は、不安で気の進まないものだった。だが、どんな環境にもアッという間に順応するのが本品の特徴。日本での新しい環境に慣れるのに時間はかからなかった。今までの一時帰国にあまり良い思い出のなかったのは、自在に動き回れる車がなかった事が、大きな要因だったのだ。アメリカのように、どこにでもハンディキャップパーキングがあるわけではなかったが、バスや電車の使いにくい日本では車が僕の足となった。

昔からの友達と、色々な所に遊びに行くことも多かった。地元の池袋はもちろん、渋谷や六本木などに新しいレストランやお店をみつけては、足を運んだ。こういう時は、お酒を飲むのでタクシーを使うのだが、タクシーがひろえず、とうとう六本木から目白の家まで車椅子で帰った事もあった。

ただ一つ不思議に思ったのは、

「なぜ車椅子の人を見かけないいんだろう？」

ということだった。アメリカで遊びに行ったら、車椅子の人に会うことは当り前で、そこから友達になった人も多かったのだが、

「日本には車椅子の人が少ないんだなぁ」

それが僕の印象だった。

会社での仕事は大変だったが楽しかった。最初は敬語がうまく話せず、電話を受けるのが恐かったり、漢字が思い出せず、辞書を肌身はなさず持っていた程だった。しかし配属された部署が得意分野のコンピュータ関連の課だったのは幸せだった。当時その会社ではコンピュータが導入されて間もなかったため、僕の課の仕事は山積み状態。コンピュータによるデータの分析や様々な計画を策定するシステムの構築など、多忙だったが学ぶ事も多かった。

社内の人はみな良くしてくれたが、車椅子の初めての社員という事や、アメリカの大学出という事で、他の新入社員とは違う目で見られている事は明らかで、僕がふつうの若者だ、という事をわかってもらうのに数ヵ月、仕事が出来る事をわかってもらうのには三年以上もかかるのだった。当時、毎晩のように残業して仕事を頑張ったのも、認めて欲しいという一念からに他ならなかった。

初めての水泳大会

帰国した当時、学生時代と比べてスポーツをする機会が激減していた僕は、近所のスイミングスクールに通い始めた。このスクールには障害者のためのクラスがあったが、大変重度な初心者のクラスで僕には該当しなかった。一般のクラスは年代別に分けられていたが、どのクラスに入るか決めるのが大変。初心者ではなく泳力はあるが、足が全くきかない僕は、六〇代の女性のコースから始め、最終的には五〇代の女性のコースに入れられた。二五才の僕はおばさん達の間では、人気者になったが、何か違う感じがした。

そんな時、スキューバ・ダイビングを通じて知り合った、僕の日本で最初の車椅子の友達であり、現在も大親友の一人である鈴木ひとみさんから、北区の十条に障害者スポーツセンターが出来た事を教えてもらった。東京の多摩に同様のセンターがあるのを知って泳ぎに行った事はあったのだが、遠すぎて週末に行くのがやっとだった僕にとっては、嬉しいニュースだった。

ひとみさんから貰った地図を頼りにセンターを訪ねた僕は、水泳のクラブが結成された事を知り、後日クラブの練習に参加した。東京トリトンという障害者のスイミングクラブには、上肢や下肢に障害のある人はもちろん、視覚障害の人や聾唖の人もいて、僕には一気にありとあらゆる障害を持つ友達ができた。

東京トリトンの仲間たち

日本選手権で、ひとみさんや友人と

トリトン初の車椅子常用者だった僕を、クラブのみんなは優しく指導してくれ、僕の競泳に対する熱は上がっていった。全く足のきかない僕の場合、左右対称な動きである平泳ぎが一番泳ぎやすくなっていった。クロールや背泳ぎだと片側をかいた時に足が反対側にふれてしまい、かなりの抵抗になってしまうのだ。現在では四泳法ともこなす僕だが、当時は、記録がどんどん伸びる平泳ぎを夢中で練習した。その頃からつけている水泳の記録ノートを見ると、初めて計った二五mのタイムが三七秒四から始まり一秒、二秒と縮まっていっているのが分かる。一秒縮めるのに四苦八苦している今と比べると、時間を見つけては仕事の後に練習に行ってタイムを取り、喜んでいた自分の姿を思い出す。

始めて三ヵ月たった頃、クラブの人達に勧められ日本選手権に出る事になった。その当時は予選もなく誰でも出られたその大会は、近畿大会が発展して日本選手権となってまだ四回目の大会だった。場所は大阪長居の身障者スポーツセンター。「大阪ならまかしとき」と言う、実はこてこての大阪人であるタダシと共に、車椅子になって初めて新幹線に乗り大阪に行った。大阪駅の駅員さんは東京と比べるとすごく柔軟で、エスカレーターも「乗れますか?」と聞き「ハイ」と答えると「どうぞ」と簡単に乗らせてくれた。なんか大阪の方がアメリカっぽいなと思った。

初めての大会の初めてのレースは五〇m平泳ぎ。召集されてから、入水し、スタートを待つまで緊張はピークに達していた。僕は全力で泳ぎ、二五mのターンでは一位だったが、最後の十mでバテて高須さんという方に負けてしまった。記録は一分七秒三。

プールから上がった時、高須さんは僕に「君は力もあるし、練習すれば良い選手になれるから頑張れ」と声をかけ、いくつかのアドバイスも頂いた。後に知ったことだが高須さんはその頃、僕らのクラスのすべての日本記録を持っていたすごい選手だった。その時から彼が僕の目標となり、彼の持っている記録を目指して頑張り出した僕だった。この時負けなかったら、この時声をかけてもらわなかったら、僕は競泳にここまでのめり込まなかったと思う。高須さんとは、その後水泳大会ではお会いすることも、対決する機会もなかったが、水泳選手として今でも尊敬している恩人である。

身障国体

競泳を始めて一年ほど経った。仕事は依然として忙しかったが、職場を引っ越した事もあって、スポーツセンターが車で十分という好環境となり、残業のない日は飛んでいって水泳をした。そんな時の水泳ほど仕事の疲れを癒すものはなかった。水泳以外にもスキューバ・ダイビングも再開し、スポーツライフは充実していたが、競技スポーツとしては水泳一本。残業のない日と週末を中心に、夢中になって泳いでいた。

練習の成果が開花したのは六月の東京都のスポーツ大会の五〇m平泳ぎ。なんと五三秒六という大記録が生まれた。初めて出た大会の時と比べると一四秒近くも早くなった事になる。

「この記録なら身障国体（正式には全国身障者スポーツ大会）に選ばれるかも」

そして僕はチームメイトの中でも特に仲の良い堀越さん（ポリオ）、鈴木ちかちゃん（脊損）、土岐ちゃん（CP）と村山さん（片下肢障害）と共に東京選手団に選ばれた。大喜びで練習し、新幹線で京都に着いたのも束の間、僕は練習中に熱発し、救急車で病院に運ばれてしまった。

実は、その前年に褥瘡(床ずれ)ができ手術をしたのだが、それが再発したのだ。日本で担当医がいなかった僕は、手術に東京で超有名な総合病院を選んだ。ところが、手術が終わってみると医師は、「立った時、目立たないところに縫い目を持って来ましたよ」と自信ありげに言った。

ところが僕は、立ち上がる事はない。縫合の傷跡はお尻と腿の間にあり、立てば見えないかもしれないが、座ると傷跡の真上に座ってしまうという最悪の位置なのだ。しかし、それを理解したのはずっと後のこと。当時は直ったと喜んでいたのだが、半年後に再発、再手術となった。

「今回は腿の肉を移植します」

と言っていた医師なのに、手術が終わってみると、お尻を縫い目だらけにして肉をずらす様な手術になっていた。この二回の手術が、その後の僕と褥瘡の戦いとなるのだった。

会社で認められようと必死で頑張ってきて、やっと社内の人々から認められたところだったのに、その代償が、褥瘡だとは残酷である。自己管理が悪かったと言えばそれまでだが。左右の障害レベルが違う僕の場合、身体が左に傾いてしまい、どうしても左の臀部に体重がかかるのが原因だった。

京都でまたまた再発してしまった僕は、東京に帰り脊損の専門病院に入院することになった。京都から東京までの移動は、タダシがワゴン車の荷台にマットを敷いて、僕を運んでくれた。今度こそ、ちゃんとした手術を受けて完治するぞ、という気持と、ボストン大学病院での楽しい日々を思い出していた僕は、日本のリハビリ病院への入院に期待すら感じていた。

日本のリハビリ病院

初めての日本のリハビリ病院。ワゴン車からストレッチャーで運ばれたは脊損専門病棟は、建物が古く夕方だったこともあったのだろうが、暗く、どんよりとした雰囲気だった。ところが手術が終わり、時間が経つと、周りの、そして日本の状況がだんだんとわかって来た。

まずビックリしたのは、同室の六人の一人だった頚損の青年が告知されているのを聞いた時。まだ若そうなその医師は、これからできない事に関しては山ほど言ったのに、これから出来る事に関しては何も言わなかった。そして僕がアメリカの病院で「君は何も変わっていない。やり方を変えれば良いだけ」と言われたのに、その医師は「お前はこれから障害者として生きていくんだ」という事を、いやという程言ったのだ。彼の落ち込み方はひどかったが、看護婦さんの一人もフォロー出来る者がいなかった。彼に何が出来るかを言ってあげられる人がいなかったのだ。その後、僕は、これがこの病院だけでなく日本の殆どの病院が同様の状態にある事を知る。患者にも、スタッフにも、情報がないのが原因だろう。

リハビリの始まった患者達にもチョイスはなかった。車椅子ひとつ自分の好きな物が選べない。日本の病院には、指定業者制度というのがあって、それらの会社の製品しか買うことができない。僕はボストンで、様々なカタログや雑誌から気に入った車椅子を選んだのを思い出した。スタッフは選んだ車椅子を、僕に合うように処方して注文してくれたのだ。

スポーツにもチョイスがない。その病院では、患者は車椅子バスケとトラック中心の陸上競技しかやらせていなかった。水泳がしたいと言っても、バドミントンがやりたいと言っても「そんなモンやらなくていい」の一言で片付けられた。施設がないからか、指導者がいないのか、でも情報ぐらい与えられたはずである。

僕の担当だった医師は、唯一考えの広い方で入院の最後の頃に、水泳に行きたいという僕をプールに連れていってくださった。この先生が担当だった患者は、幸せだっただろう。しかし殆どの患者は「お前には、これしかないんだよ」という感じで、自分のリミット（限界）を他人に決められてしまっていた。

自分の限界なんて自分にしか判らない、いや、自分にも「やってみなきゃ、判らない事」とアメリカのスタッフは言っていた。しかし日本の身障者には、情報や生活への選択肢が全く与えられなかったのに、限界だけは勝手に決められてしまうのである。原因が情報不足なのは明らかだった。病院内と退院患者の会報はあったが、アメリカにあるような、障害者向けの全国誌は一冊もない事も判った。

こういった現状を目の当たりにしながらの三回の手術と、半年近い入院の中で、僕は自分だけ幸せに生きていて良いのだろうかと思うようになった。健常者に混じって働いていた僕にとって、障害者の社会に関係する必要はなかった。しかし自分の経験を患者のみんなに話したり、相談に乗っている内に「自分のアメリカでの経験を生かして何かしなければ」と真剣に考えるようになった。

　みんなのために何かしたい、という気持ちが具体化したのは、病院のＯＴの黒岩先生の一言だった。彼女とカウンセラーの二人の先生は、僕に病院内で講演会をさせたり文章を文集に書かせたり、僕を支持して機会を与えてくださった。そんな先生がある時、僕の使用しているアメリカ製の車椅子を見て、外国製品のカタログをパラパラめくりながら、

「外国には良い製品がたくさんあるんだけど、高過ぎて患者さんに勧められないのよね。山崎君、なんとかならない？」とおっしゃった。

　そうだ、最初から情報を提供するのは難しいけど、みんなのチョイスを増やす事なら協力できる。そんな訳で、ここでの体験が、僕に身障者関連の仕事を始めるきっかけとなったのだ、この入院がなければ、現在僕の行っている事業や活動の大半は存在しなかっただろう。転んでもただでは起きない性格は健在だった。

アクセスインターナショナル

　退院後、僕は会社を設立することを考えた。父は当初反対だったが、学会で来日した本庄先生が、

「今のままではマークの良い面が発揮されていません。自分で会社を起こして起業家として、彼がアメリカで学んだ事を生かして仕事をする事が最適ではないでしょうか。このままでは肉体的にも精神

的にもボロボロになってしまいます」と助言して下さったのがきっかけとなって、父もＯＫしてくれた。その後、父は、僕の会社の発起人そして株主にもなってくれた。

会社を作ろうと決めた時、真っ先に相談したのは親友のタダシ。性格や物の見方、思考回路が正反対だとか言われる僕らだが、根本的な考え方では最も理解しあえる親友なのだ。以前から僕が何かする時には力を貸す、と言ってくれたタダシは、快くパートナーとしてこの会社をやって行くことを約束してくれた。

退院し、年も暮れようとしていた十二月の二六日、僕はコンピュータコンサルティングを中心とした会社を設立した。日本の縦型組織では、システムやコンピュータ関連の問題があって、その問題が明確でも、解決するために気の遠くなるような時間がかかり、こんな事なら外からコンサルティングした方が早いのでは、と思っていた僕の考えにタダシも同意してくれた。僕らには縦型組織は合わないのかもしれない。

社名は「アクセスインターナショナル」。コンピュータでネットワークなどにアクセスする時の「アクセス」と車椅子で色々な所に行ける事を「アクセサブル」という事から、日本の身障者の人が色々な所に行き、色々な事が出来るようにする事をサポートするという意味で「アクセス」。世界に、そして世界のものにアクセスする、という意味で「インターナショナル」をつけて「アクセスインターナショナル」と命名した。

コンピュータ関連の部門は、タダシが仕事を取って来て、僕がプログラムを作るという事から始め

アクセスインターナショナル創立時のメンバー

アクセス初期の展示会

た。その代表的なものがマック・ファンタスティック・ツアーである。「関西の二十三の大学から、コンピュータで学生のリクエストを取ってカレッジヒットチャートの番組を作りたい」というFM大阪に勤めるタダシの実兄、一夫さんからの依頼に、当時開発されて間もなかったハイパーカードというソフトを使ってプログラムを作り、マックの良さを学生に分からせたいと僕が提言し、タダシがアップルコンピュータと掛け合って、このプロジェクトがスタートした。日本のマルチメディアプロジェクトの草分けである。

当時のハイパーカードは、紙芝居の様に何枚もの絵を描いて動画に見せる程度のものだった。（もちろん当時では画期的なものだったが…）僕は絵と音、そしてボタンを組み合わせてプログラムを作り、クイズマラソン（正解するといつまでもクイズが続けられる）や、イエス・ノー適正診断テスト、そしてリクエスト画面などを作った。学生が、画面のボタンをマウスでクリックするだけで、ツアーが続けられ、キーボードがいらないのが新しかった。

プログラムは好評だったが問題が生じた。学生に自由にさわってもらおうとコンピュータを設置した生協がリクエスト・データ回収用の電話回線の設置はできないと言ってきたのだ。さんざん考えたあげく原始的だがしょうがない、と学生のアルバイトを雇ってデータを回収させる事にした。学生達は、アップル・カレッジ・ヒットチャートという番組のプロジェクト・スタッフという事で、頭文字からA-CHiPS《エーチップス》と僕が命名し、活動が始まった。

ところが瓢箪から駒とはこの事で、タダシの指導もあって学生達は、データの回収以外にも新聞を作ったり意見を出したりするようになり、プログラムの作成も手伝うようになった。そして最終的には、番組やプログラムの作成も学生達自身で行える様になったのである。このグループは四期生まで続き、その後展開されたＳＳＲ（アップルの学生ソリューション・グループ）になっていった。ＳＳＲも三期程続いたが、これらのグループのメンバーが、後にアクセスの社員になったケースも少なくなかった。

だんだんと大きな仕事が取れるようになり、僕一人では太刀打ちできなくなった。まず、群馬県を拠点とする大手コンピュータソフト会社、両毛システムズと共同で仕事をするようになってから飛躍が始まった。両毛システムズとは現在も数々のプロジェクトが共同で行われている。

これらのプロジェクトの増加により社員も増え、A-CHiPS《エーチップス》からは、阿武耕太郎をはじめとする優秀なスタッフが集まり、テレビ、ラジオ等のコンピュータシステムを制作、インターネット等と組み合わせたマルチメディアの最前線の仕事に取り組んでいる。担当するラジオ番組も増え、テレビでは、フジテレビのコンピュータ通信を使う番組に協力をしてから、どんどん仕事が来るようになった。

ＳＳＲからは、大江尚之が入社、須賀直美とともに紀伊國屋書店の輸入雑誌管理センターである「アクセスセンター紀伊國屋書店」の運営が始まった。アクセスセンター紀伊國屋書店は、僕が、身障者関連機器を日本一安く輸入したいと奮闘していた時に協力してくれた近鉄エクスプレスの中川君が、紀伊國屋書店の外国雑誌をどこよりも効率良く輸入したいという考えに共通点を見い出し、システムの構築から業務の運営を依頼してきた。全然関係が無いと思っていたことが互いに情報を交換し拡がって行った。本当に色々なことが、つながるものである。

輸入代行から輸入業へ

身障者関連機器の輸入は当初、部門と呼べるようなものではなく、以前ＯＴの先生に言われた「良いものがあっても高過ぎて患者さんに勧められない」という言葉を形にしただけだった。誰かが欲しい物があれば海外から取り寄せるという輸入代行を、コンピュータの仕事の合間に行うという形である。ところが、予想以上に好評で反響も大きく、それが僕に身障者関連機器の輸入部門を、アクセスのもう一つの柱に育てようという決意を固めさせた。反響が大きいという事は、選択肢が少ないという事を証明している。海外の商品を日本に紹介する事で、少しでも日本の身障者の選択肢を拡げられれば、という目的は間違っていなかった。アメリカから輸入する事で、微力なりとも日本とアメリカの架け橋になれるなら、命を救ってもらった上、素晴らしい青春時代を僕にくれたアメリカに恩返し出来る。僕は、輸入販売の仕事にかける時間を多くしていった。

最初に手がけた褥瘡防止用の空気入りクッションと、クイッキーデザイン社製の車椅子の販売は大成功だった。その理由は、当時の輸入代理店の少品種のものを法外とも言える高価格で売るというやり方に、真っ向からぶつかって行ったからだ。個人に合ったサイズと豊富な種類の取りそろえ、現地の価格に出来るだけ近付け、誰もが輸入し易いようにした事が、成功の鍵だろう。小売価格は、それまでの半分以下になったが、別に安売りをした気持ちはなく、原価計算から割り出した適正な価格だと思っている。それまでの輸入会社は「どうせ売れないから」と当然の様に高い価格をつけていたが、僕には、市場のニーズと大きさが分かっていたから、低価格での販売が可能だった。それに加え、僕らの強さは情報と知識の豊富さで、適正なサイズや使用方法について何も知らされていなかった消費者に、それらを教えた事が成功の原因だったと思う。

その後、クッションの代理店は、僕の価格に合わせる事を約束してくれたので、僕は、当時米国で発売されたばかりで大きな反響を呼んでいた、ジェイというクッションにスイッチし、空気入りのクッションは、その代理店から仕入れる事にした。実を言うと、僕の褥瘡を最終的に治してくれたのもこの新しいクッションだったのだ。まず自分で試してから扱う、これも成功の秘訣だろう。

身障者関連機器輸入部門の主力製品は、クイッキーデザイン社製の車椅子。この車椅子によりアクセスは、日本で初めて成功した外国製品車椅子の輸入販売会社となった。クイッキーの総代理店権獲得に関する話は、僕が二度目の身障国体に参加した時にさかのぼる。身障国体は一生に一度しか出られないという大会なのだが、京都の時は競技に参加する前だったという事で、辞退扱いにしてもらったおかげで、二年後一九九〇年福岡で行われた大会に出場することができた。

五〇m平泳ぎでは、前日の練習で水泳の坂巻コーチから頂いたアドバイスも効いて、それまでの大会記録を十数秒も縮める五〇秒四五の日本記録で、金メダルを獲得した。坂巻コーチがこの記録に大喜びしてくださった姿は、今でも僕の身障国体の一番の思い出として残っている。

通常、大会は土曜と日曜に行われ、月曜は観光日となっている。ところが僕は、この観光日の朝に、自費で帰京させてくれる事を願い出た。団体行動に於いては許されない事だが、仕事関係の理由という事で、選手団の役員の方々の寛大な措置により帰京を許された僕は、飛行機に飛び乗り一路東京へ、羽田空港からタダシの車で新宿のホテルに直行した。

クイッキー

この数ヵ月前から、ボストン時代に僕が利用していたメディカルストアーの社長であり、僕の良き理解者であるドン・ミラーノ氏を通して、僕は、クイッキーデザイン車製の車椅子の輸入をしていた。そのクイッキーの親会社であるサンライズメディカルのチャンドラー社長が、バケーションの帰りに日本に一日だけ立ち寄るという情報をキャッチした。僕は、早速ドンを通じて三〇分間だけのアポイントを取ったのだ。

ホテルに駆け込み部屋に電話すると、チャンドラー社長は降りて来て、ロビーのソファーに座り、話が始まった。僕は懸命に日本の事情やニーズ、そして、なぜ自分が総代理店として最も適した人物かを説明した。優しく聞いていた社長は、僕に理解を示した。ところが、しばらくすると総代理店の社長が現れ、チャンドラー社長は僕にその代理店に協力するように要請した。

僕は日本語でその社長と話をしたが、分かったのは彼が車椅子利用者の事は何も知らず、単に高額で車椅子を売ろうとしているだけである事、過去四年間に二台しか売れていないということ。彼は、僕だけには安く卸すから協力してくれ、と泣きついた。

「彼は何も分かっていない。僕は彼と仕事をするのはいやです！」

それが僕がチャンドラー社長に言った言葉だった。

「彼と僕を比べて下さい。そして、あなたが選んでください！」

今から思うと、ずいぶんはっきりと言ったものである。

その後も、その総代理店の社長はコンタクトして来て、彼の部下にも会ったが、それは僕の決心をより強固なものにするだけだった。僕は、クイッキーデザイン社の社長と創立者のマリリン・ハミルトン女史に手紙を書いた。十枚近い手紙には、日本市場の調査レポートから日本の身障者のニーズ、輸入製品に望まれる事、そして僕自身の事を書き、もし僕に興味があれば、ロサンゼルスの福祉機器展に行くので、会って欲しいと付け加えた。

すると社長のオードネル氏から、直ぐにファックスが届いた。僕に、福祉機器展で会ってくれるというのだ。僕は大喜びして準備をし渡米した。アナハイムの福祉機器展会場近くのホテルに泊まった僕は、リフレッシュのためにプールで泳ぎ、次の日を待った。

福祉機器展当日、僕は自分で作ってきたチラシをカバンに、会場まで車椅子で行った。そしてクイッキーとの約束の時間まで、一つ一つのブースを回ると、チラシを渡して、自分と自分の会社を売り込んだ。チラシには「あなたは、現在の代理店で満足していますか？　私こそが、あなたの会社に一

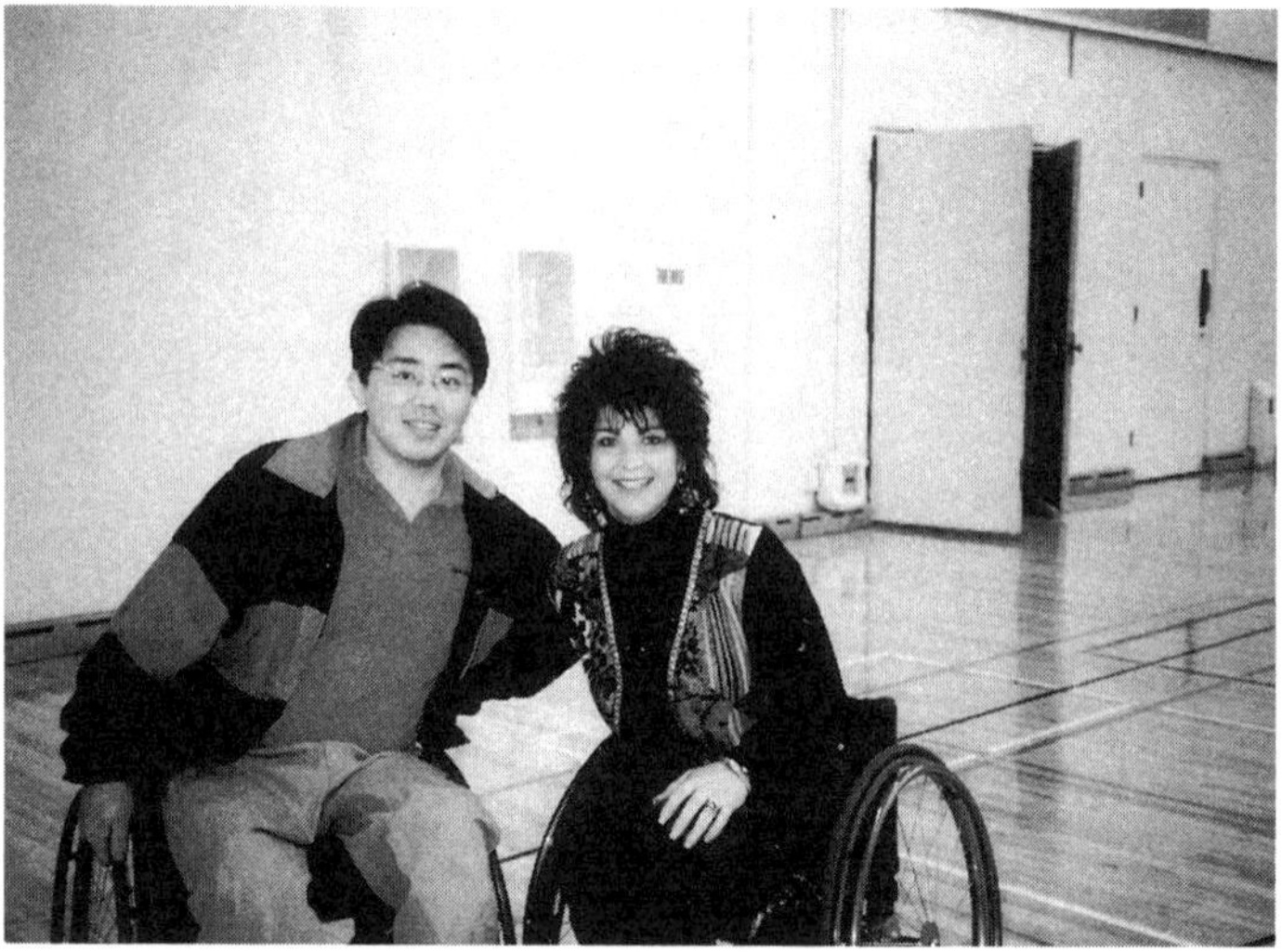

最も尊敬する、クイッキー創立者のマリリン・ハミルトン

Are you interested in marketing your product in Japan?

Are you satisfied with your present dealer?

Do you know that foreign goods have been sold at 2 to 8 times the original price in Japan. This is especially conspicuous in the field of medical and rehabilitation equipments. As you have seen in computers, semi-conductors, cars, and most American exports, Japanese companies sell these imports expensively; and at the same time, they copy the original to market these "copies" at a cheaper price. By the time you realize it, it is too late for a foreign company to market the product in Japan.

Here are some reasons:
(1) exclusive dealership system
(2) "keiretsu" (closely related Japanese companies based on favoritism)
(3) complicated Japanese distribution channels=boosting the retail price by adding margins at each stage

What I am trying to start is to present American and foreign rehabilitation and medical equipments to Japanese people at prices sold in their manufactured country; these prices are "affordable" and within the range of government subsidies. This sounds like a simple idea, but no company has done this so far.

By selling imported products at affordable prices:
(1) We sold more American made wheelchairs than any other exclusive Japanese dealer.
(2) We sold more ROHO cushions than any other company in the greater Tokyo area. We are selling them at $320. Previously, ROHO cushions sold at more than $600 in Japan. However, recently because of our entry into the market, the average selling price has been reduced to $400.
(3) We are getting good feedback and more orders for other products as well.

Don't be a victim of the exclusive dealership system and/or closely related Japanese companies!

展示会で配布したチラシ(部分)

番合った代理店です！」と大きく書かれ、その下に、日本の身障者の現状と流通マージンによる高い輸入製品価格と、売れない理由。裏面には自分と会社の説明と、それまでの実績が書かれていた。一〇〇近いブースを片っ端から回った僕は、いくつか取引先を見つける事ができた。

そして約束の時間。初めて会うオードネル社長は、見るからにやり手という感じ。日系人で自身も車椅子に乗っているクニシゲ副社長は、ちょっと恐い感じがした。しかし、ここでも僕は自分と会社を売り込み、数十分後には、両者の理解を得る事ができた。

「よし、福祉機器展の後、フレスノの本社まで来なさい。契約書を交わし、商品に対するトレーニングを行おう」

アメリカ人は話が早い。僕は友達と車で交互に運転し、五時間かかってフレスノに行き、僕の〝クイッキーデザイン社日本総代理店〟としての第一歩を踏み出した。

今、思い返しても「仕事に関する事ならしょうがない」と、特例で僕に帰京を許してくれた東京都の福祉局の人達に感謝したい。あれが「団体行動を乱す事は絶対に許さない」という考えの人達だったら、現在の僕はないだろう。

ジャパンパラリンピック

僕が、競泳を本格的にやり始めた（正確に言うと高校時代からのブランクを経て再開した）その時期は、身障者のスポーツにとっても、転換期といえる時期だった。欧米では既に、身障者スポーツがリハビリの一環としてだけではなく、リクレーション、そして競技スポーツへと成長していたが、日本では依然としてリハビリの延長としてとしか見られておらず、欧米の様な激しい競技スポーツや、華やかな大会などはなかった。大会も、昔からリハビリとして行われて来たごく一部のスポーツ以外では、僕の初めて出た水泳日本選手権が、第四回だった事からも分かるように、やっと競技大会が行えるまでになって来たところだった。

国際大会へ参加する選手の選考も、競技力よりは順番でみな参加させてあげる、という様な考えがまかり通っていたので、国際大会での日本の水準は低く、トラック競技や水泳競技では、周回差をつけられる選手がいた程だった。

日本の身障者スポーツの父と呼ばれる大分太陽の家の中村裕博士は、パラリンピックに向けた競技スポーツ大会と、参加することに意義があるリクエーションスポーツ大会を分けて考えていたのだが、博士の死後、ごっちゃになっていたのだ。

それが変わりだしたのが、ソウルのパラリンピックあたりから、そしてバルセロナの大会を前に、日本にも諸外国の様な予選大会が、お目見えする事になった。福岡の身障国体で良い記録を出した僕も、頑張れば参加できる可能性があると、水泳を始めた時から指導して下さっていた中森邦夫コーチに言われ、俄然張り切ったのだった。

もう一つの大きな変化は、障害クラス区分の再編成だった。身障者スポーツにはクラス分けがあるが、日本の身障者スポーツ大会の肢体不自由者で三八もあったものが、バルセロナからは十のクラスに再編成させる事になった。日本の予選会であるジャパンパラリンピックも同じクラス分けで争われる。以前は脊損と切断とCPそして機能障害者を分けてから、障害の重さでさらに区分していたが、新システムでは残存機能（筋肉点数）によりすべての肢体障害者を分けるので、以前は対戦しなかった様な相手と対戦する事になる。競争はより熾烈になるが、観戦者側からは、より面白くなる。この年多くの選手達が、クラスを知るために初めてメディカルチェックを受けた。

パラリンピック前年の僕の調子は良く、一〇〇m平泳ぎで、日本の車椅子使用者として初めて二分を切った。五〇mのタイムと比べて、タイムが落ちるのはターンが多くなるせい。全く足を使えない僕にとって、ターンのたびに速度はゼロに戻り、壁を手で押すだけの再スタートでは、もう一度スピードに乗せるのに時間とパワーが必要になる。結果として長距離になりターンが増える程タイムが落ちてしまうのだ。

そして運命のジャパンパラリンピックでは、二日前にカゼをひいてしまった最悪のコンディションの中、タイムは今一だったが、二位以下に十五秒以上の差を付けてのゴールで実力が認められ、水泳チーム十人の一人に選ばれた。天にも昇るような気持ちで思わず、障害を持った事に感謝してしまった程だった。ケガをする前は、都大会出場が精いっぱいだった僕が、パラリンピックに行けるのだ。

そう考えると車椅子も悪くない。

バルセロナ

一九九二年八月三〇日、最終合宿を終えた日本選手団は、イベリア航空機でバルセロナへ向かった。水泳チームには片足切断の竹田君、鵜狩君、本田さん、太田さんに視覚障害の河合君など、水泳大会ではお馴染みの顔が揃い、二〇時間以上もかかった空の旅も楽しいものだった。

深夜にバルセロナに到着した僕らは、空港から選手村に向かったが、空港は勿論、空港からのバス、そして選手村など、車椅子で全く不自由のない設備に感激した。

メディカルチェックなどが終了、いよいよ開会式。メインスタジアムのスタンド下通路を通り「Japon…Japon」のアナウンスと共にスタジアムに登場した僕らは、超満員の観衆に度肝を抜かれた。日本の身障者の大会で、スタンドがここまで埋まる事はない。歓声にジーンと熱いものがこみ上げてくる。オリンピックの時と同じように、身障者のアーチェリーの選手が、聖火リレー者から受け取った火を矢につがえ、聖火台に撃ち込み聖火が点火され、歓声もピークに達する。感動的な一夜だった。

ＩＯＣのサマランチ会長が地元という事もあって「オリンピックは成功して当り前、でもパラリンピックを失敗したら何にもならない」と尽力して下さった事で、アクセサビリティは勿論、告知活動や観客の動員など、全てに於いてパラリンピック史上最も成功した大会になった事を、心から感謝したい。そしてこのスピリットが、未来のパラリンピックに引き継がれて行ってほしいと願わずにはい

大観衆の中で開会式

中森邦夫コーチと

られない。

僕のメインの競技であるクラス四の一〇〇m平泳ぎは第五日目。毎日練習していたが、スペインという慣れていない国で、食生活も狂いがち。コンディションを整えるのが大変だった。選手村の食事はバイキングで、最初こそみんな喜んでいたが、様々なダイエットの人に合わせて、塩分も油もスパイスも抑えられている食事は、競技の日が近付き緊張が高まるにつれ、喉を通らなくなり、何か食べなければと苦労した時期もあった。そんな時役に立ったのが、差し入れの白米やそうめんなどだった。やっぱり日本人である。

チームの誰かの競技がある時は、練習の後、チームメイトみんなで応援した。片足切断の入るクラス八〜十のレベルは信じられない程高く、日本では敵なしのチームメイトたちも、予選を通過することさえ難しかった。改めて世界のレベルの高さを思い知ったという感じである。

そんな中で、全盲の河合淳一君だけは、世界のトップと互角に戦い、銀メダルや銅メダルを獲得した。激しい戦いの末、国旗掲揚台のポールに揚がる日の丸に感動する。唯一淋しかったのは、他の国の選手がメダルを取ると、その国のマスコミが駆け寄るのに、日本のマスコミは皆無だったという事だ。あれほどオリンピックの時は大騒ぎしていたのに、パラリンピックになると、ある選手のドキュメンタリーを撮っていた一社を除いては、誰もいなくなった。河合君の大活躍は、大会後に日本でも話題になったが、ワイドショーが一回取り上げただけ、その時も競技の模様の絵がなくて、チームの撮ったビデオを貸す始末だった。

バルセロナは会場はどこでも満員で、水泳などは一度撤去した増設スタンドを再度設置した。三〇分前から並んでいた僕の両親とタダシさえ入場できなくなり、僕が出ていって「出場する選手の親でわざわざ日本から来ているんだから」と警備員を説得しなければならない場面もあった程だ。

レース当日

とうとう僕の出場するクラス四の一〇〇m平泳ぎの競技当日がやって来た。実は初日のメディカルチェックの時、僕がクラス三か四かで、判定員達がもめる一幕があった。医学的にはクラス三だと言われた後に、プールに入ってテクニカルチェックを受けたのだが、判定員達は、僕が泳ぐのを見るやいなや障害の軽いクラス四だと言い出した。僕は腰から下の筋肉は全く使えないのだが、泳ぐ時に頭を突っ込む事でドルフィンの様な動きになっているのだ。これは練習と研究の結果あみ出した泳法で、僕の泳ぎの速さの秘密でもあるのだが、この泳法がストリームラインになっていて、クラス三の選手では不可能なのではないかと言うのだ。彼らの考えは、僕のバタフライを見た時に決定的になってしまった。結局僕は平泳ぎがクラス四、他の泳法が七となった。（身障者の水泳のクラス分けでは足への負担が高い平泳ぎと、他の泳法でクラスが変わる）僕にとっては、非常に厳しい戦いとなった。

選手村のコンピュータで打ち出したコース順を見ると、僕は予選一組の四コース。四は僕のラッキーナンバーなので嬉しかったが、他の選手には驚いた。自己ベストをかなり更新しなければ勝てないだろう。その上、アメリカがクラス五の選手をプロテクトしてクラス四に落として来た。切断者中心のフランスを見ての戦略だろう。メダル取りに、各国とも様々な作戦を立てて来る。ポーランドやブラジルにも速い選手がいる。まずは予選を突破しなければ。

サブプールでアップしていると朝からの緊張も取れ、なんとかリラックスする事が出来た。しかし、時間が来て召集の部屋に入ると、またまた緊張と興奮で心臓の動悸が高まってきた。身体を動かしストレッチをして気分もほぐす。他の選手が入ってくる。皆強そうだ、そして皆僕より状態が良さそうだ。日本では一番最初のレース以来負けなしの僕が、レース前にこんなに緊張するなんて。

ついに僕らの番が来た。一人ずつコンパニオンに付き添われ各コースに行く。応援に手を振って応え、遂にスタートだ。「ピー」という最初の合図で僕らは入水する。中には切断の選手で飛び込みのできる選手がいて、彼らは飛び込み台の上に。ワーという歓声が一瞬静まる。

「オンヨアマーク……」「レディ……」「ピーッ！」、さぁスタートだ。がむしゃらに泳ぐ僕。壁を足で蹴れる選手が飛び出したが二五メートルで僕はトップに出る。僕と三コースのポーランド、五コースのブラジルの選手が他の選手を離し始める。ビデオでは、この時、両親やタダシの応援が盛り上がっている。そして五〇mのターン。なんと電光掲示板に最初のラップタイムが出たのは、僕の名前のところだった。もちろん泳いでいる僕に確認は出来なかったが、僕の応援団は一層盛り上がる。

その後も、必死で泳ぐが七〇m付近で三コースに、七五m付近で五コースの選手に追いつかれ、抜かれてしまう。結局三位でゴール。タイムは一分五七秒十二。今までの世界記録には一秒差の記録な

レースを前に

予選50mラップでは1位をマーク

のに、一位と二位の選手はその記録を大きく更新していた。恐るべし世界のレベル。決勝進出はタイムの良い方から八人。予選第二組の結果待ちとなった。

競技は終わったのに動悸が収まらない僕は、メインプール脇の通路から次の組のレースを見守る。入場して来た選手を見ると、予選第二組の方が障害の軽そうな選手が多いように感じた。義足で杖も使わずに歩いている人もいる、案の定タイムは皆速い。しかし何とか僕のタイムは第六位で残ることが出来た。「やったー、決勝に残ったぞー！」嬉しい気持ちも大きかったが、日本から応援に来てくれた人と、僕を選手に選んでくれた人の期待に応えられ、責任が少し肩から降りた気がした。決勝に残るという当初の目的は達成できた。次は思いっきり泳ぐだけだ。

一〇〇m平泳ぎ決勝

午後の決勝までの数時間、僕はなんとか身体を休める事と、気持ちを落ちつかせる事に専念した。決勝進出が決まった後にタダシと話し、前半をもう少し抑えて、後半に力を残す事と、五〇mターン後にスピードを取り戻そうと、無駄に水をかき過ぎないようにする、というのが僕らが立てた決勝レースの戦略だった。果たしてうまく行くだろうか。

他のクラスの平泳ぎのレースを、しばらく観戦していると、同じクラスで予選に挑んだスイス人のトムが「決勝進出おめでとう」と言って話しかけてきた。予選十位の彼のパラリンピックは終わっていた。僕と殆ど同じ障害の彼は「クラス四の選手は、遙かに僕らより状態が良すぎるね。飛び込む奴がいたのには、ビックリしたよ。僕はクラス三だったら決勝に残れたし、君なら優勝していただろうにね」と言ってくれた。

僕は礼を言い、記念写真を撮って彼と別れ、サブプールに行ってアップを始めた。やはり友達になったアメリカのエリックが、隣のコースでアップしているが、彼は予選五位。今はもう声をかける余裕はなかった。彼も僕も八分の一である。そして決勝の召集がかかった。控え室の僕は、予選の時よりはリラックスしているようだ。しかし周りを見回すと強そうな選手ばかり。アメリカが二人、フランスが二人、ポーランド、イタリア、ブラジルが一人ずつ。身体も一七八cmの僕が小さく見える程大きく、筋肉のつき方も素晴らしい。彼らと戦うのだ。しかし、なぜか今パラリンピックの決勝で、世界のトップ選手と肩を並べて戦いを待っている自分が信じられなかった。僕は緊張を取るために、ひたすら身体を動かし、ストレッチを続ける。

いよいよ僕らの番が来た。予選と同様に、一人ずつコンパニオンに付き添われ各コースにつく。観客席は超満員。第一コースから選手が紹介されて行く。七コースの僕は最後から二人目。応援の声が一段と大きい。後で聞くと、僕のレースには地元スペインの選手が出ていなかったので、観戦に来ていたスペインの人達が一緒になって僕を応援してくれたのだという。手を振って応援に応えている僕の興奮はピークに近付いていた。

「ピー」という電子音に、ドキンと心臓が鳴る。入水しスタート台のグリップをつかんだ僕は、顔に水をつっこみ大きく息を吐く。横を見ると切断の選手達が、飛び込み台の上で身構えている。

「負けるもんか！」

ワーという歓声が上がり一瞬にしてシーンと静まる。

「オンヨアマーク……」「レディ……」「ピーッ！」、僕はがむしゃらにスタートダッシュした。頭の中は真っ白で、前半を抑えるという作戦は、もう覚えていなかった。既に殆どの選手が前を泳いでいるのだからしょうがない。後からビデオでチェックするとクラス四の殆どの選手が壁を足で蹴れていた。飛び込みの出来る選手も三人。手で押す事しかできない僕との差は、一瞬にして五〜十ｍついてしまうのだ。もう僕には何も見えていなかった。全力で水をかく僕。そして、じわじわとみんなに追いついて行った。僕には聞こえなかったが、スペイン人の加わった僕の大（？）応援団は「ヤーマザキ！　ヤーマザキ！」と怒鳴ってくれていた。二五ｍ地点では、殆どの選手に追いつき。何人かの選手を抜き始める。「よし！　よし！　よし！　よし！」というタダシの声がビデオに入っていた。

そのかいもあってか、五〇ｍのターンは第三位。ターンの後の再ダッシュもうまく行った。なんとかこのまま付いていけば……。盛り上がる応援団。しかし足で壁を蹴って折り返して行く選手には、また追いつかれてしまう。最後の力を振り絞り必死で泳ぐ僕。しかし七五ｍ付近では五位に後退。そして最後の十ｍは二コースのエリックと僕の五位争いになる。彼が見えていたら、もっと頑張れたのかもしれないが、最後の五ｍでエリックに交わされ、順位は第六位。電工掲示板を見上げた僕のタイムは、一分五七秒二二。予選のタイムを切れず、ちょっとがっかりだった。

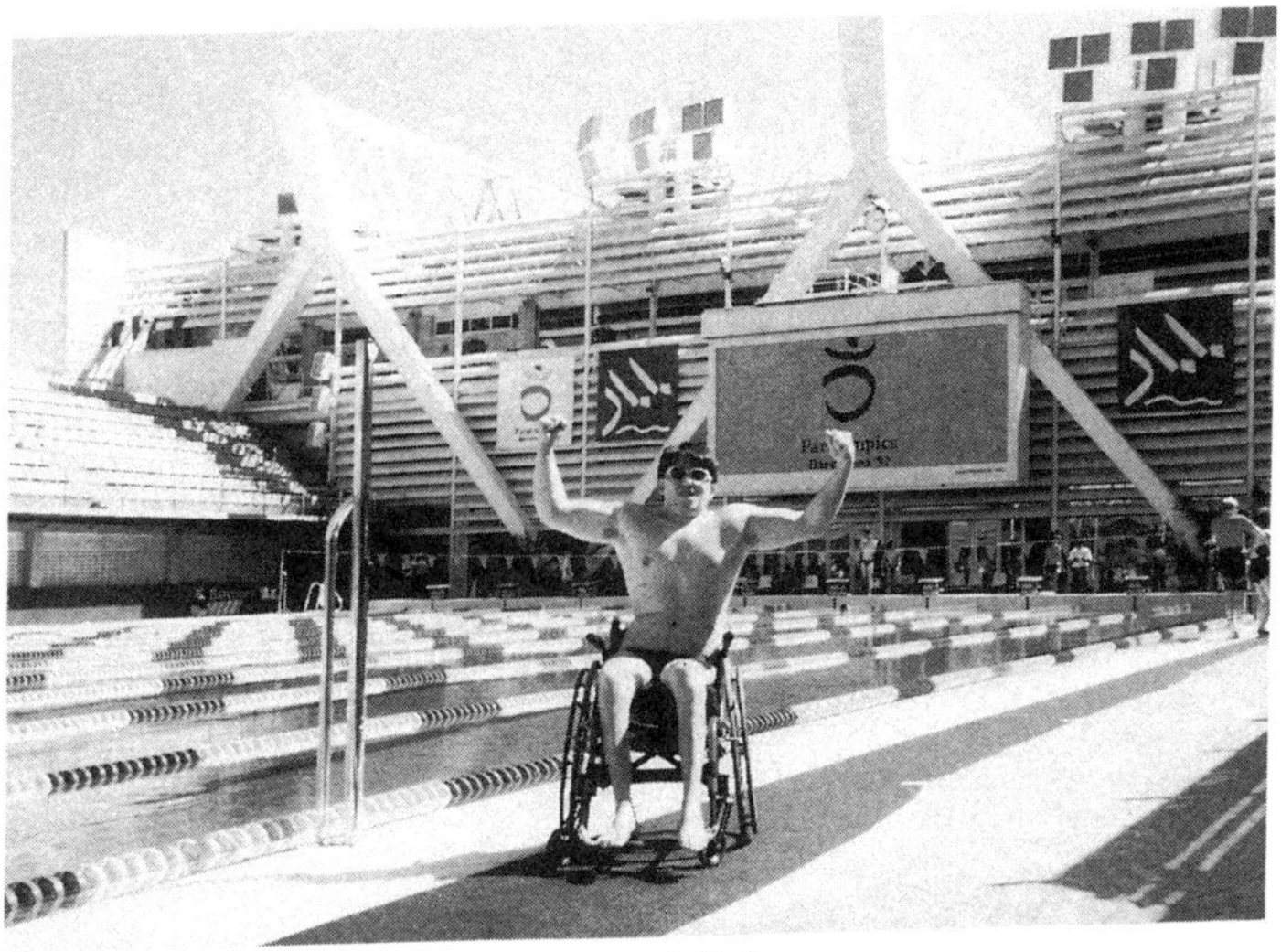

まだまだ挑戦！

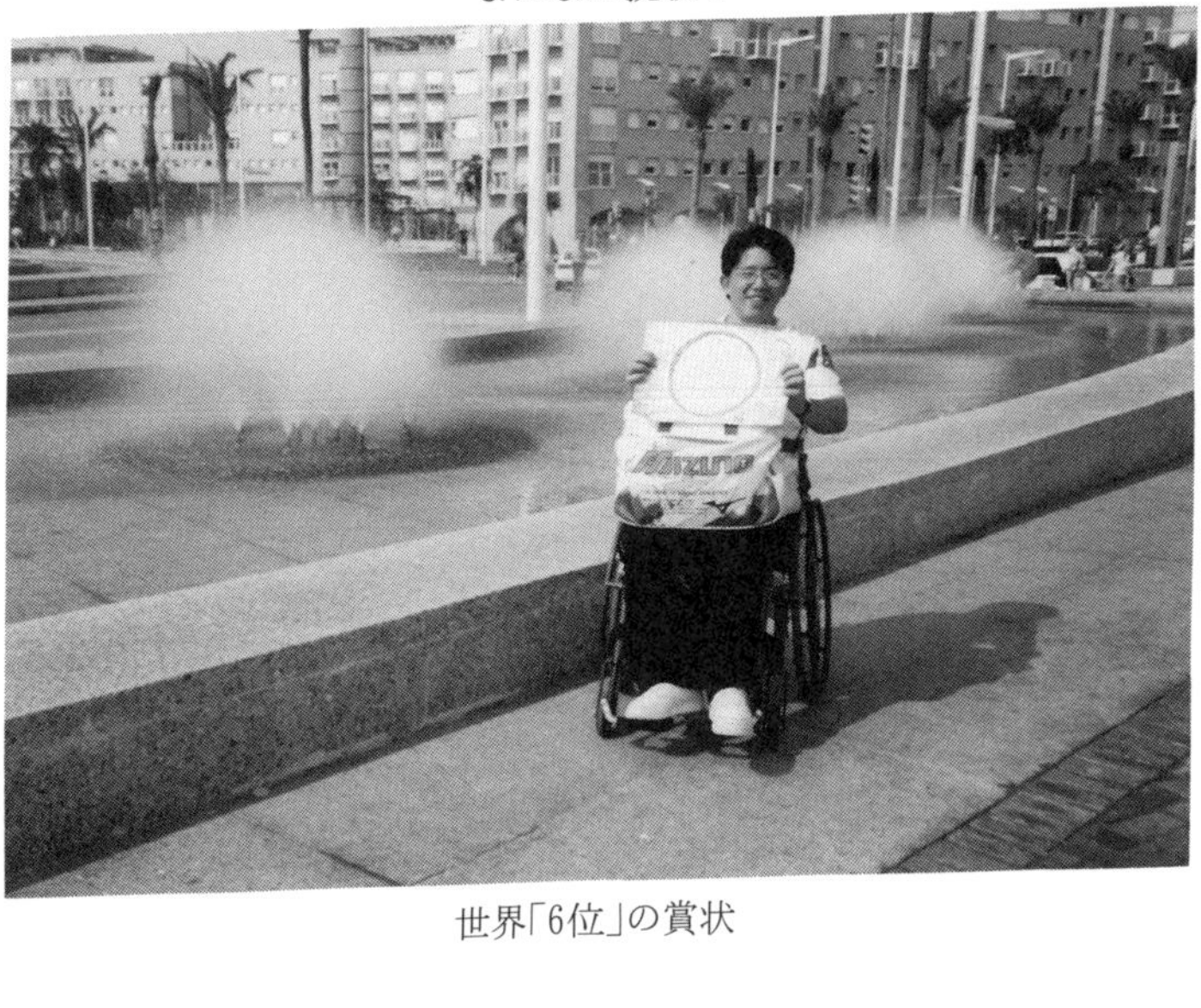

世界「6位」の賞状

しかし、応援に来た家族やタダシ、そして友達たちは「世界の六位」と言って喜んでくれた。僕も六位入賞の賞状を受け取り、入賞出来ない選手も多かった日本選手団にあっては面目を保てたかな？と思ったが、まだ満足はしていなかった。水泳チームでは最年長の僕。これが最後の挑戦と思っていたが、その夜、友達になったイギリスの片足切断のメダリストの選手が「僕はソウルの時、君と同じ年だったよ。頑張って記録さえ出せばやれる」と言ってくれ、僕のやる気は、また燃え出してしまった。水泳の中でも平泳ぎはパワーだけでなく泳ぎ方ひとつで、タイムがアッと言う間に縮まる泳法。よーし、こうなったらジイさんになっても挑戦し続けるぞ！

アクセスの仲間たち

飯田橋にあるビルの一フロアーの四分の一、四畳半ほどのスペースから始まった僕等の会社は、少しずつ成長し、ビルの一フロアーの半分になった。丁度そのころ、パラリンピックからの帰国を期に、千葉雅昭君が入社することになった。彼は頚椎損傷の陸上競技の選手で、バルセロナの一〇〇mでは日本陸上競技選手の中で、数少ない入賞者の一人。順位は僕と同じ第六位である。

僕が千葉君に目を付けたのは、彼が人を教える事の出来る数少ない選手だったからである。欧米では、身障スポーツのトップ選手が、他の選手を教える。子供のためのキャンプまで開催されている程である。しかし日本では「俺の技を盗め」とでも言わんばかりに、他の選手を育てる選手は殆どいない。これが日本のレベルを低くしているとも言える。千葉君は自分の障害の重さから工夫と努力を欠かさない。そして誰にでもアドバイスを与える。そして自分は、また新しい方法を考え、人一倍の努力を重ねるのだ。

これが、最先端の製品と最新の情報を提供したい、という僕の考えとマッチした。アメリカの身障者関連機器のメーカーは、代理店に毎年トレーニングに参加する事を義務付け、最先端のリハビリや生体力学について教育する。身障者のニーズに応えるだけではなく、それが医学的にも裏付けされ、身体に良い製品である事を明確にさせていた。商品だけではなく、付加価値と情報を提供する、というのが欧米のやり方なのだ。

バルセロナの一年ほど前に、マラソンやトラック競技用の車椅子のニーズを感じた僕が、最初に意見を聞いたのが千葉君だった。まず、彼の率いる車椅子のトラック競技のチームであるロードスターが、車椅子を注文するのを二人で協力して行った。それまでは、外国製品を輸入すると意思の疎通ができず、望んだものが出来なかったり、納品までの時間が異常に掛かったりした。その問題が解決できる事はクイッキーとの取引で立証済みだったが、競技用の車椅子は特注が多く、選手の気に入ったものを完成させるのは、難しかった。外国製なので、作り直すのも容易ではない。それで千葉君に間に入ってもらい細かい点を日本語で受けて、僕はその注文を、間違いなく英語に訳して、メーカーに渡す事に専念した。

僕らのコンビは、競技用の車椅子注文の問題を解決し、日本中の選手に、最新の車椅子を提供していった。このコンビを続けたい。そんな気持ちで、彼を僕の会社に誘ったのだ。自宅で経理関係の仕事をしていた千葉君だったが、喜んでアクセスに来てくれた。

僕らの努力で日本の車椅子レース界は、大きく変わったとアクセス一同、ひそかに自負している。体力や技術に加え、車椅子の性能が順位を大きく左右する車椅子マラソンや、トラック競技に於いて最先端のアメリカの車椅子は多くの選手の自己ベストを更新していった。千葉君がバルセロナで入賞したのは、自らそれを証明したとも言えるだろう。

二年後とうとう一フロアー全てを借りることが出来た。初めてアクセスインターナショナルの社名をドアに掲げられる。そんな時、旧友でもあり、アメリカ一周旅行も共にした尾野康弘と再開。ネジの会社に勤めていた彼を、僕は車椅子の展覧会へと誘った。「未来の車椅子」というその展示会に、僕はクイッキーの車椅子を提供し、シンポジウムのパネリストとしても参加していたのだ。

昔から物を組み立てる事やメカが大好きな尾野は、クイッキーの車椅子を「こんなカッコいい車椅子があったのか！　完成度も高いしベアリングもいい。軽いけれどリジッド感がある」と大いに気に入り、タイヤを回したり、自分で乗ってみたりしていた。

そんな彼を見て、僕は思い切ってアクセスに誘ってみた。メカに強い人材がいれば、様々な発展が考えられたからだ。すると、彼はあっさりと僕の提案を受け入れ、三ヵ月後には、アクセスに来てくれた。営業から専任のチーフメカニックとしてアクセスの発展に貢献してくれた彼は、大阪支店の設立後、身障者関連機器輸入部門の関西地区担当者として関西を走り回り、車椅子をアピールして回ってくれている。

「アクセスの製品で、日本の身障者をもっとアクティブにできる事が分かった。喜んでいる人達の顔を見るのが本当に嬉しい。この仕事は僕の生きがい、天職だ。もう一生やめられないよ」とは、彼の最近の一言である。

設立から四年後タダシ、尾野、千葉、そしてアクセスのみんなの努力が実り、アクセスはより大きなビルに移転、そして念願だったショールームもオープンすることが出来た。

アップル・ディスアビリティ・センター

それまで全く関係のなかった身障者関連機器の部門と、コンピュータ部門を結びつけたのは、一つの出来事だった。コンピュータ部門は、アップルコンピュータからスチューデント・キャンペーンという学生向けのキャンペーン事務局の運営を頼まれていた。これは大学生であれば、学業や仕事に役立てるために、低価格でコンピュータを購入出来るというもので、僕自身もＢＣの時に、プログラムでコンピュータを購入したのが大学生活や今の仕事にも役立っている。

ワープロのなかった頃は、何度も何度もタイプを間違え、宿題のペーパーを書くのに何時間もかかったものだった。（アメリカでは宿題やプロジェクトは、必ずタイプする事が命じられている）コンピュータが使えるようになってからは、書類間のコピーやスペルチェック、文字数の計算などの機能が、僕の勉強時間を大幅に減らしてくれた。ＢＣでは、当時から通信で大学と家をつなぎ、在宅で宿題をする事ができ、身体をこわした時でも、家から宿題を提出する事も可能だった。コンピュータなしでは大学を卒業できなかった、と僕はよく言うが、決して大袈裟ではなく本音なのだ。

大学のアップルショップでは、スチューデント・プログラムでコンピュータを安く購入出来た。そうだ、ステューデント・プログラムがディスアビリティ・プログラムにならないものだろうか？　身障者だって、コンピュータがあれば、学業や仕事に役立てる事が出来る。僕が良い例だ。アメリカにいた時、身障者は、ただでさえ弱者なのだから情報武装して強くなるのさ、と言った車椅子の友人がいたが、コンピュータは、その良いツールとなるのではないか？

アイディアを話すとタダシは同意し、センター設立のために、全力で活動してくれた。タダシに加え、当時アップルコンピュータの教育市場の担当者だった吉丸信一氏が、僕らの考えに賛同して協力して下さったことが大きな力となった。

そして九四年十月、アップル・ディスアビリティ・センターが設立され、運営を任されることになった。コンピュータ本体に加え、重度な障害を持つ人がコンピュータを使うための、入力支援装置、意思伝達装置もラインナップした。それまでの日本の製品は、意思伝達装置なら意思伝達装置だけ、特殊なワープロならワープロ機能だけ、と出来る事が限られていた。僕らが品揃えしたアメリカとカナダの製品は、個人がやる気さえ持てば、どこまでも能力を伸ばせる製品で、たいへん喜ばれている。

障害者という意味の「Disable《ディスエイブル》」であるが、障害者コンピュータを利用することで失われた機能をカバーして「Able」になろうという意味を含めて「D」は小文字に、「a」は大きな字にして「disAbility《ディスアビリティ》 Center《センター》」とした。僕とタダシの夢が込められた名前である。

僕は商品開発を担当し、タダシがセンター長に就任した。ここに来て、当初、無関係だった車椅子の部門と、コンピュータの部門がひとつになった。目的はひとつ、身障者をよりアクティブにする事の支援である。僕とタダシの二人三脚の絆も、より強くなった感じだ。現在では生島早苗、花岡里美をはじめとするスタッフが、重度障害者を含む全国の身障者にコンピュータの使用を広める活動をしている。

クーデテック

米国のアップルコンピュータ本社が主催する「Coup de Tech《クーデテック》」(障害者のためのコンピュータ利用に関するシンポジウム)に参加したタダシが感動して帰ってきたのがきっかけで、アップル・ディスアビリティ・センターで重度身障者のための入力支援装置を扱うことになった。「クーデター」と「テクノロジー」の造語である「クーデテック」は、「障害者のテクノロジーによる改革」を意味する。テクノロジーを駆使すれば、重度な障害者も障害に関係なく活躍できる、という考えの元、世界各国から身障者とその関係者が集まり、活発な意見交換と具体的なアイデアを出し合うシンポジウムとして毎年開催されている。

ホーキング博士の様に重度な身障者自身が、テクノロジーを駆使して発言する姿は、タダシにカルチャーショックを与えたようだった。

「マーク、日本でクーデテックを開催しよう！」

これがタダシの口癖となり、僕らはその目的に向けて努力していった。自分の開発したものを使わない限り協力しない、という研究者が多かった中、どんなものでも障害者が活用できるものは、取り入れて応用すべきだという考えを持つ、香川大学の中邑賢龍先生をはじめとする様々な人々の協力を得て、クーデテックの準備は進んでいった。

そして、アップル・ディスアビリティ・センターが設立された年の十月、東京原宿クエストホールを会場に、第一回クーデテックが開催された。

粗削りではあったが、「使用者である身障者自身を表面に出すシンポジウム」という目的は達せられた、と自覚している。四肢麻痺で、口しか動かすことの出来ない香川の神戸君が壇上でコンピュータを使ってスピーチをした時や、大学教授で全盲の石川先生がデモンストレーションをした時など、嬉しさがこみ上げてきた。

一九九五年にも第二回が開催され、僕とタダシの夢は一歩一歩現実となっている。

雑誌を作りたい

僕が十六年前に事故に合った時、なぜ落ち込まなかったのかをよく思い返してみると、一冊の雑誌が浮かんでくる。意識が戻った時、担当の先生が来て「もう歩けない事、車椅子の生活となる事」を告げられた直後に、ＰＴが渡してくれたのが「スポーツスポークス」という身障者のためのスポーツ雑誌だった。

「車椅子を使う事になるから、この中の好きな車椅子を選んでね。それから車椅子で出来るスポーツや、アクティビティがたくさん載っているから参考にしてね」

渡された雑誌のページをめくると、鮮やかで明るいカラーの写真が飛び込んできた。どの選手もカッコよくて、どんどん引き込まれて行き、足が動かなくなったという事よりも、車椅子で色々な事が出来る、今までやっていた水泳やテニス、スキーもまだ出来るし、それ以上にも、様々なスポーツやレジャーなど、楽しそうな事がたくさんあるのが判った。また、ロールモデルと呼ばれる、人生の目標となるような人々が紹介されているので、僕も頑張ればそういう所まで行けるのがわかった。

だんだん楽しくなってきた僕の率直な気持ちは、「車椅子の生活もいいな」だった。

今になって考えると雑誌のおかげで、自分のやりたい事、やりたいスポーツ、進みたい道が判り、目的を立てるのにたいへん役立ったのだろう。目的を持てた事が僕にやる気を出させた一番の理由だろう。だから記録的な早さで、リハビリを終了する事が出来たのだ。

「出来ない事は自分で見つけられる、でも出来ることは我々が情報を提供しなければ、先が何も見えなくなってしまう」

というのはアメリカのリハビリ・スタッフの言った言葉だが、まさにその通り。あの雑誌によって、早い時期に目的を持てた事で、僕は全く落ち込まず、早く学校に戻りたい、また水泳するぞ、テニスやスキーもまたやるぞ、という気持ちでリハビリを行ったものだから、二ヵ月弱という短い期間でリハビリを終え、高校に復学し、大学を卒業し、就職し、独立し、会社を作る事が出来たのだと思う。

しかし、帰国した日本が、アメリカとは大きく違っていたのは、この章の最初に書いた通り。情報がなく選択肢が殆ど与えられていない日本の障害を持つ人達に、車椅子の輸入販売やコンピュータによる支援などを通して、少しでも多くのチョイスを提供したいと思って始めたアクセスインターナショナルは、成功していたが、情報という面では、まだまだ多くは提供出来ていないのが現実だった。「スポーツスポークス」の様な雑誌を作って情報を提供できれば、日本で障害を持つ人も落ちこまず、僕の様に目的を持って物事に取り組んで行けるのではないか。僕は、自分の夢として、いつの日か雑誌を作りたいと、仕事やプライベートで会う人に話すようになった。しかし、否定する事から入ってしまう日本の人達の意見は、

「そんな雑誌を作っても採算が取れない」とか、「差別をなくそうとしているのに、身障者の雑誌を作るのは時代に逆行している」とか、「スポーツしている身障者は、そんなにいない」とか、「スポンサーが付くわけがない」という散々なものだった。

そんな時、リハビリを受けていた頃、出来る事はこんなにある、と様々な前例を教えてくれたスタッフが言った言葉が思い出された。

「人と同じ事をやるだけが全てではない。もし誰もやっていなければ、あなたがパイオニアになりなさい」

考えてみれば、車椅子の輸入販売も身障者のためのコンピュータも、日本では僕らが先駆者だった。アメリカ生活の中で、人と違う事を手掛ける喜び、先駆者のスピリットが、僕とタダシの思考回路にしっかり染みついてしまった様だ。

アクティブジャパン

そして僕らを信じてくれたもう一人の人物がいた。バンダイの出版部にいた加藤智氏である。そしてメディアワークスという会社に移籍してまもなく、雑誌の話が現実味をおびてきた。編集チームが結成され、一年間の準備期間を経て創刊する事になった。しかし、この雑誌は僕の夢。本当に僕の考え方を理解してくれる人によって雑誌を作りたい。そんな気持ちを受けて加藤さんは、最初の編集部を解散。エックスワンという若い編集会社をスタッフに、もう一度編集チームを組み直した。最終的な編集部はメディアワークスから加藤さんともう一人、アクセスから僕と、元障害者スポーツセンターの指導員だった井田朋宏、そしてエックスワンの編集部門というメンバーに落ち着いた。僕が編集長、加藤さんが副編集長となった。

僕の考えとは、アクティブな身障者を増やす事と、アクティブな身障者についてもっと世間に知ってもらう事である。そのために、アクティブな身障者の多くが携わっているスポーツを中心とした雑誌としてスタートする事にした。アクティブな身障者を増やすためには、日本の身障者にもっと多くの情報を提供したい。特に何が出来るか？　そしてどこまで出来るか、という情報。目的となる様な人物や事柄を紹介するのも、そのためである。それまでの日本では、何か成し遂げた人、例えばマラソンのトップ選手を、テニスの選手が知らないという事があった。それぞれの団体には情報があるが、それを結んでいるものがなかった。ひとつのスポーツをやっている人が、他のスポーツを始めたいと思っても、難しいという問題もあった。

アクティブな身障者について、もっと世間に知ってもらいたい、というのは僕がバルセロナで感じた率直な気持ちだった。他の先進国、そしてその他の多くの国でも、身障者スポーツは、リハビリとして始まるが、競技スポーツやリクリエーションスポーツとしても確立している。しかし、日本では、いつまで経ってもリハビリと思われている。日本の身障スポーツの大会に観客が少ないのも、バルセロナに日本のマスコミが皆無だったのも、リハビリと思われているからであろう。誰も他人のリハビリを見に行きたいとは思わない。しかし実際に身障スポーツは、面白く迫力もあり、観戦する価値のあるものなのだ。だから障害を持たない人にも、身障スポーツの面白さを分かって欲しいと思ったのである。そのために通信販売ではなく、書店売りの雑誌として販売する事にした。立ち読みでもいいから、健常者にも身障スポーツに興味を持って欲しいのである。

アクティブな身障者といっても、軽い障害の人だけを指すのではない。重度な障害の人でも精神的にアクティブな人、行動的な人も欧米には多い。ところが、日本では情報がない事が原因で、最初から諦めている人、低い目標しか持てない人が多い。特にスポーツでは重度な身障者は始めようとさえしない人が多いが、世界には驚くほど重度な障害を持つ人が活躍している。バルセロナで会った四肢切断のピーターは、出場した水泳の最も重度な人のクラスで全ての種目に世界新記録で優勝した。「僕みたいな人、日本にもいる？」と聞かれて、答えられなかった。彼ほどの障害だったら日本では寝たきりか、完全介助で暮らしているだろう。日本にも彼のようなアクティブな人がどんどん出てきて欲しい。そんな気持ちだった。

そしてコンセプトは、持って歩いても恥ずかしくない雑誌。かっこいい雑誌をめざした。今までの福祉関連、障害者関連の雑誌のイメージも一新したかった。雑誌のイメージも、身障者のイメージにつながるからである。

身障者をアクティブに。そして日本全体もアクティブにしよう、という考えで雑誌の名前はアクティブジャパンに決定した。記事のライターには、スポーツライターを、写真にはプロのカメラマンを起用した。迫力ある写真はこの雑誌の命。スポーツライターには、スポーツとして身障スポーツを取り上げてもらうためである。迫力あるレースでも新聞に載る時は社会欄。スポーツ欄に取り上げて欲しい、というのが、僕を含めた身障者アスリートの願いだった。しかし、彼らが健常者ゆえに記事が偏る可能性があるので、最終チェックを、僕と井田が行う事にした。

十月に、雑誌の創刊を発表してからは取材も増え、人々のアクティブジャパンに対する関心が感じられた。一月三〇日の創刊を目指して僕らの仕事は忙しくなっていった。初めて身障者を扱うライターも多かったので、かなり赤を入れた事を覚えている。そして創刊日の数日前、テレビ局二社が僕のオフィスにスタンバイし、創刊号が届くところを撮影した。創刊日に行った書店に、他のスポーツ雑誌と並んでアクティブジャパンが並んでいる光景は感動的だった。加藤さんや井田と、手を取り合って喜んだのを覚えている。

その年に六ヵ月おきに三号までが発行されたアクティブジャパンは季刊化が決定した。隔月で発行出来るようになり、もっと身近な出来事や大会が載せられるようになるまで頑張りたい。

そして今……'96

大学卒業の年に「愛と友情のボストン」を書いてから十年間の歳月が経った。今読み返すと、まるで日記か作文のような文章で恥ずかしくさえ思えるが、身障者である事を全く意識していなかったアメリカでの生活が懐かしい。その後の十年について加筆したが、実に様々な事があったのがわかる。夢中で走り続けてきた僕には、久しぶりに立ち止まって振り返る機会を与えてもらった気がする。しかし、僕の挑戦は、まだ始まったばかり。これからも色々な事に挑戦していきたい。

先日アクティブジャパンでツアーを企画した。アメリカのアクセサビリティやリハビリ、そしてスポーツ等について学ぶためのツアーである。僕は通訳兼コンダクターとしていくつかの州のリハビリ病院を回り、ＡＤＡ（障害を持つアメリカ国民法）施行後のアメリカを見て来た。アメリカの身障者をとりまく環境は、毎年、確実に進歩している。僕がボストンにいた時、日本は、身障者に関してアメリカより十年遅れていると言われていた。しかし、国際障害年を期にハード面を中心に進歩は見られたと思う。しかし住み易さや社会進出という面では、十年前のアメリカにも追いついていない。

仕事先とホテルの往復という通常の渡米と違い、今回のツアーでは、久しぶりにアメリカの現状をじっくりと勉強できた。特にＡＤＡの影響がいたるところに見られ、身障者の社会参加が一段と容易になったのには驚かされるばかり。その理由がアメリカの身障者対策が保護ではなく、機会均等、完全参加、自立生活、経済的自立を保証することに目的を置いているからだという事も再確認した。身障者は身体の一部の機能を失っている以外は、全く健常者と変わらない。失った部分は、器具やテクノロジーでカバーすればよいだけ。だから何にでも挑戦出来る機会が与えられるのだ。そして機会を与えられた身障者は自己責任を持って行動する。この相互関係があれば、日本もアメリカに追いつける。それを少しでも支援できる仕事が出来れば嬉しい限りである。

秋山ちえ子先生

童話作家である母が、ある会で秋山ちえ子先生とお目にかかる機会があり、先生が「太陽の家」の設立をはじめ多くの障害者に関連した活動をされてきた事を知って、この本の初版バージョンを差し上げた。秋山先生は、ＴＢＳラジオの「秋山ちえ子の談話室」で僕の事を紹介して下さり、その後記念番組でインタビューまでして下さった。また、先生の主催する身障者向けの雑誌である「われら人間」に「先駆者の勧め」というエッセイを書かせて頂いた。その後同誌にスポーツコラムを連載する事になり、水泳、テニス、卓球、チェアスキー、バドミントン、車椅子マラソン、ボーリング、スキューバ・ダイビングについて自分の知識に、初めての取材を加えて書かせて頂いた。その時「僕は将来身障者のためのスポーツ誌を作りたいんです」と話したのを覚えている。

ソニーの井深名誉会長にご紹介下さったのもその頃だった。井深名誉会長は秋山先生が日本の身障者スポーツの父とも呼ばれる太陽の家の創立者中村裕博士と「身障者に保護で

秋山先生と（大賀氏よりソニー賞受賞の折）

はなく働く機会を」と身障者が残存機能を生かして働ける職場作りのため、大分に設立した「太陽の家」（ソニー、ホンダ、オムロンが協力）その当時からの旧知の間柄だと伺ったが、まさに「大親友」という感じだった。僕とタダシは、以前から井深、盛田両会長を〝世界のソニーを作った世界一の開発者と世界一の営業マンの名コンビ〃として憧れ、僕等も、お二人のようなコンビになりたいと夢見ていたのだ。ご高齢にも関わらず「これが今やっている研究だ」と青年のように目を輝かせて説明して下さった井深名誉会長は、僕の一生の目標になるだろう。

秋山先生は僕に沢山の素晴らしい出会いを与えて下さった。特に水中写真家の中村征夫さんとキャスターの櫻井よしこさんは、僕の良き理解者であり、敬愛するお二人に応援して頂けることは本当に嬉しく、心強いかぎりである。

秋山先生は、アクセスインターナショナルを設立した時、アップル・ディスアビリティ・センターを始めた時、アクティブジャパンを創刊した時、事あるごとに放送で、僕を紹介して下さった。常に僕の考えを真っ先に受け止めて下さるのだ。先日もある会合で、長野のパラリンピックを危惧して夢中で話し合っていたら、周囲の人に「ホント、いいコンビよね」と言われたが、四十才以上の年齢差など全く感じさせない先生の若々しい精神が大好きだ。先生から、どれほど多くの事を学び、どれほど勇気を与えて頂いたことか、今の僕の活躍も先生なしでは語れない。

あとがき

僕がアメリカからクイッキーの車椅子の輸入を始めようとした時、周りの人達は「外国の車椅子なんて売れない」、「日本人には合わない」と誰もが反対した。

僕が重度身障者用のコンピュータ入力装置を輸入し、日本向けに開発しようとした時、周りの人達は、「そんな装置が必要な重度障害者なんて、日本にはいない」、「ビジネスになるはずない」と誰もが反対した。

僕が身障者向けのスポーツ情報誌を作ろうとした時、周りの人達は「スポーツをしている身障者なんて、そんなにいない」、「身障者と健常者の垣根を取り払おうとしている時代に、逆行だ」と誰もが反対した。

しかし、どれも前例がなかっただけ。だから誰にも予測出来なかったのだ。車椅子もコンピュータも雑誌も、使用者や読者の立場になって考える事で成功する事が出来た。僕が輸入を始めた時、クイッキーの様なモジュラー式の車椅子やカラフルな車椅子は一台もなかった日本にも、だんだんそういった車椅子が現れ始めている。アクティブジャパンにしても、元々スポーツをやっていた身障者に加えて、スポーツなど出来ないと思っていた人達が雑誌を見た事でスポーツを始めている。また書店売りにこだわった事で、たまたま手に取った多くの障害を持たない人達が、身障スポーツに興味を持って読者になり、ボランティアや協力者そして指導者として身障スポーツに関りを持ってくれている。

日本という島国の中で、与えられているものが全てだと思っていた人達や、現状は変えられないと思っていた人達に、それが出来る事を、少しでも理解して頂けたら嬉しい限りだ。何事を始めるにも「否定」から入ると言われている日本だが、十七歳から二五歳まで過ごしたアメリカで「Yes, I can! 何とか出来るさ」と挑戦する事を教わった事が、僕の今につながっている気がする。また、何事にも前例が必要なのに身障者に関する事では前例の情報すら手に入らなかった日本だが。そんな時「前例がなければ、あなたが始めればいいだけ。先駆者になりなさい」とパイオニア・スピリットを僕に植え付けたボストン大学病院でのリハビリ、ウェストン高校やBCでの教育をありがたく思う。

しかし、その源はアメリカではなく日本にあった。小児喘息でスポーツの全く出来なかった僕をスイミングスクールに入れて喘息を治すだけではなくスポーツ大好き少年に変えた人。剣道、スキー、スケート、ヨット、ボーイスカウト、キャンプ……と次から次へと挑戦したがる僕をサポートしてくれた人。究極のチャレンジでもあった留学、そして受傷後の一人暮らしと留学の継続を許してサポートしてくれた人。それは他ならぬ僕の父と母だった。周りの人から反対されたり何か言われてもいつも僕を信じてくれた事が、僕のチャレンジ精神、そしてパイオニア・スピリットの源を作ってくれたのだ。「信じる事」これを胸にこれからも頑張って行きたい。

最後に、この本の再版にお力添え下さった三浦朱門先生、秋山ちえ子先生に心から感謝申し上げます。そして、いつも僕の活動を支援してくれる両親と弟、親類、友人、スポーツ仲間達、アクセスの社員一同に感謝を贈ります。もちろん、これからも僕の突飛な発想に付き合ってくれる事をお願いして……。

一九九六年　初秋

山崎泰広

著者紹介

山崎泰広（やまざき・やすひろ）

1960年東京生まれ。中学三年生の時に髄膜炎になって留年したのをきっかけに、英語を勉強して77年より米国に留学。79年、留学先の米国で転落事故により脊髄損傷、下半身麻痺となる。

85年、ボストン・カレッジ経営学部卒業。食品会社を経て90年に独立、当時遅れていた日本の福祉機器を変えようと、欧米から高性能な車椅子や褥瘡予防クッションを日本に紹介するために、㈱アクセスインターナショナルを設立。

93年、褥瘡治療のために入院していた米国の病院で「車椅子シーティング」に出会い、その優れた考え方と技術を日本に紹介するため日本各地でセミナーを開催すると共に、車いすの座り方のコンサルティングを行っている。94年からは、重度障害者がコンピュータを使用するための周辺機器やコミュニケーション機器を日本に紹介。障害者の自立支援のために、様々なコンサルティングとセミナーを全国で展開している。

帰国当時からバリアフリーを進める活動と講演を行い、当時は「共用」と呼ばれていたユニバーサルデザインの考え方の普及に努め、リフォームから街づくりまで、様々なコンサルティングを行っている。

趣味の水泳では92年のバルセロナ・パラリンピックに出場。100m平泳ぎで6位に入賞。スキューバダイビングでは600本以上の潜水経験を持ち、日本初の車いすのダイブマスターに認定され活動している。

訳書にトーマス・トンプソン『わが子、リッチー——父が息子を殺すとき』（共訳、集英社、1982）、『運命じゃない！——「シーティング」で変わる障害児の未来』（藤原書店、2008）がある。


〈新版《しんぱん》〉愛《あい》と友情《ゆうじょう》のボストン——車《くるま》いすから起《お》こす新《あたら》しい風《かぜ》

2008年 6月30日　初版第１刷発行©

著　者　山　崎　泰　広
発行者　藤　原　良　雄
発行所　株式会社　藤原書店

〒162-0041　東京都新宿区早稲田鶴巻町523
TEL　03（5272）0301
FAX　03（5272）0450
振替　00160-4-17013

印刷・製本　中央精版印刷

落丁本・乱丁本はお取り替えします
定価はカバーに表示してあります

Printed in Japan
ISBN978-4-89434-633-8

お母さん、お父さんへ

運命じゃない!

(「シーティング」で変わる障害児の未来)

山崎泰広

からだに障害があっても、よい姿勢をとることは可能です。姿勢が変われば、できることがどんどん増えます。変形などの二次障害の防止も可能です。「シーティング」を試してみませんか? 笑顔の人生のために!! 障害をもつお子さんのお母さん、お父さんへ——「二次障害は運命ではありません」!!

図版多数

四六並製　二四八頁　**一八〇〇円**

(二〇〇八年五月刊)

◇978-4-89434-606-2

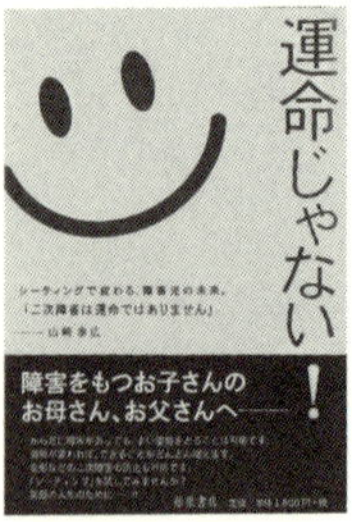

身体化された社会としての感情

増補改訂版

生の技法

(家と施設を出て暮らす障害者の社会学)

安積純子・岡原正幸・尾中文哉・立岩真也

「家」と「施設」という介助を保証された安心な場所に、自ら別れを告げた重度障害者の生が顕わにみせる近代/現代の仕組み。衝突と徒労続きの生の葛藤を、むしろ生の力とする新しい生存の様式を示す問題作。詳細な文献・団体リストを収録した関係者必携書。

A5並製　三六八頁　**二九〇〇円**

(一九九〇年一〇月/一九九五年五月刊)

◇978-4-89434-016-9

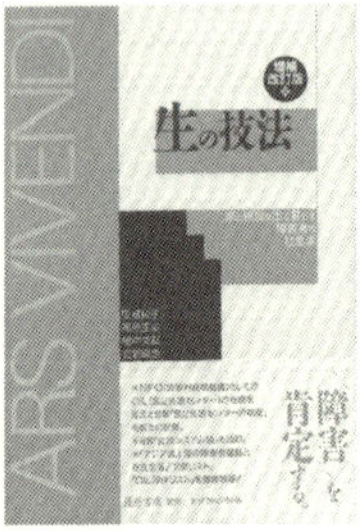

『機』誌の大人気連載、遂に単行本化

いのちの叫び

藤原書店編集部編

生きている我われ、殺された人たち、老いゆく者、そして子どもたちの内部に蠢く……生命への叫び。

日野原重明/森繁久彌/金子兜太/志村ふくみ/堀文子/石牟礼道子/高野悦子/金時鐘/小沢昭一/永六輔/多田富雄/中村桂子/柳田邦男/加藤登紀子/大石芳野/吉永小百合/櫻間金記/鎌田實/町田康/松永伍一 ほか

[カバー画] 堀文子

四六上製　二二四頁　**二〇〇〇円**

(二〇〇六年一二月刊)

◇978-4-89434-551-5

38億年の生命の歴史がミュージカルに

いのち愛《め》づる姫

(ものみな一つの細胞から)

中村桂子・山崎陽子作

堀文子画

全ての生き物をゲノムから読み解く「生命誌」を提唱した生物学者、中村桂子。ピアノ一台で夢の舞台を演出する〝朗読ミュージカル〟を創りあげた童話作家、山崎陽子。いのちの気配を写し続けてきた画家、堀文子。各分野で第一線の三人が描きだす、いのちのハーモニー。

B5変上製　八〇頁　**カラー六四頁**　**一八〇〇円**

(二〇〇七年四月刊)

◇978-4-89434-565-2